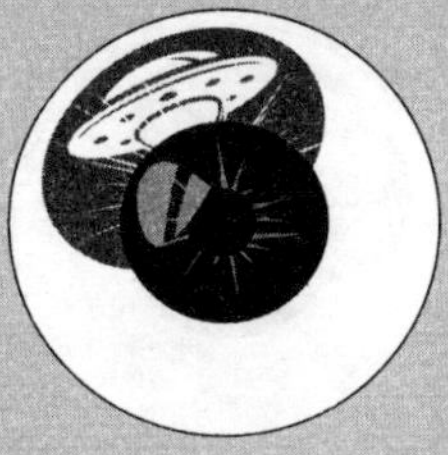

科幻文学群星榜

华语实力科幻作品
群星奖大满贯

惊险科幻探案系列

暗斗

叶永烈——著

山东教育出版社

图书在版编目（CIP）数据

暗斗 / 叶永烈著 .— 济南 ：山东教育出版社，2022.2（2022.3 重印）
（科幻文学群星榜）
ISBN 978-7-5701-1931-8

Ⅰ . ①暗… Ⅱ . ①叶… Ⅲ . ①幻想小说—小说集—中国—当代 Ⅳ . ① I247.7

中国版本图书馆 CIP 数据核字（2021）第 277795 号

AN DOU

暗斗 叶永烈 著

主管单位：山东出版传媒股份有限公司
出版发行：山东教育出版社
地址：济南市市中区二环南路 2066 号 4 区 1 号 邮编：250003
电话：（0531）82092600 网址：www.sjs.com.cn
印 刷：北京市松源印刷有限公司
版 次：2022 年 2 月第 1 版
印 次：2022 年 3 月第 2 次印刷
开 本：880 mm × 1300 mm 1/32
印 张：9.5
印 数：10001–13000
字 数：226 千
定 价：36.80 元

总序

我在1951年11岁时发表第一首诗，成为我创作生涯的起点。此后在19岁的时候，我写出了第一本书《碳的一家》，翌年由上海的少年儿童出版社出版。我因此被少年儿童出版社看中，20岁成为《十万个为什么》的主要作者。

1961年，21岁的我写出第一部科幻小说《小灵通漫游未来》，开始了科幻小说创作，至1983年，我总共大约写了300万字的科幻小说。除了科幻小说之外，从1959年至1983年期间，我还写了《十万个为什么》等1100万字的科普作品。这些早期的作品，编成28卷、1400万字的《叶永烈科普全集》于2017年出版。自从1983年之后，我转入中国当代重大政治题材纪实文学以及长篇小说、散文创作，离开了科普界。至今，我已经出版的作品约为3500万字。

在我的科幻小说作品中，有一些是以公安侦查人员金明为主角的系列小说，现在我把它们统称为“惊险科幻探案系列小说”。其中一些小说是当时公安部约我写的，大约100万字。他们为我提供了诸多典型案例，为我了解公安侦查手段提供了方便。虽是科幻小说，很多故事是以真实案例为原型创作的。这些小说出版时名为“惊险科学幻想小说”，共4卷，由群众出版社出版：第1卷《乔装打扮》出版于1980年11月；第2卷《秘密纵队》出版于1981年12月；第3卷《不翼而飞》出版于1982年6月；第4卷《如梦初醒》出版于1983年8月。此外，“惊险科学幻想小说”中的两部长篇《黑影》和《暗斗》在1981年4月分别由地质出版社和四川少年儿童出版社出版。我还写了介绍破案手段以及相关知识的《白衣侦探》一书。

上述小说属于“惊险科幻小说”。

惊险小说和科幻小说，都是广大读者所喜爱的作品。“惊险科幻小说”则是两者的结合。

惊险小说是一个总称，它包括侦探小说、推理小说、间谍小说，以及各种情节惊险的政治小说、犯罪小说、国际阴谋小说。它的特点是故事讲究悬念，情节跌宕，结构严密，使读者欲罢不能，爱不释手。毫不夸张地说，惊险小说拥有最广泛的读者。

科幻小说则是通过小说来描述诱人、奇特的科学幻想，具有“科学”“幻想”“小说”三个要素。也就是说，它所描述的是幻想，而不是现实；这幻想是科学的，而不是胡思乱想；它通过小说这种体裁来表现，着力塑造人物典型形象，具有小说的特点。

“惊险科幻小说”兼具惊险小说和科幻小说的特点。它既有极为惊险的情节，又有大胆奇特的科学幻想。它具有很强的可读性。正因为这样，它跟惊险小说一样，拥有众多的读者，深受人们的喜爱。

1979年5月9日至11日连载于《工人日报》的《生死未卜》，是我写的第一篇惊险科幻小说。此后，我在1979年7月号《少年文艺》杂志上发表的《欲擒故纵》、1979年8月号《儿童文学》杂志上发表的《神秘衣》和1980年1月在《科学24小时》杂志创刊号上发表的《弦外之音》，都属于惊险科幻小说。

这些作品在读者中产生的强烈反响，使我意识到惊险科幻小说具有莫大的魅力，是一种“悬念的艺术”，它拥有极为广泛的读者。我受英国作家柯南·道尔《福尔摩斯探案集》的启发，觉得与其东一篇、西一篇地写，不如集中塑造同一主角，形成“惊险科幻探案系列小说”。

于是，我着手写以公安侦查人员金明为主角的“惊险科幻探案系列小说”。在1980年2月18日《光明日报》上，我谈了自己的创作设想：“在新的一年里，我将把主要精力用在科学幻想小说的创作上。我很喜欢惊险小说，正在尝试把科幻小说与惊险小说结合起来，创作惊险式科幻小说，这是科幻小说创作中的新途径，还需要努力探讨。这种作品特别讲究悬念的运用，情节要曲折，幻想要大胆。我将创作一组以同一公安侦查人员为主人公而故事不同的‘惊险科幻探案系列小说’。”

我的第一篇以金明为主角的惊险科幻探案小说是《杀人伞案件》，连载于1980年1至2期《科学与人》杂志；第二篇是《X-3案件》，我在《光明日报》发表创作打算的次日，广州《羊城晚报》开始连载这篇小说，至3月14日载毕。接着，我又写出了短篇小说《奇人怪想》《球场外的间谍案》，中篇小说《碧岛谍影》，电影文学剧本《归魂》与《国宝奇案》。在1981年元旦前后，我的四部以金明为主角的中篇、长篇——《科学福尔摩斯》（单行本名《暗斗》）、《鬼山黑影》（单行本名《黑影》）、《乔装打扮》、《纸醉金迷》、《秘密纵队》，分别连载于上海《文汇报》、广州《羊城晚报》、西安《西安晚报》、上海《科学生活》杂志和武汉《长江日报》。每部小说短则连载两个月，长则连载五个月。《文汇报》和《羊城晚报》都是发行量达一百万份以上的报纸。连载在读者之中产生广泛影响，使金明开始成为读者熟悉的人物形象。

这些“惊险科幻探案系列小说”的主角是金明。金明，在汉语中，与“精明”同音，即为人精明之意。他的外号叫“诸葛警察”。诸葛亮是在中国享有极高声望的历史人物，是聪明、智慧的象征。诸葛亮又名孔明。主人公取名金明，这“明”字也含有取义于“孔明”之意。至于金明的主要助手戈亮，在汉语中与“葛亮”同音，也取自于“诸葛亮”。

我所着力塑造的金明形象，如《杀人伞案件》中金明首次出场时所描写的——“金明不是英国作家柯南·道尔笔下的侦探福尔摩斯，不是英国女作家阿加莎·克里斯蒂笔下的矮个比利时侦探埃居尔·博阿洛，也不是英国作家柯林笔下的探长克夫，金明是生活在科学技术高度发达的社会主义中国，采用现代化设备侦破疑案的具有广博科学知识的公安侦查人员。”——这，是他不同于别的惊险小说警察形象的地方。

“惊险科幻探案系列小说”同样要讲究悬念，它的中心事件同样是惊险案件，主人公也常是公安侦查人员。然而，它又不同于一般的惊险小说，它写的是科学境界、幻想境界。正因为这样，我着力塑造公安侦查人员金明的形象，与一般惊险小说中公安侦查人员不同之处，在于他懂得科学，能采用现代化的科学手段进行侦查，而敌方呢，也是用现代化的科学手段进行间谍活动、特务活动。这些惊险科幻小说的主要矛盾，是现代化的间谍、特务手段与现代化的侦查手段之间的激烈斗争。金明是一个精明强干、机智沉着、言语不多而常常能未卜先知的公安侦查人员，是一位具有现代科学技能的侦探。

金明是侦查英雄、“警察博士”。细心的“中国科幻小说研究会”日本会员野口真己先生于1981年6月2日来信询问：

“我看到单行本《神秘衣》里的金明是滨海市公安局侦缉处处长，单行本《碧岛谍影》里的金明也是公安局侦缉处处长，但单行本《乔装打扮》里的金明是公安局刑侦处处长，而且《球场外的间谍案》和单行本《暗斗》里的金明竟是公安局侦查处处长，请问这是怎么回事？我是个很喜欢金明和以他为主人公的作品的人，我希望以后金明更加活跃，斗争取得更多的胜利！”

我答复道：金明的身份，最初发表时为“侦缉处处长”。群众出版社认为，改作“刑侦处处长”或“侦查处处长”较好，以与目前中国公安部门所用名词统一起来。至于金明有时为“滨海市公安局侦查处处长”，有时为“公安部侦查处处长”，是看案情而定。如果是全国性案件，则以“公安部侦查处处长”身份出现；若是地方性案件，则一般以“滨海市公安局侦查处处长”身份出现。

1981年，我在接受《亚洲华尔街日报》（The Wall Street Journal Asia）记者采访时，曾就记者所问“金明与福尔摩斯有什么区别”作如下答复：

一、福尔摩斯是英国私人侦探，金明是中国公安英雄；

二、福尔摩斯破案是为了个人赚钱，金明是为了保卫社会主义祖国；

三、福尔摩斯连血型、指纹都不懂，金明是精通现代科技的“警察博士”，是“科学福尔摩斯”。

我力图把金明塑造为社会主义的新人、智勇双全的侦查英雄。如同我在作品中所写及：

“‘上靠天，下靠地’，这是金明经常挂在嘴边的话。所谓‘天’，就是党的政策、国家的法律；所谓‘地’，就是人民群众。金明认为，‘上靠天，下靠地’，再加上现代化的科学侦破技术，这是破案的三大法宝。”

正因为这样，日本的评论《中国科幻小说中的英雄——金明》（日本《SF宝石》，1981年6期），称金明为“中国文艺作品中的新的英雄形象”“中国人创造的、为了中国人民的、属于中国人自身的英雄”。

这套小说所表现的主题，如同《暗斗》中所言：“在当今世界上，国与国之间虽有政治上的明争，更多的却是高科技领域内的暗斗。”对照发生在2018年中美之间的“中兴通讯事件”“华为事件”，恰恰印证了1980年在《暗斗》中超越时空的预见。

这套小说，涉及脑电波研究、“克隆熊猫”、“穿壁衣”、复活冷冻人、海底机器人、外星人，以及太空卫星战等众多当代高科技领域。

这套小说，一边写，一边出，到了20万字左右交给群众出版社出一卷。每卷的首印数均达20万册（《秘密纵队》首印25万册）。

这套小说被改编成连环画，总印数超过1000万册。

这套小说中的部分作品，被译成英文、法文以及德文出版。

从《杀人伞案件》《X-3案件》《奇人怪想》《球场外的间谍案》《乔装打扮》《碧岛谍影》等作品中，可以明显看出，我的创作确实受《福尔摩斯探案集》的影响。渐渐地，我觉得柯南·道尔的作品虽然十分惊险，但是缺乏社会性。我很赞赏日本的社会派推理小说，所以在后续的创作中，我逐渐加强了作品的社会性。《秘密纵队》着力写人物的命运，使作品具有鲜明的主题思想，而不是单纯追求惊险和曲折的情节。《失踪之谜》（即《不翼而飞》）甚至被评论家称为“人才学科幻小说”。

《其实只有一个》是应美国科幻小说作家主席波尔（Frederic Phol）先生之约而写的。波尔先生“规定”了同一科幻构思——“思维传递”，邀请了不同国家的科幻小说作家根据各自不同的文化背景设计故事，所以我写了发生在上海的《其实只有一个》。这篇小说由吴定柏教授译成英文，收入波尔先生主编的集子里，在美国出版。《其实只有一个》英译篇名为“The Thursday Events”，即《星期四事件》。2019年1月，在美国的学者李桦给我来信，说他正在仔细研究《星期四事件》，撰写论文。他在信中说：“在20世纪80年代，您就已经参与到国际性的科幻写作项目中，我觉得非常了不起，也非常超前。我想请教您，您的这篇小说之前在国内发表过中文版吗，篇名是什么，在哪个期刊上发的？我试着用《星期四事件》的篇名搜索，但没有找到，所以只能直接请教您。另外，我想了解一下是什么样的机缘令您参加到这个写作项目中来？我觉得您的这个经历对中国科幻史也是很重要的一个信息。”

我的文友、科幻作家郑文光先生于1981年6月5日给我来信说及：“《暗斗》及《乔装打扮》，小儿河间拿到后一口气看完了，可见对青少年是颇具吸引力的。全始全终。当然，如果能从克里斯蒂作品中吸收其较曲折的构思，就更好了。”

对于我来说，1983年是我创作的转折点。从此我告别早年的科普、科幻小说创作，转向中国当代重大政治题材的纪实文学创作，转向纯文学长篇小说创作和散文创作。

应北京书香文雅图书文化有限公司之约，把“惊险科幻探案系列小说”分5卷结集，内中包括曾收入群众出版社出版的4卷中的“惊险科学幻想小说”。另外，把我之前所写的惊险科幻小说《生死未卜》《欲擒故纵》《神秘衣》《弦外之音》也收录其中。这4篇作品的主角不是金明，但是是与“惊险科幻探案系列小说”同类的作品。收入这4篇作品，也使读者了解我从最初的零打碎敲，发展到系列小说的历程。

我写下以上的话，算是向读者言明它的创作始末，知道它的写作背景。

值得说明的是，“惊险科幻探案系列小说”毕竟写于20世纪80年代初，带有明显的时代印记。这次重新出版，并未作大的修改，大体保持原貌，这些时代印记犹如作品的“胎记”，无法抹去，倒是让读者了解作者是在怎样的时代背景下创作这些作品的。

叶永烈

2019年3月23日

于上海“沉思斋”

目录

Catalogue

暗斗

——在当今世界上，国与国之间虽有政治上的明争，更多的却是高科技领域内的暗斗。

第一章　保密船厂

手提包里的定时炸弹

在滨江江边，有一家很气派的现代化大工厂——108造船厂。不过，这家工厂笼罩着一种神秘的气氛，除了江边船台上露出几艘正在建造的民用客轮、货轮之外，几乎所有车间的门窗都关得严严实实的。从江上看过去，不知这家工厂的“闷葫芦”里卖的什么药。

这家工厂门卫森严，人们进门都要出示出入证。出入证每个月更换一次。

厂的斜对面有一家饮食店。这天早上，从饮食店里走出一个人，来到厂门口，出示出入证后，不快不慢地朝厂里走去。

他叫吴为，30多岁，身材修长，不胖不瘦，头上没有一根乱丝，衣衫整整齐齐。他是108造船厂的技术资料保管员，工作相当清闲，所以他总是按“标准时间”上班。

当吴为掏出一大串钥匙，打开技术资料室门上的双重锁时，他习惯地看了一下电子手表。啊，又正好是“8：00”。

今天，当他刚刚扫好地、沏上一杯清茶的时候，电话铃声响了。

“这么早就来电话啦？”吴为一边自言自语，一边漫不经心地拿起耳机。

耳机里响起一个陌生而急促的声音：“是吴为先生吗？”

“是的。”

“我是公安局的，有一件紧急的事情……”

吴为一下子紧张起来，急忙问道：“什么事？”

“我们接到报告，你的手提包里有一枚微型定时炸弹，请你马上……”

吴为一听，心一下子提到了嗓子眼，脸色唰地变白。他撂下耳机，急忙拿起桌上的手提包。他侧耳一听，果真从手提包中发出轻微的“吱、吱”声，仿佛一只微型马达在急速转动。

吴为的手发抖了。他急急忙忙拎起手提包往外跑，连门也忘了随手带上。

他“噔噔”地跑过走廊，正好遇见总工程师潘玲。潘玲50开外了，中等身材，齐耳的短发已经夹杂着许多银丝。她刚从办公室里出来，想到车间里去，猛然听吴为说手提包里有定时炸弹，愣了一下。所幸潘总遇事不慌，急中生智，从吴为手中夺过手提包，三步并成两步，竟从办公大楼跑出去，跨过栅栏般的冬青树，奔过草地……

吴为呆呆地站在办公大楼前，看着潘总在那里奔跑。他不明白潘总要干什么，直到潘总奔过草地，来到一个水井前，把手提包扔进了井里，吴为那提到嗓子眼的心才算放下来了。

潘总先是朝后退了几步，卧倒在地。过了一会儿，井里没有动静，她竟向井口走去，伸头朝井里看去。

这时，已经惊动了许多人。大家朝潘总嚷道："潘总，快跑开！危险！"

潘总听了大家的喊话，离开了井口。她走了十多步，在一张石桌前停了下来。那石桌上刻有象棋棋盘，是棋迷们平时摆阵势的地方。她试着想搬动那石桌的桌面，怎么搬得动？她向大家招招手，老厂长懂得她的意思，便与保卫科长以及两个小伙子一起跑上前。五个人使劲地把石桌桌面抬过来，盖在水泥井口上。

这时，潘总才算松了口气，用手理了理凌乱的头发。

吴为站在办公大楼前，远远地看见了刚才的一切，也不由得松了口气，苍白的脸上又浮现了血色。这时，他才感到出了一身冷汗，冰凉的衣服贴在身上。

保险柜被窃

吴为一下子成了“新闻人物”，被大家团团包围，追问着刚才是怎么回事。

吴为平时十分健谈，在小组会上发言，一开口就是一刻钟、半小时。现在，他却结结巴巴，语无伦次，说来说去就一句话：“公安局来、来的电话，告诉我、告诉我手提包里有……定时炸弹！”

这时，潘总说了句“到你的办公室看看”，人们才散开了。潘总和老厂长、保卫科长李光陪着吴为朝着办公室走去。

秋风阵阵迎面吹来，潘总感到凉快、舒服极了。尽管她为了锻炼身体，每天总是徒步上下班，冬天时则小跑上下班，由于刚才跑得太急，所以额上沁出豆大的汗珠。

技术资料室的门紧闭着，吴为伸手朝裤袋里摸钥匙，糟了，找不到钥匙。这时，吴为才记起，刚才他沏茶时，用钥匙打开办公桌抽屉，拿出茶叶，那串钥匙还挂在抽屉上。由于突然接到那个电话，他在慌忙之间，忘了从抽屉上取下钥匙。另外，他还依稀记得，刚才他跑出技术资料室时，似乎没有把门关上，如今，门怎么锁上了呢？

幸亏保卫科长李光在旁边。李光年纪30来岁，穿着一身没有领章的军装，细高个子，皮肤白皙，戴着一副近视眼镜。他到保卫科取来了备用钥匙，打开门上的双重锁。

门开了，吴为一看，电话耳机还搁在办公桌上呢。吴为正想把耳机放好，保卫科长李光马上按住了吴为的手。李光拿起耳机一听，见对方早就把电话挂断了，耳机中传出“嘟、嘟、嘟”的声音，李光这才把耳机放在电话上。

办公室里窗明几净，朝阳透过窗户，把金色的光芒洒落在打蜡地板上。窗外装着铁栅栏，逆光看过去，十分醒目。室内似乎一切正常，那串钥匙依旧挂在办公桌的抽屉上。玻璃杯里的茶叶已经舒展开来，使开水变得碧绿。平常，吴为一到这时候，就开始呷几口清茶，接着抽一根烟，然后按部就班地看看文件，登记资料。可是，此时他心里局促不安，无意喝茶抽烟了。

保卫科长李光三句不离本行，提醒吴为道：“检查一下保险柜，看看有没有问题。”

吴为走到保险柜前，揿了一下电钮，保险柜门上一盏长方形的小红灯亮了。吴为把右手食指按在小红灯上，保险柜便自动把厚厚的铁门打开了。

原来，这种保险柜是最新式、最可靠的。在柜门上，装了一把特殊的“指纹锁”。打开指纹锁，不用钥匙，只用指纹就行了！

指纹，是每个人的手指、手掌和足底都有的特殊的花纹。它实际上是真皮层的乳头向表皮突起的部位，相连排列，所形成的一种有规则的花纹。在全世界50亿人口中，很难找到两个指纹相同的人。即便是孪生兄弟或姐妹，指纹也截然不同。正因这样，在一百多年前，一位在印度当警官的英国人首先用指纹作为罪证来断案，开始引起人们的注意。如今，人们巧妙地利用指纹的特性，发明了指纹锁：这种锁装有电子信息存储器，事先把主人的某个手指的指纹图像输入电子信息存储器。在开锁时，把规定的那个手指按在长方形的小红灯上。如果指纹与事先输入电子信息存储器的指纹图像吻合，指纹锁就被打开了！

正因为这样，指纹锁是一种使用方便而又保密性高的新颖的锁。吴为的保险柜的指纹锁里，事先只输入吴为右手食指的指纹图像，因此只有吴为一个人才能打开这个保险柜。

柜门开了之后，吴为一看，柜内安然无恙，一袋袋技术资料档案秩序井然地放在那里，正如吴为本人那样衣冠楚楚，有条不紊。当吴为想把柜门关上的时候，李光说了句："再仔细查对一下！"

吴为把一袋袋技术资料档案进行检查，当他查到"75号"档案袋时，吃了一惊：档案袋已被拆封。袋内的文件不翼而飞，里面装的竟是一大沓报纸！

直到这时，吴为才发觉：平时，他看完报纸，总是习惯性地叠好，放在办公桌的左角。如今，那一沓报纸不见了，却跑到"75号"档案袋里去了！

老厂长和潘总对李光说道："马上向公安局报案！"

李光点点头，然后说道："吴为先生，把保险柜锁好。在公安局来人之前，这间办公室不许别人再进来。"

"科学福尔摩斯"

滨海市公安局在接到108造船厂保卫科长李光的电话之后，知道这是一起重大案件，便把侦破任务交给了侦查处长金明。

金明40多岁，中等个子。大约由于常在户外工作，皮肤黝黑。他瘦瘦的，肌肉很结实、发达，动作利索，反应快。大约由于习惯于思索，眉间已有很深的“川”字纹。他那双眼睛常布满红丝，大抵是经常熬夜的缘故，但是眼珠子一转，看上去仿佛闪射出明亮的光芒。金明知识渊博，深懂科学。他以为，在现代化的今天，敌人以现代化的间谍技术窃取科学情报，而我们必须用现代化的技术作为反间谍手段，这是间谍与反间谍斗争在新形势下的新特点。正因为这样，金明被人们称为“博士警察”，也有人称他为“警察博士”，还有人称他为“科学福尔摩斯”。

金明的助手戈亮是个20岁刚出头的年轻人，高个子，熊腰虎背，一副运动员的派头。他深受金明的影响，闲时爱博览群书，尤其爱电子学。

每逢发生重大案件，金明必定亲自出马侦查。正因为这样，人们常说，“金明出师，必有大事”。

金明在接到侦破任务后三分钟，便与戈亮坐着小轿车出发了。戈亮驾驶着轿车，他对滨海市大小五千多条马路了如指掌，深知哪条路去108造船厂最近而路上的车子又最少。

轿车转弯抹角，在小路、僻巷中前进。金明眉头紧锁，陷入了沉思。他总是喜欢思索，时而让自己处于敌方的地位思考应该如何行动，时而又让自己处于我方的角度考虑从哪儿入手侦破。金明的格言是：“多思——公安人员破案的钥匙。”

金明来到108造船厂之后，在保卫科办公室里见到了李光和吴为。

金明劈头就问吴为：“你听见手提包里发出什么样的声音？”

吴为重复他告诉过李光的话：“是轻微的‘吱、吱’声，仿佛有一只微型马达在急速转动。”

接着，金明对李光说道："走，你陪我到水井那里看看。"

金明、戈亮、李光离开了保卫科，吴为留在那里继续写关于案情的书面材料。

金明一边走，一边对李光说道："定时炸弹一般都是发出'嗒、嗒、嗒"的声音，怎么会发出连续的'吱、吱'声？"

李光笑了："我虽然是搞保卫工作的，从来还没见过定时炸弹。"

金明十分严肃地说道："李光，对于搞保卫工作的干部来说，这是一种业务知识！"

李光一听，心里很不好意思。他久闻这位"博士警察"的大名，今天才深切感到搞科技工作应该成为"博士"，搞公安保卫工作也应该成为"博士"。

三个人来到井边，由于他们三人都身强力壮，很快就搬下压在井口的石头桌面。

这口水井是一个备用井，平时不大用。偶尔接连晴天，附近的花草要浇水，才用水泵从井里抽点水。正因为这样，井里的水满满的。金明一看，那个手提包还漂浮在水面上！

金明随手从衣袋里拿出一根自来水笔似的东西，用手一拉，像半导体收音机的天线似的，拉得老长、老长，变成一根金属的细杆。金明用手一掰，杆的顶端便掰出一个金属钩。平时，金明总是随身带着这伸缩自如的金属钩杆，便于在侦查现场时钩取用手够不着的东西。

金明戴好薄如蝉翼的尼龙手套，以防自己的指纹落在手提包上。然后，他把金属钩杆伸进水井，轻而易举地把手提包钩了上来。一听，包内还在“吱、吱”作响。

金明对李光、戈亮说道：“你们离远点，以防万一。”

李光、戈亮都争着要自己来打开手提包，金明却以严峻的目光扫视了一下。戈亮深知金明的脾气，在这种场合下争也是没用的，便拉着李光后退到十几米之外。

金明往井口俯下身子，把手提包放在井内，这才拉开拉链，里头的东西居然还没有被水弄湿。

手提包里的东西不多，金明首先拿出的是一本塑料面笔记本，然后是一把轻便的尼龙折叠伞。剩在包底的唯一的东西，正在“吱、吱”作响。

它是什么呢？

原来是电动剃须刀

出人意料的是，剩在包底的竟是一只电动剃须刀，正“吱、吱”作响！

这是电动剃须刀，还是伪装成电动剃须刀的微型定时炸弹？

金明用手把电开关向下一拨，电动剃须刀立即停止转动，“吱、吱”声也停止了。金明熟练地把外壳打开一看，只是一个普普通通的电动剃须刀罢了，压根儿不是什么“微型定时炸弹”！

这时，戈亮和李光一看，都惊佩金明刚才那准确的判断力——仅仅根据吴为所说的“吱、吱”声，就断定包里不是定时炸弹。

当他们回到保卫科办公室，把电动剃须刀放在吴为面前，他先是惊讶，后是羞惭，几乎无地自容。他暗暗责怪自己遇事太慌张了。

直到这时，吴为才看清楚：那只手提包，并不是他的！

吴为的手提包是如今最时髦的样式，长方形，扁扁的，黑色合成革面，银亮的克罗米把手，尼龙拉链。这只手提包的样式虽然与他那只一模一样，但吴为的那只手提包的尼龙拉链是咖啡色的，这一只却是草绿色的。

吴为伸手想打开手提包仔细看看，却被金明一手挡住。金明让他戴上薄薄的尼龙手套，以免留下指纹。

吴为打开手提包，这才发觉，那本塑料面笔记本根本不是他的。他的手提包里，平时只不过放一本《三国演义》罢了，有空翻翻。奇怪的是，那把尼龙折叠伞倒是吴为的，那有机玻璃的伞把上明显地刻着两个“W”——“吴为”两字汉语拼音的开头字母。

这，真是咄咄怪事：手提包——像吴为的；笔记本——不是他的；折叠伞——是他的；电动剃须刀——假冒“定时炸弹”。

金明问吴为：“那个打电话的人，姓什么？”

吴为答道：“我只听他说是公安局的，忘了问他姓什么。”

金明又问：“声音什么样？听上去熟悉吗？是不是带滨海市口音？”

吴为答道：“是男人的声音，不熟悉；至于别的，当时我心情很紧张，没注意。”

金明把手提包暂存在保卫科，对戈亮说道：“回去的时候，检查一下手提包以及里面各种物品上的指纹。”

接着，金明来到技术资料室现场进行侦查。当吴为把门打开之后，金明并不急于进去，把所有的人都挡在门口。

金明蹲了下来，甚至俯下身子，匍匐在门口。

金明问李光："打蜡地板上怎么有五个人的脚印？"

原来，金明借助窗口射来的阳光，很清楚地看出了打蜡地板上的脚印。

李光只得十分抱歉地说："刚才，没注意保护现场，厂长、潘总、吴为和我进去过。"

金明用他那敏锐的目光扫视了一下，很快就断定：那最多的脚印，当然是吴为的；那女人的脚印，是潘总的；那硕大的脚印，是李光的；那几个只在门口附近停留的脚印，显然是厂长的；那几个从门口一直走向保险柜的皮鞋脚印，则肯定是作案者的了。

金明量了一下作案者的脚印长度，然后从口袋里掏出只有打火机大小的微型电子计算器，用大头针戳动着上面的数码键和运算键，很快就得出结论：作案者是男的，身高1.72米。

原来，金明是按照"脚印公式"进行推算的。所谓"脚印公式"是这样的：脚印长度×6.876=身高。这是金明测量了许多人的脚印长度与他们的身高之后，用电子计算机进行总结，才得出的公式。

金明声明道："也可能例外。因为罪犯可以采用小脚穿大鞋的方式进行作案，那样光是按鞋底印的长度计算罪犯身高，就上当了。"

然而，罪犯究竟是什么样的人？他为什么能打开保险柜上只有吴为才能打开的指纹锁呢？

雨伞换错了

金明开始打听起吴为的生活习惯。

原来，吴为是一个标准的“两点一线”式的人物：他只在“两点”——家和厂之间活动。每天早上坐地铁离家去厂里上班，每天傍晚离厂回家。他既不早到也不早退，总是按照“标准时间”上下班。他很少上街，因为要买什么东西，全由家里的“总管”——他的爱人一手包揽。每天上班，坐办公室。下班之后，在家里也是一杯清茶、一支烟，看看电视，翻翻杂志，有时指点小女儿做功课。吴为的生活道路又平又直，又安又逸，不光是求学、工作，就连恋爱也都是一帆风顺的。正因为这样，当他接到那个来自“公安局”的电话，就紧张得六神无主了。

吴为还有这样一个习惯：不喜欢在家里吃早饭，也不爱到厂里食堂用早点，每天总喜欢到厂对面的那间饮食店里喝碗热的甜豆浆，吃上两根又香又脆的油条。正因为这样，他成了这间饮食店里的老主顾，用不着每天付钱，而是每月总付一次。

金明在了解情况的时候，是非常细致的。他问吴为：“你撑雨伞的时候，习惯用哪一只手持伞把？到厂以后，喜欢把湿雨伞晾在哪里？”

吴为做了一下自己撑伞的姿势，这才答道：“是用右手持伞把。”唉，平时谁会注意自己用哪只手持伞把？

至于另一个问题，吴为不假思索地答道：“到厂以后，我总是把湿雨伞晾在办公室门口的走廊上。我特地在那里的柱子上钉了个钉子，把湿雨伞往上一挂，过一两个钟头就干了。”

当金明要继续问下去，吴为倒主动回答起了金明想要问的问题："对啦，我记起一件事儿。我的雨伞挂在那里，有一次不知被谁换错了。换了的雨伞，跟我那把简直一模一样。直到我偶然看到有机玻璃的伞柄上没有那两个'W'，这才发觉有人把我的雨伞换错了。好在两把伞差不多，我想换错了也无所谓，就没有查问。"

金明一听，脸上微微浮现起笑容。接着，金明向吴为提出了一个意想不到的问题："今天早上，当你在饮食店喝豆浆的时候，你同桌坐着谁？"

吴为用手搔了搔头皮，然后，立即又用手把头发理好，依旧没有一根乱丝。他说道："很抱歉，我习惯一边看书报，一边吃东西。今天早上，我一边喝豆浆，一边看今天的《滨海日报》。饮食店里的营业员都知道我的习惯，所以我一坐下，他们就给我送来了豆浆、油条，也送来了当天的报纸。"

金明紧紧追问："你仔细想想，你的同桌，是男的还是女的？是年轻人还是老头？这是一个很重要的问题！"

吴为沉思良久，依旧无法答复，因为他当时确实忙于看报，无心注意同桌的顾客。

金明嘱咐吴为回家之后，再细细回忆，一旦想起来了，立即告诉他。就这样，吴为离开了保卫科。

作案者究竟是谁呢？

作案者有几个?

在吴为走了之后，金明拆开了那只电动剃须刀，用小刷子刷下剩在里面的短短的须末。金明用干净的白纸包好须末，交给戈亮，以便进行化验。

金明对戈亮和李光讲述了自己对案情的推理：

作案者看来对吴为作了详细的了解和观察，掌握了吴为的特点和生活习惯。

作案者显然是打算窃取“75号”档案袋，而且也弄清楚了“75号”档案袋是放在保险柜中，保险柜是由吴为保管，柜上装有指纹锁。

看来，打开指纹锁，成了窃取“75号”档案袋的关键。打开指纹锁的“钥匙”，是吴为右手食指的指纹。

作案者注意到吴为的那把尼龙折叠伞。作案者采用“偷梁换柱”的手法，悄悄地换走了吴为的那把尼龙折叠伞。由于吴为习惯用右手持伞柄，因此，作案者可以从伞柄上取到吴为右手食指的指纹。

作案者把吴为右手食指的指纹复制到一种薄膜上，再把这薄膜贴在自己的右手食指上，就得到了打开指纹锁的“钥匙”。这么看来，“指纹锁”并不“保险”，并不“万无一失”。有矛，就会有盾。你发明了一种新东西，敌人总是千方百计想办法攻破它。接着，你又发明另一种新东西……历史就是这样循环不已。

作案者也仔细观察了吴为的生活习惯，知道他每天早上喜欢到饮食店吃早点。饮食店里人来人往，要比吴为家里或厂里容易下手。作案者事先准备好一个一模一样的手提包，趁吴为一边看报、一边喝豆浆之际，悄悄地以包换包，来了个“调包之计”。

作案者详细了解过吴为的历史和性格，知道吴为是一个长期坐办公室的干部，平时胆小怕事，正因为这样，作案者用那个假“定时炸弹”吓唬吴为，果真把他吓得魂不附体，中了作案者的“调虎离山”计。趁吴为奔出办公室之际，作案者迅速进入办公室，打开指纹锁，盗走“75号”档案。

从种种迹象看来，作案者是一个十分老练的敌人。作案者曾长时间地观察了吴为的一切，制订了周密的行动计划。

戈亮和李光听了金明的分析、推理，都很同意。

戈亮补充了一个重要的意见：“作案者起码是两个人！”

为什么说作案者起码是两个人呢？戈亮认为，从那个自称是“公安局”打来的电话到作案，前后只有短短几分钟时间。108造船厂里的电话，都是装在办公室里。作案者不大可能在108造船厂内打那个来自“公安局”的电话。如果作案者从厂外打电话，然后再跑进108造船厂作案，时间来不及。况且108厂门卫森严，作案者除非持有出入证，不然的话，不可能迅速往返的。正因为这样，作案者起码有两个人，一个人打电话，另一个人早就在技术资料室附近伺机而动了。

戈亮还进一步分析了案情：从饮食店里“调包”到案件发生，时间很短促。很可能进行“调包”的那个人，就是打电话的那个人。如果说作案者只是一个人的话，这个人既要“调包”，又要打电话，还要偷窃档案，显然是很困难的。另外，那个“调包”者，不大可能是吴为所熟悉的人。

如果是熟人的话，与吴为同桌或者坐在吴为的邻桌，吴为会与这个人打招呼，会留下印象的。

金明用右手托着下巴，仔仔细细地听了戈亮的分析。他很高兴，觉得这位年轻的助手也爱动脑筋分析问题了，有了明显的进步。不过，戈亮提出的意见，金明早已考虑到了。金明觉得作案者究竟是一个还是两个或者两个以上，目前尚不能作出明确的判断。正因为这样，金明在分析案情时，没有谈及这个问题。

金明把那只手提包以及“75号”档案袋带回滨海市公安局，进行技术鉴定。

胡子提供的线索

不久，技术鉴定报告单送来了，提供了重要的线索。

那只手提包在水井中泡过，手提包表面的指纹很模糊。手提包上没有留下可疑的指印。很显然，那个老练的作案者在往手提包中放电动剃须刀之类东西时，手上是戴着手套的。不过，金明认为，手提包的克罗米把手上会有作案者的指纹，因为作案者提着手提包进饮食店时，不可能戴着手套。很可惜，由于克罗米把手被井水浸过，上面的指纹模糊不清。有一两个指纹较清楚，经查对，却是吴为的指纹——因为吴为拎着它进厂，在把手上留下了他的指纹。

在“75号”档案袋以及里面装的报纸上，却发现了清晰的可疑指印：除右手食指的指纹跟吴为一样之外，其余的指纹都是陌生的！

金明估计，这些指纹，很可能便是作案者留下的。因为作案者右手食指上贴着薄膜，就不能戴手套，于是留下了指纹。

那一小撮从电动剃须刀中刷下来的须末，也用精密的仪器进行了鉴定。

原来，尽管胡子长在脸上，头发长在头皮上，可它们的实质是一样的。如今，人们利用现代化技术，从一根小小的头发，甚至从一小撮须末之中，可以获得许多重要的线索。过去，人们总是喜欢说“牵一发动全身”；如今，这句成语却可以改为“牵一发察全身”了！

就拿不可一世的法国统帅拿破仑来说，他的死因不明。后来，人们从拿破仑的坟墓中，找到了他的头发。科学家们用“中子活化”技术化验拿破仑的头发。在化验时，用中子照射头发，使头发中的元素变成放射性元素。不同的放射性元素射出一种看不见的射线——γ射线（即伽马射线）的能量不同，从中可以断定含有什么元素。这种方法快速而又灵敏，能够查出头发中含有的非常少量的元素。科学家们就用这种方法，查出拿破仑的头发中含有比正常人多好几倍的砷，于是推断出这位几百年前的法国统帅是死于砷中毒！

中医古籍中曾有这么一句话：“发为血之余。”如今，现代科学证明，这句话是有科学依据的。中国科学家们从湖南长沙马王堆西汉墓中取到女尸的头发，通过血型鉴定查出那位两千多年前的死者的血型是A型！

这是为什么呢？原来，在头发的髓腔中，含有血型物质。这种血型物质被头发中的角质蛋白紧紧包裹，经两千多个春秋依然存在。中国科学家把女尸头发洗净，把它剪碎、敲扁，把血型物质抽提出来，查出了血型。

用头发可以查出其中所含的元素和血型，当然，从胡须中同样可以查出。特别是胡须末，连剪碎这一道手续都可以省略了！

化验的结果表明，胡须末中所含的铬偏低，含镉量偏高。金明是一位“警察博士”，一看便知：含铬量偏低，这意味着患糖尿病；含镉量偏高，这意味着是一个烟瘾很大的人。

用胡须末检查血型，结果出人意料：竟是Am血型！

金明一看血型化验报告单，脸上流露出高兴的神色，深知这是破案的一条很重要的线索。

为什么呢？原来，人的血型常见的有A型、B型、O型和AB型四种，然而，也有极少数人具有特殊的血型，如Am型、Ax型等。

金明立即派他的助手张正到滨海市中心医院，查阅全市市民血型档案。

难道是吴为作案?

滨海市虽然是一个人口超过百万的大城市，然而，要查出Am血型的人，却易如反掌。这是因为滨海市中心医院对具有特殊血型的人设立了特殊病历，并把这些人的姓名、家庭住址、电话号码贮入中心医院电子计算机的信息库。

这是一种应急措施。因为具有Am型、Ax型等血型的人很少，万一这类人发生了意外，需要大量输血，这时就要用电子计算机查出同一血型者的姓名和地址，以最快的速度把这些人接到医院里输血。

正因为这样，张正在滨海市中心医院很快就查出，全市具有Am血型的人只有两个，这两个人居然都是108造船厂的职工：一个叫金丽丹，女，58岁，原为108造船厂附属医院内科病房护士长，已退休，家住滨海市高岳东路768号806室，电话8647819。令人震惊的是，另一个Am血型的人，竟是吴为！血型登记卡上清楚地写着，吴为，Am型，男，33岁，技术资料室保管员，家住滨海市白堤路1467弄7号9室，电话9723460。

张正的脑海中立即闪过这样的疑问："难道作案者是吴为自己？他在那里贼喊捉贼？"

当张正把结果用直线电话报告金明以后，金明的语气是平静的。金明嘱咐张正，再查一下吴为和金丽丹，是不是患有糖尿病。另外，吴为喜欢抽烟，这一点金明已经知道——在保卫科里跟吴为谈话时，吴为一支紧接一支猛抽香烟。金明请张正查阅一下，金丽丹有没有抽烟的习惯。

张正办事利索，十分钟之后，就把结果告诉了金明：金丽丹患过胃病，从未患糖尿病。吴为确实患糖尿病。另外，金丽丹从无抽烟嗜好，连茶都不喜欢喝。

金明派戈亮到108造船厂，调来了吴为和金丽丹的人事档案。

从金丽丹的人事档案中，似乎看不出有什么可疑之处。她从护士学校毕业之后，先是在滨海市第六医院工作，后来调往108造船厂附属医院内科病房任护士长，直至退休。她工作一贯认认真真，任劳任怨，多次被评为附属医院先进工作者。她的丈夫是滨海市第六医院副院长兼内科主治医师。

吴为的经历则很简单。从小学到初中，从初中到技校，他的学习成绩都不好，在班上属中下水平。他喜欢安逸，不肯下苦功夫，只要成绩及格就心满意足了。他的母亲患严重糖尿病，很早就去世了。由于遗传，吴为也患严重糖尿病。技校未毕业，就因病休学了。在家休养了几年，后来被分配到108造船厂。领导考虑到吴为身体不大好，就让他在技术资料室当保管员。在这清闲的工作中，吴为度过了十几个年头。他工作态度一般，上班时没事就看看小说，很注意保养身体，性格孤僻，沉默寡言，交际很少。正因为这样，他一直过着“两点一线”式的生活。

从化验结果来看，那胡须末理所当然是吴为的——Am血型、患糖尿病、喜欢抽烟。

作案者是吴为吗?

金明皱着眉头，背剪着双手，来回踱着方步。戈亮一看，就知道金明陷入了沉思，正在那里反复思索着案情。

在金明看来，吴为作案的可能性并不完全排除。吴为虽然负责管理技术资料，但是，他无法看到保密的技术资料。因为这类资料交给他保存时，都是密封的。这倒不是出于对吴为的不信任，而是保密制度所规定的。如果保密文件交给吴为之后，在保管过程中被启封了，吴为是要对此负责的。从吴为那懦弱的个性、贪求安逸的思想来分析，他有可能被敌人所利用。

然而，如果吴为想窃取国家机密，完全可以采用其他更为隐蔽的办法，为什么要用假“定时炸弹”而轰动全厂呢?

为了进一步查清真相，金明决定和戈亮一起到吴为家登门拜访。

病入膏肓的金丽丹

天已经完全黑下来。滨海市的秋夜是凉爽的。明亮而又清冷的月光照着大地，树叶在秋风中零零落落飘了下来。金明和戈亮穿着便衣，离开了公安局。

戈亮驾驶着轿车，在滨海市的中心大街——滨海路上飞驶。街上，除了小轿车之外，很少看到公共汽车或自行车。正当轿车在笔直前进时，金明忽然对戈亮说："朝左拐，顺路先到高岳东路768号806室去一下。"

金明的记忆力是惊人的。金明由于职业的锻炼，平常的人觉得最难记的数字，他可以过目不忘。

768号是一幢20层的大楼。当金明和戈亮坐电梯来到8楼，揿响806室的电铃，半晌，从里面传出微弱的声音："请进！"

门虚掩着。金明和戈亮一进门，便闻到一股煎中药的味道。屋里亮着一盏小台灯，一个瘦弱的老妇人躺在床上，见有人进来，微微欠起身子。原来，她便是金丽丹，病重在家。丈夫在第六医院值夜班，女儿出嫁了，有时白天来一下，所以剩下金丽丹独自在家。

金丽丹的双目近乎失明，看不见来者是谁。金明自称是煤气公司的，趁晚上各家有人，来用"电子鼻"检查一下各家的煤气龙头是不是漏气。

金丽丹的听觉尚好，说道："那就请你们检查一下吧，非常感谢！"

金明从手提包中，果真拿出"电子鼻"——嗅敏仪。这是一个小方盒，连着一根细长的管子。启动之后，管子便朝里吸气。如果吸进的气体中含有煤气，小方盒上的小红灯便会自动亮了。用"电子鼻"还能检查别的特殊的气味。平时，金明在执行任务时，手提包中常带着“电子鼻”，用来检查罪犯遗留下来的气味，此时却成了“道具”——装扮成煤气公司的工作人员。

金明“醉翁之意不在酒”，他一边“检查”煤气龙头，一边打量着金丽丹的住室。这是一大一小的套间，室内的家具都是三十多年前的老式家具，沙发套着白色的打了补丁的套子，室内的一切显得凌乱不堪，床头堆着十几包中药，桌上是书、笔记本、果酱瓶、药水瓶，椅背上挂着衣服，窗户半开半掩，地上的纸随风吹起，厨房的水槽中放着几个没有洗的碗碟……

金明把煤气龙头一一查过之后，便向金丽丹告辞，对她说道：“你的煤气龙头和煤气管没有漏气，请放心。再见！”

金丽丹照旧微微欠起身子，用微弱的声音说道：“谢谢，再见！”

当金明和戈亮重新坐进轿车，戈亮问道：“你以为，金丽丹值得怀疑吗？”

金明没有答复，却反问道：“你以为如何？”

戈亮摇摇头说道：“这么一个病入膏肓的老太婆，已是泥菩萨过河——自身难保，不大可能作案。”

金明沉默不语，不置可否。他在没有深思熟虑、得出明确的结论之前，是不轻易发表自己的意见的。他只是对戈亮说道：“到吴为家里去，白堤路1467弄7号9室。”

绝不是闲聊

白堤路紧靠着滨江。这一带，差不多都是一幢幢三层楼的小洋房。滨江发出轻轻的浪涛声，在月光下，波浪闪耀着点点银光。

吴为的家在一幢小洋房的二楼，面临着滨江。当戈亮按了一下门铃之后，马上就响起了响亮而清脆的声音："来啦！"紧接着，是一阵节奏很快的"咯噔咯噔"的跑步声。

门开了。金明第一眼就看到一个只有四五岁的小女孩。她白白胖胖的，大眼睛紧盯着来客，用银铃般的声音很有礼貌地问道："伯伯、叔叔，你们找谁？"

金明正要回答，屋里响起了惊讶的声音："喔，是金明先生、戈亮先生，请进，请进！"

金明一看，是吴为来了。

吴为家里，跟金丽丹的家截然不同：这里干净、整齐，它不是散发着中药味，而是充满了花露水的芳香。所有的家具都是最新式的淡黄色的，桌面、椅面是塑料的，桌脚、椅脚是镀克罗米的。家里已实现了"电气化"——大屏幕彩色电视机、电动缝纫机、电冰箱、电动冷暖气调节器。脚下是打蜡塑料地板，四面墙和天花板表面也贴着一层印花塑料墙纸。吴为见来了客人，一按电钮，整个天花板都亮了起来——装着一盏大面积冷光灯。

吴为向金明、戈亮介绍了女主人——他的妻子柳芽。她身材苗条，一对柳叶般细长的眉毛下忽闪忽闪地转动着一双黑白分明的大眼睛，两颊粉红色，分不清究竟是抹了胭脂还是本来如此，浑身散发着一股袭人的檀香味。其实，用不着介绍，金明和戈亮就认识她——滨海市著名的女高音歌唱家，她的形象三天两头出现在电视荧光屏上。

柳芽打开电冰箱，取出两瓶可口可乐招待客人。接着，旋风般从壁橱里取出一个白色的托盘。盘上放着四个碟子，分别装着瓜子、糖果、花生、椒盐小核桃。

金明和戈亮刚刚在沙发上坐下，吴为的独生女儿小珍珍马上拿来了两包过滤嘴香烟，递给了客人。

吴为把彩色电视机关上，陪着金明坐了下来。他一坐下来，便想抽烟，竟一时摸不到打火机。幸亏小珍珍机灵，从茶几上拿起一包火柴，吴为才把烟点着。金明那敏锐的目光，一眼看出吴为内心的惊惶。

戈亮是不抽烟的。金明点着了香烟，慢慢地抽了一口。屋里一片沉默，吴为似乎在搜索话题，一时却又无从谈起，于是更为起劲地抽烟，吞云吐雾。

金明知道吴为心中像十五个水桶在提水——七上八下，便与柳芽聊天道："柳芽女士，前天晚上，我在电视节目中还看到你呢。我很喜欢听你唱的民歌，像美国的《得克萨斯的黄玫瑰》、意大利的《圣塔露西亚》、日本的《卡哥娟·卡哥娟》、印尼的《宝贝》、中国的《刘三姐》，我都听了好多遍了。"

柳芽笑道："我唱得不好。"

正在这时，小珍珍在一旁插嘴道："妈妈唱得好！妈妈唱得好！"

小珍珍这么一说，大家哈哈大笑起来，就连吴为那紧绷着的脸上也出现了笑容。

金明又说道："柳芽女士，我发现你每次上台，发型老是在变化，有时候是波浪式、螺旋式，有时候束发髻、弧式、云纹式，是哪一位理发大师的好手艺？"

柳芽到底是演员，见过世面，她落落大方地跟金明攀谈起来，说道："老金，想不到你对女士的发型倒蛮有研究呢！"

"我是受人之托来打听的！"金明笑道。

"受谁之托？"

"远在天边，近在眼前。"金明朝戈亮指了指，戈亮仿佛丈二金刚摸不着头脑。金明接着说道："小戈的女朋友托我的，她想找个理发高手，给她打扮打扮。"

柳芽一听，哈哈大笑起来，说道："原来是这么回事，我一定帮忙。我的头发，是我们合唱团的化妆师李师傅理的。以后小戈的女朋友要理发，趁李师傅星期天在家休息时，我带她去。"

金明接着又问道："你爱人的头发也理得不错，也是李师傅理的？"

柳芽摇头道："不是李师傅理的，他怎么能跑到我们合唱团理发呢？他呀，是在他们厂旁边的江风理发店里理的。"

金明一听，笑道："喔，想不到江风理发店的手艺也不错。戈亮，你下次就到那里去理！"

这时，小珍珍冷不防又插嘴道："我也去！"

这下子，又惹得大家哈哈大笑，吴为也情不自禁地笑了起来。

金明看了看手表，起身告辞。他对吴为说，今晚正好路过这里，顺便来看看你们，聊聊天，没什么事情。吴为一听，那颗七上八下的心放了下来，高高兴兴地把金明送走。

戈亮跟随金明上了轿车，心中迷惑不解：金明本来说今晚要出去执行侦查任务，怎么跟人家谈起“山海经”，甚至扯到女朋友的理发问题上去。说实在的，戈亮从来没有拜托过金明为女朋友办什么事！

金明早就从戈亮那紧皱的浓眉看出他心中的疑虑，却又是沉默不语。戈亮一边开车，一边见金明用手托着腮帮，知道他陷入了沉思，就不打扰他了。不过，戈亮相信，金明到吴为家里，绝不是去闲聊的！

细心的“痕迹专家”

回到公安局里，月亮已经快到头顶上了。金明嘱咐戈亮向李光了解一件事情，并劝他早点休息。

金明自己呢？他是一个“夜游神”，喜欢在深夜中工作。他觉得深夜之中万籁俱寂，便于集中精力思索。每逢这个时候，他总是半躺在沙发上，双手交叉枕在脑袋之下，眼睛看着天花板。于是，白天目击的种种现场情况，便像放电影似的出现在天花板上。这“电影”一边放映着，金明一边思索着，把案情连贯起来加以考虑。金明记得一位著名的小提琴手曾说过：“练琴，不光是用手练，更重要的是用脑子练！”正因为这样，金明也常说：“公安人员不光是要在现场侦查，更重要的是用脑子思索！”

金明被人们誉为“痕迹专家”。他很善于从一些非常细微的蛛丝马迹入手，理出破案的线索。他很注意血迹、指纹、头发、脚印之类的作案痕迹。

此时，正当他独自沉思，忽然从沙发上一跃而起，旋风般地来到办公桌旁，从抽屉中取出一小包用白色滤纸包好的东西。

灯下，金明小心翼翼地打开小纸包。小纸包里有什么东西呢？原来，就是那些从电动剃须刀中刷下来的须末。这些须末除了一部分拿去进行化验之外，其余的都被保存在这小纸包里。

金明细细地观看着，白纸衬着黑色的须末，黑白分明，看得十分清楚。金明用放大镜放大，也看不出有什么可疑之处。

金明这位“痕迹专家”到底细心，他拿来一张包胶卷用的黑纸，把须末倒在黑纸上。这样一来，跟刚才正好相反：黑纸衬着黑色的须末！

金明办公桌上的台灯，是新型的可变灯，它的亮度可以根据需要而改变。金明把可变灯的亮度调节到最亮，把黑纸放在灯下，用放大镜细细观看。

蓦地，金明发现，在黑纸上那些黑色的须末变得黯然失色，很难看出来，然而，在须末之中却很醒目地夹杂着几点白色的东西！

金明仔细一看，那白色的东西不是别的，也是须末，也就是说，这把电动剃须刀的主人，应当是一个在黑胡子中夹杂着少许白胡子的人。

金明是位“警察博士”，他曾经研究过这些问题，发表过论文《论人的头发与眉毛、胡子的关系》，在论文中他曾指出：头发、眉毛、胡子都可以用来化验血型及进行其他量分析，这是它们的共同之处。然而，它们的生长规律，却不尽相同。秃头的人，往往长着浓密的连腮胡子。就颜色而论，有的人由于遗传，少年白发，而胡子却只有在上了年纪之后才变得花白。眉毛的颜色，也有其不同的规律，有人一生下，眉毛中便夹杂着一撮白毛，也有人白发苍苍，胡子也白了，眉毛却黑如浓墨……金明的论文，曾被收入公安部编印的《痕迹侦查论文集》中。

金明在与吴为的接触中，曾仔细观察过吴为的头部：头发中大约夹杂着百分之三左右的白发。他的脸一般刮得很干净，他很讲究仪容，不过，金明用他那敏锐的目光看出，吴为的胡子没有一根是白的。他的眉毛是经过修饰的，也没有一根白毛。

这么一来，案情又进一步复杂化了：根据须末化验，电动剃须刀的主人是Am血型，含铬量偏低，含镉量偏高，这种种迹象正好与吴为的特征相符——Am血型，患过糖尿病，烟瘾很大；然而，根据对须末的颜色进行分析，却又与吴为的特征不符——须末中夹杂白须，而吴为没有白须。

作案者究竟是谁呢？

第二章　多事之秋

真是“多事之秋”！

那一夜，金明只睡了三个多小时。

清晨五点，金明手腕上的电子表振动起来，金明便从床上一跃而起。那电子表是自动定时闹表。金明不管夜里睡得多晚，每天总是清晨五点起床。一到这时候，电子手表便振动起来，喊醒了金明。

滨海市公安局也在滨江之畔。金明手持宝剑，习惯地走向江边。“一叶落而知天下秋”，江风吹来，树叶飘零。金明踏着落叶慢慢地跑着。当金明来到“老地方”——江边的一棵巨大的法国梧桐树下，戈亮也正好持剑跑到那里。于是，他们俩开始击剑，你进我退，你退我进，一来一往，两把宝剑闪着寒光，不时发出清脆的铿锵声。这，是金明和戈亮每天的“晨课”。金明每天坚持锻炼，正因为这样，年过40的他，身体却依旧是那么瘦、结实。

突然，金明手腕上的电子手表又振动起来。金明马上停止击剑，从地上拿起脱掉的外衣。因为电子手表突然振动，这，意味着有紧急情况。

金明和戈亮以百米冲刺的速度，奔回公安局办公大楼。一进办公室，果真，金明桌子上那部红色的电话机上，亮着小红灯。金明的桌子上，放着红、黄、蓝、白、黑五部电话机，红机通常是很少使用的，只是极少数人知道红机的电话号码。通过红机打来的电话，一般都是报告最紧急的敌情。红机是自动录音电话，如果对方打来电话，主人不在，红机会放出录音，告诉对方："金明不在，请你讲吧，我会把你的话用录音机录下来，他一回来就会知道。"在录音之后，红机上的小红灯便亮了，表示已经来过电话。另外，它还通过附属设备，用无线电波把讯号发射出去，使金明的电子手表发生振动。如果金明正外出执行任务，无法回到办公室里接电话，他可以从手提包中拿出半导体报话机，收听红机录下来的电话录音。一次听不清楚，还可以听两次、三次。

此时金明回到办公室，拿起红机的听筒，从里面传出这样的声音：

"金明先生，我是滨江江口监视站。凌晨4点07分，我站水下声呐发现江内有一小型潜水物，发出怪声，向江口前进，企图入海。经过站长批准，通知海军潜艇部队，立即出动五艘微型潜艇追捕。4时48分，捕获这小型潜水物。现在，这小型潜水物存放在我站，遵站长之嘱，向您报告这一情况。"

金明听完，从红机上取下微型录音磁带，交给戈亮，请他转给公安局的电子计算机室。在那里，只需把磁带装入输入机，没多久，打字机便可把磁带上的话打印出来，便于长期保存。

金明连早饭都来不及吃，便与戈亮出发前往滨江江口监视站了。

金明的轿车沿着江边公路急驶。清晨，公路上行人稀少，秋风卷着落叶，大有“无边落木萧萧下，不尽长江滚滚来”之感。金明想，108造船厂的技术档案失窃事件尚未查清，忽地江口又出现新的敌情，眼下的秋天，真是“多事之秋”！

谁知就在这时，金明的电子手表又振动起来。金明知道新的紧急情况又发生了，马上从手提包里拿出半导体报话机，放下车窗玻璃，把长长的天线伸到车外。果真，从半导体报话机中，传来了新的重要情报。

地下室里的爆炸声

半导体报话机里，响起了急促的声音：“金明先生，金明先生，我是滨江江口监视站，滨江江口监视站，凌晨捕获的潜水物爆炸！凌晨捕获的潜水物爆炸！”

戈亮一听，加大了油门，轿车像离弦之箭一样向江口驶去。

金明手持半导体报话机，大声地喊道：“我是金明，我是金明，立即赶到，立即赶到，请保护现场，请保护现场。”

过了半个小时，从车窗里望出去江面已经越来越宽，波浪越来越大。这意味着江口就要到了。

不久，眼前出现一座孤零零的十层大楼，楼顶闪耀着红色的巨大数字。那便是滨江海关检查站，江口监视站也设在那里。红色的巨大数字是在经常变化着的。不过，它不是表示时间，而是表示着滨江水位，供进出江口的轮船参考。

金明的轿车刚刚驶到大楼跟前，便有一个穿着米黄色海关的卡其制服的胖子，走到车旁，拉开了车门。因为对方一看车号“88-60007”，便知道是公安局的轿车。胖子跟金明紧紧地握手，他是滨江海关检查站站长，兼江口监视站站长，姓贾，单名飞。贾飞身材高大，加上又胖，所以显得很有气派，仪表堂堂。他跟金明是老朋友。下车后，戈亮和贾飞站在金明左右两侧，三个人看上去呈“M”形——金明差不多比他们俩矮半个头，人又瘦削。

使贾飞感到奇怪的是，没等他开口，金明便迈开双脚，迅速地朝地下室走去，弄得两个大汉——贾飞和戈亮急急忙忙在后边紧跟着。

原来，金明的鼻子异常灵敏，他一下车便闻出一股火药味是从地下室冒出来的，便断定爆炸现场在那里。

地下室门上的玻璃被震碎了，遵照金明的意见，贾飞保持现场原貌：在发生爆炸之后，除了派两个人在地下室门口守卫外，没有一个人进入过地下室。

金明拧亮电筒，从地下室破碎的窗口朝里一望，只见浓烟尚未完全消散。金明对贾飞说道：

“立即采取措施，把破碎的门立即用金属铅板堵上，未经许可，任何人不得入内！”

为什么要用金属铅板堵门呢？原来，金明从地下室内那残存的碎片，已看出那小型潜水物可能是用原子能作为动力，因此必须采取紧急措施，防止放射性污染。

金明对这里已是“熟门熟路”。他离开地下室，来到十楼贾飞的办公室。这里面临滨江入海处，黄浊色的江水奔腾入海，激起一阵阵白色的浪花。这里的风，比滨海市内要大得多。在十楼俯瞰江面，一清二楚。认真地讲，这里是贾飞作为江口监视站站长的办公室，而他作为海关检查站站长的办公室则在二楼，专门用来接待外宾。待金明和戈亮坐定之后，贾飞便讲述了爆炸的经过：自从那个小型潜水物被捕获之后，就放在地下室中暂时保存。门紧锁着，室内没有人。然而，忽然传来“轰”的一声巨响，紧接着是一阵碎玻璃落地的乒乒乓乓声……

贾飞感到很奇怪，那小型潜水物没人动它，怎么会自动爆炸呢？

金明虽然对其中的原因，已猜出几分，但是在没有十足的把握之前，不愿轻易下结论。他只是向贾飞问道：“你们在发现小型潜水物以及捕获它的时候，录像了吗？”

贾飞答道：“录了，现在就请你和戈亮一起看一下。”

贾飞说着，一按电钮，玻璃窗便自动关上。再一按电钮，窗帘自动拉上。

贾飞到墙壁前面，按了一个墙上的电钮，一卷白纸，便自动从上面放了下来，盖住整个墙壁。原来，这叫“挂壁式电视屏幕”。平时，它可以像纸头一样卷起来，要用的时候才放下来。

一开始，屏幕上一片空白，接着，出现各种古怪的波纹，从屏幕后面的喇叭中发出各种各样奇怪的声音——嘶嘶嘶嘶，咻咻咻咻，咚咚咚咚，呼噜呼噜，嘀嘀嗒嗒，叽叽喳喳。原来，这是水下声呐所记录下来的各种鱼类的声音。鱼类并非“哑巴”，它能发出各种声音。平常，声音在空气中每秒钟只能传播340米，在海水中每秒钟能传播1500米，快了四倍多，而且传播的距离也比在空气中要远。正因为这样，可以用声呐来“收听”

水中的各种声音。声呐的英文为“Sonar”，本来是“Sound navigation and ranging”的缩写，意即“声导航和定位”。用声呐可以发现水中的各种发声体，并且确定它们的位置。不过，水中是一个热闹的声音世界，除了各种鱼发出的声音之外，还有江面上来往的各种轮船发动机声，甚至连江边公路上的汽车声音也会传入水中。这种种声音全部从喇叭中传出。突然，其中响起一种特殊的“嗡嗡”声，由远而近。尽管声音不大，却很清楚。

贾飞说道：“这就是异常的声音。最初，我们以为是潜水艇，可是，凡是有潜水艇经过这里，海军司令部总是会事先通知我们的。再说，这声音比潜水艇的声音轻得多，节奏也快得多。”

这时，屏幕上出现亮绿色的波纹，迅速地上下跳动。

贾飞接着说道：“于是，我们就向海军司令部报告了。海军司令部马上下达命令。三分钟之后，五艘潜艇出动了。这时，我们打开了超声波探索仪，监视着那个发出特殊声音的家伙，不断把它的方位、距离向海军司令部报告。”

屏幕上那些奇特的波纹消失了，取而代之的是一个模糊的白色亮点。贾飞指着亮点说：“这就是那个来历不明的潜水物！”

神秘的“电子鳗鲡”

紧接着，在屏幕上出现五个巨大的清晰的亮点。不用多说，它们是海军的五艘微型潜水艇，从左、右、前、后、上五个方向包围了那来历不明的潜水物。

这时，那模糊的小点时而向左，时而朝右，时而往前，时而退后，时而上升，时而下降，很显然，它想逃离包围圈。

一艘潜艇接近了白色的小亮点。这种潜艇像小轿车那么小巧，只乘坐两个人，行动很灵活。

在潜艇前端，装着强照明灯和一对蟹钳般的机械手。由于江水混浊，照明灯再亮，也失去作用。潜艇也是用超声波探索器才能确定小型潜水物的方位。后来，终于用蟹钳抓住了它。

最后，屏幕上出现了清晰的画面，那是用电视录像机直接拍摄下来的镜头：微型潜水艇浮出水面，一双蟹钳紧紧地钳住一个十岁孩子那么大小的铁家伙。它有着尖溜溜的头，长圆形的身体，鱼一样的尾巴，两侧还有两只短小的三角形翅膀，尾部下端有一个小小的螺旋桨，浑身土黄色，跟江水的颜色难分难辨。

奇怪的是，当它被送进地下室，临时放在一张墨绿色的乒乓球桌子上，它竟然很快就变成了墨绿色！很显然，它的表面刷着一层变色油漆，能够随时乔装打扮，变成与周围环境同样的颜色。

贾飞和潜水部队中队长最初以为，这个来历不明的潜水物可能是一枚水下导弹。为了安全起见，所以把它放在地下室中，因为地下室有很厚的墙壁，也比较隐蔽，万一爆炸，不会造成很大的损失。不过，他们感到不解，这枚水下导弹如果是敌人发射的，势必是从公海进入滨江，然而，它却是从滨海市方向经江口朝公海中前进。另外，它不太重，不大像是一枚导弹。他们觉得这件事可能跟滨海市内潜伏的敌人有关，所以立即报告了金明。

直到这时，金明清楚了现场的情况，跟戈亮商量了几句，才向贾飞谈了自己的看法。

金明认为，这个来历不明的潜水物，不是水下导弹，而是“水下信使”，又叫“电子鳗鲡”。金明是一位“警察博士”，他博览群书，又精通好几门外语，经常翻阅各种国外报纸、杂志。他特别喜欢看国外的一些小报，因为外国政府一般对大报控制较严，小报有时不经新闻检查便可出版，而小报记者们四处钻营，常爱透露一些“内幕消息”，以便耸人听闻，扩大销路。金明看小报很仔细，有时连广告都细细看过。不久前，他从一家外国小报上，看到一则寥寥数百字的关于“鳗鲡工厂”的报道。这家工厂专门生产神秘的“电子鳗鲡”，作为“水下信使”——一种传递情报的新方法。

尽管那则简短的小报消息没有透露“电子鳗鲡”是什么样子的，干什么用的，金明凭借他作为滨海市侦查处处长的敏感，意识到敌人的间谍机关又在玩弄新花样了。如今，又看到了这来历不明的潜水物，便从中悟出了“电子鳗鲡”的含义：间谍们一般向国外发送情报，是用无线电报。可是，发报容易暴露目标，何况像图纸、照片之类情报，很难通过电报传递过去。于是，间谍机关便发明了“水下信使”——“电子鳗鲡”。鳗鲡是一种有趣的鱼，它生活在淡水之中，然而，每年秋天却要到深海产卵，幼鱼又从海入江，回到淡水之中。间谍机关制成了“电子鳗鲡”，只要间谍把情报放入“电子鳗鲡”之中，它便能在深水中潜游，用电子仪器自动导航，用电子电池作为动力。它按照指定路线，来到公海之中，间谍机关派出潜艇接收“电子鳗鲡”，便可取到情报。取走情报之后，可把“电子鳗鲡”放走，它又重新返回，间谍可到约定的地点取回“电子鳗鲡”。这么一来，不仅可传递一般文字情报，还可传递图纸、照片之类。它在深水中往返，静悄悄地，不动声色。虽然它的传递速度比电报要慢，但是要安全得多。正因为这样，它的正式名字叫作“水下信使”。

贾飞听了金明的分析，顿开茅塞，高兴地说道：“‘警察博士’，名不虚传！”

谁知金明闻言，绷紧了脸，十分严肃地说：“现在不是开玩笑的时候！”

接着，金明请贾飞注意四件事：

一、加强江口监视站的水下监视工作，密切注视水下的情况；

二、如果发现有“电子鳗鲡”从公海进入滨江，不必截击，也不可出动潜艇跟踪，切忌打草惊蛇，纵其入境，只可用超声波探索器不断测定其方位；

三、如果发现有“电子鳗鲡”从滨江进入公海，立即出动微型潜艇截击。不过，在捕获“电子鳗鲡”之后，切切记住，不可让它离开水面。即使要运回江口监视站，也必须在水中将其放入水箱，然后把水箱连“电子鳗鲡”一起运回；

四、随时与海军、与滨海市公安局侦查处保持联系。

吴为家里出事

贾飞听了金明的四点嘱咐，觉得条理清楚，考虑周到。不过，他对其中的第三点，不大明白：为什么在截获“电子鳗鲡”之后，不可让它离开水面呢？

金明没有回答，却反问道："你知道吗？黄鱼在捕获之后，如果离开水面，会怎么样？"

贾飞对渔业颇为精通，马上不假思索地答复道："当然就死了，即使重新放进水中，也活不了！"

金明笑道："'电子鳗鲡'的脾气，有点跟黄鱼差不多哩！我们最近获知，国外间谍机关制成了一种特殊的自爆装置，它放在水里不会爆炸，而一旦离水，到了规定的时间便爆炸。'电子鳗鲡'中，很可能装着这种自爆装置，你们抓住的第一条'电子鳗鲡'之所以会在地下室里爆炸，估计就是这个原因。你们是在什么时候让'电子鳗鲡'离水的？爆炸是什么时候？"

贾飞掏出笔记本，答道："爆炸时间是5点27分，这个时间我记下来了，准确无误。至于'电子鳗鲡'出水的时间，我倒没有注意。不过，可以大致推算出来。因为捕获'电子鳗鲡'是4点58分，将近5点钟时潜水艇靠岸，潜水艇是在靠岸前二三分钟浮出水面的。"

金明思索了一下，说道："这样看来，'电子鳗鲡'的离水时间是4点57分，而爆炸时间是5点27分，中间的间隔正好半小时。也就是说，它在离水后半小时自爆。"

贾飞点点头。

正在这时，贾飞桌上的红色电话机的铃声响了。贾飞一拿起耳机，里面便传出急促的声音："是贾飞先生吗？金明先生在不在你们那里？"

金明接过耳机一听，电话是他的另一个助手张正从滨海市公安局打来的。张正说，刚才李光来电报告，有紧急情况，请你立即赶到吴为家里，他在那里等你。

金明答复了一句：“我马上赶来。如发生意外情况，注意保护现场！”

金明撂下耳机，看了一下电子手表，已是9：10。他向贾飞告别时，又到地下室看了一下，见门已用铅板封死，这才放心地坐上轿车。他告诉贾飞，他将派公安局技术科的工作人员到这里，穿上防辐射衣服，进入地下室清理现场。

轿车又奔驰在江边公路上。此时，公路上车辆如梭，滨江上百舸争流，热闹非凡。

戈亮驾驶着汽车飞一般前进。此时，金明又是用手托着腮帮——这是他陷入沉思的习惯动作。他在思索：吴为家里出了什么事？108造船厂的技术档案失窃，究竟跟“电子鳗鲡”有没有联系？是两桩案件，还是一桩案件？

从车窗中望出去，江面渐渐变窄，这意味着市区快到了。公路上的汽车越来越多。在经过一个岔路口时，碰上了红灯，戈亮不得不停车。趁这短暂的时间，戈亮问金明道：“你估计，吴为家出了什么事？”

金明简短地说了他经过深思熟虑作出的估计：“人命案件！我马上用无线电话通知急救车作好准备，待命。”

戈亮的脸上，没有出现吃惊的表情。显然，他刚才也在思索，而且他的估计跟金明不谋而合。

岔路口的红绿灯，是用电子计算机自动控制的。戈亮因为有重任在身，急于赶路，按了一下车上的超声波喇叭。这种喇叭只有公安局的几辆执行特殊任务的汽车上才有。超声波喇叭发出人耳听不见的声音。岗亭内的超声波接收器接到讯号，电子计算机马上把红灯转为绿灯。这时，戈亮便驾驶轿车，迅速通过岔路口。

轿车来到了白堤路。由于昨晚来过一次，所以戈亮很快就找到了1467弄7号。

轿车还未停稳，李光便奔了过来。从他那额上的汗珠，从他那紧皱的双眉，可以看出，他心急如焚！

房门紧闭着

吴为家里出了什么事呢？

李光坐进轿车，汇报了事情的经过：

自从昨天上午发生了技术档案失窃事件之后，李光开始格外注意吴为的情况。吴为向来是按“标准时间”上班的。今天上午八点，未见吴为来上班。过了八点半，吴为仍未来上班。李光着急了，打电话到吴为家里——电话号码9723460，没有人接。

于是，李光便驾驶着轿车，到吴为家里去探望。

吴为家的门，紧闭着。李光按了按电铃揿钮，没人出来开门。李光按了足足一分钟，仍未见动静。李光用手推门，见门反锁着。

李光看到走廊上放着一辆浅绿色的飞马牌折叠式女自行车，知道这是吴为爱人柳芽的自行车。她上班原是骑自行车的。

李光便去按9室的门铃，无人答应。再去按10室的门铃，一位老太婆出来开门。经李光说明来意及出示工作证之后，老太婆知道他是吴为的同事，便请他进屋。

李光在昨天查过吴为的档案，摘抄了有关的电话号码。他借用10室的电话，拨了6676745，大约过了半分钟，才有人来接电话。李光问道，柳芽女士在吗?

对方一听是男人打来的电话，便粗声粗气地答道："现在不是上班时间，她不在。"刚说完，"咔嚓"一声便把电话挂上了。

李光又打电话给白堤幼儿园，问小珍珍来了没有。幼儿园的答复是，小珍珍除了星期天之外，天天都来的。可是，今天不知什么原因没有来。老师打电话到小珍珍家里，也没有人接。

李光问10室的老太婆，今天早上看到过吴为没有？老太婆答道，吴为由于曾经长期生病，所以很注意锻炼身体，每天一早，总是在院子里打太极拳。老太婆也每天打太极拳的。今天早上，却未见吴为出来打太极拳。另外，柳芽每天清早总是外出买菜，今天也未见她出门。

李光一听，估计吴为家里可能出现特殊情况，便挂电话给金明。当时金明不在，是张正接的。由于老太婆正坐在他的旁边，所以李光不便在电话中多谈，只是说有紧急情况，请金明火速赶来。

打完电话之后，李光便向老太婆打听起吴为家里平时的情况。老太婆与他们家颇熟，便告诉李光：柳芽每天上午在家休息，下午到合唱团上班。晚上是演出时间。如果没有演出任务，则在家中。吴为平素不太跟左邻右舍来往，下班后往沙发上一坐，翻翻报纸，听听收音机，看看电视，一根接一根地抽烟。柳芽的人缘很好，跟大家都合得来，她上午在家，常照料左邻右舍；他们家下午没人，大家也照料她家……

李光认为，吴为家今天房门紧闭，有两种可能：一是畏罪带领全家潜逃；二是畏罪自杀。

戈亮听了，点了点头。他以为，后一种可能性最大。正因为这样，刚才金明说了“人命案件”四个字，他不感到惊讶。

金明没有表示自己的意见，只是对戈亮说，带好工具，准备侦查现场。

金明上了二楼，来到9室门前，见门是用一把弹簧弹子锁反锁的。便让戈亮戴上薄薄的尼龙手套，用万能钥匙打开了房门。

开了房门之后，金明第一个走进去。戈亮跟着进去，他低头走着，尽可能使自己沿着金明的脚印走，以便尽量减少在现场留下的脚印。第三个进去的是李光。他一进门，便把门随手关上，李光是按照戈亮的脚印朝前走的。

金明踮着脚尖，步子尽可能迈得大，贴着墙壁前进，走起路来仿佛跳芭蕾舞似的。因为罪犯一般很少贴着墙根走路，这样可以避免侦查者的脚印落在罪犯的脚印上。

金明发现了什么呢?

樱桃红色的皮肤

金明刚一进门，便闻出这个充满花露水芳香的房间中，似乎夹杂着一种异样的气味。只不过花露水的香味很浓，使金明一下子辨别不出那异样的气味究竟是什么。

吴为家是一个套间，大房间是会客室兼书房，小房间是卧室。卧室的门敞开着。

金明贴墙走进吴为的卧室，第一眼就看见门边的小床上，小珍珍直挺挺地躺在那里，一只手臂垂了下来。

进去一看，大床上，吴为和柳芽也愣愣地躺着，被子乱作一团，有一半落在地上。

金明用戴着尼龙手套的手，轻轻扶起小珍珍那低垂的手，见皮肤表面呈鲜艳的樱桃红色，心中的疑团顿时冰释。

金明直起腰来，回头对李光、戈亮发出非常简短而又明确的命令：

“李光，马上把所有的门、窗打开！”

“戈亮，打电话给局里，让正在待命的急救车立即开到这里！”

金明说着，从衣袋里摸出一个小玻璃瓶。这瓶子内是抽成真空的。金明把瓶盖上一个凸出的圆珠朝下一按，室内的空气立即“嘶”的一声跑入瓶内。金明取了室内空气样品，便于进行化验，为破案提供线索。

李光贴着墙根前进，迅速打开了门窗。戈亮用室内那架号码为9723460的黑色电话机，给局里挂了电话。

在一分钟之后，李光和戈亮都已完成金明交给的任务。此时，金明指着小珍珍那樱桃红色的手说道：“这是煤气中毒的特征！”

戈亮检查了吴为和柳芽的身体，也发现低垂的部位，皮肤表面呈樱桃红色。凡是煤气（即一氧化碳）或氰化氢中毒都有这样的特征。

此时，金明从手提包中拿出电子鼻。说来有趣，昨天晚上，金明在金丽丹家里，装扮成煤气公司的工作人员用电子鼻检查煤气龙头。如今，假戏真做，他真的要检查什么地方漏煤气了！

“电子鼻”相当灵敏。当金明把细长的管子移近煤气灶的喷口时，“电子鼻”那小方盒上的小红灯便忽闪忽闪地亮了，小方盒中的蜂鸣器也“嘟嘟”作响了。金明一看，那煤气开关被拧开了，正在那里往外喷煤气。金明顺手从筷子笼里取出一根筷子，小心地用筷子拨动开关，把它关上了。他知道，那开关上可能留下指纹——这是作案者的指纹，是极为重要的证据！

这时，戈亮和李光在那里仔细检查吴为、柳芽和小珍珍的身体，用灵敏的红外温度计测出腋窝的温度为36.1℃。这表明他们中毒的时间不久。戈亮估计了一下，中毒时间大约在两三个小时之前。由于煤气开关并没有开得很大，煤气从灶间扩散到卧室，并引起中毒，估计要两三个小时，因此，作案时间可能在凌晨4点左右。戈亮、李光在大致进行检查之后，马上对吴为、柳芽进行人工呼吸。金明在关好煤气开关之后，过来给小珍珍进行人工呼吸。

正在这时，楼下响起了急救车那刺耳的呜呜声。戈亮、李光分别背着吴为、柳芽来到走廊，金明把小珍珍抱出去，送上了急救车。

金明对随车而来的助手张正说道：“立即送滨海市中心医院，请刘院长组织医护人员尽力抢救！”

说完，金明并没有上车，而是同戈亮、李光返回9室，继续侦查现场。

急救车又响起刺耳的呜呜声，疾驰而去。

自杀还是他杀？

金明和戈亮、李光重新回到吴为家里。

金明指着煤气灶上的开关和房门，要戈亮仔细检查上面的指纹。

金明和李光一起，检查打蜡地板上的脚印。金明从衣袋里掏出只有橄榄那么大的微型手电筒，递给李光。李光从反方向揿亮手电筒，金明借助逆光，察看着地板上的脚印。地板上打着蜡，照理是比较容易查出脚印的。然而，一进门就是灶间，灶间的地板上脚印太杂太乱了。

这大抵由于柳芽很好客，常常一边烧菜一边跟邻居聊天，所以灶间满地都是脚印，很难找出可疑的脚印。

至于客堂和卧室，也没有找到什么可疑的脚印。客堂里，明显地留着金明和戈亮的脚印——这是他们昨晚来访时留下的。在卧室里，只有吴为、柳芽和小珍珍的塑料拖鞋印。

戈亮在煤气开关和门上喷了“显迹水”，指纹呈黑色清晰地显示出来了。戈亮又在吴为家里的电视机揿钮、热水瓶的把手、开水壶柄上，喷了“显迹水”。然后，把指纹用照相机拍下。过了一分钟，各种指纹照片就印出来了。

戈亮认为，在电视机揿钮、热水瓶把手、开水壶柄上的指纹，一般来说，只能是主人——吴为和柳芽的。小珍珍的指印特别小，也好辨别。戈亮用这些指纹跟煤气开关上的指纹相对照，结果查出，既有吴为的指印，也有柳芽的指印。除此之外，没有别的指印。

至于房门上，可疑的指印较多，其中甚至有李光的指印——刚才，他在金明、戈亮到来之前，曾用手推过门。这些杂七杂八的指印，一下子也很难从中查出究竟哪几个是值得怀疑的。

当戈亮查完指印，金明和李光也正巧查完了脚印。他们简单地交换了一下彼此了解的情况之后，便讨论起案情来了。

戈亮和李光认为，种种迹象表明，昨晚金明和戈亮来访，使吴为心惊肉跳。他彻夜难以入眠，在凌晨，出此下策，用煤气自杀。当时，柳芽和小珍珍正在酣睡之中，不知不觉地中毒了。正因为这样，不论是门上、煤气开关和地板上，都没有留下可疑迹象。吴为是畏罪自杀。

戈亮特别指着烟灰缸中那满满的一堆过滤嘴烟头说道，吴为在自杀之前，是经过痛苦的思想斗争的。

金明在一旁细细听着，没有吱声。等戈亮说完，他问道："为什么他在凌晨才下决心自杀呢？"

戈亮进一步提出了新的看法：108造船厂的技术档案失窃案件是和"电子鳗鲡"案件联系在一起的。吴为是作案者，窃得了图纸之后，带回家中。昨晚，金明和戈亮来访，他以为自己的面目暴露了，连夜用照相机翻拍了图纸，放入"电子鳗鲡"之中，从临江的窗口扔进江中。谁知凌晨4点多"电子鳗鲡"被我方捕获，"电子鳗鲡"中的自动报警器立即向吴为报告。这使吴为绝望了，终于横了心，自杀了。

戈亮说完，急于想知道金明的看法。他知道，金明对这个问题已经考虑了很长时间；他也知道，金明不到瓜熟蒂落，不肯随便发表意见。于是，便来了个"激将法"，说道："老金，你的意见也差不多吧？"

直到这时，金明终于吭声了。

钥匙上的重要线索

金明的意见，常常出人意料。谁知这次他一开口，便说道："小戈，我同意你的分析……"

戈亮一听，喜形于色。李光也感到非常高兴。

然而，金明并没有把话说完，他接着说道："我同意你关于两个案件互有联系的分析。不过，我认为吴为不是自杀，而是他杀！"

金明的意见，使戈亮和李光感到震惊。

金明逐一列举了他的理由：

一、吴为为人懦弱，贪生怕死，不大可能去当间谍；

二、如果吴为要盗窃技术资料，可以采取更为隐蔽的方法，用不着惊动全厂；

以上两点，他已经在昨天说过。

三、吴为中毒时的表情、姿势，和柳芽差不多，是在不知不觉的状态下中毒的，不像自杀；

四、吴为非常珍惜自己的小家庭。如果自杀，不大可能下毒手同时杀死自己的妻子和小女儿；

五、吴为的房间里，散发着浓烈的花露水香味。这为他杀准备了条件——尽管煤气有一股特殊的气味，但是在香气氤氲的房间里，不易被察觉。

戈亮和李光听了金明的意思，虽然觉得也有几分道理，不过缺乏有力的佐证。

于是，他们决定再在房间内仔细侦查。

戈亮和李光来到临江的窗口，看看能否把“电子鳗鲡”从窗口扔进江里。

金明在吴为的卧室里，反复进行侦查。他见到小珍珍的床头，用红尼龙绳挂着一把钥匙，便拿起来观看。很显然，由于家里没有老人，他们特地给小珍珍在脖子上挂了这把房门钥匙，以便她下午从幼儿园回家时，能够自己开门进来。

金明用放大镜观察着小珍珍的钥匙。突然，他看到钥匙的凹槽里，残存着一星半点紫红色的东西。金明用大头针挑起它，发觉它富有塑性。根据经验，金明很快就判明，这是橡皮泥！

橡皮泥，是孩子们常玩的东西，用它揉成各种形状的东西。然而，橡皮泥怎么会跑到钥匙的凹槽里来的呢？

金明很高兴，找到了钥匙上的橡皮泥，仿佛找到了破案的钥匙！他认为，小珍珍才4岁，年幼无知。当她从幼儿园回家，脖子上挂着房门钥匙，很可能引起了间谍的注意。间谍只消把小珍珍的钥匙往橡皮泥上一按，回去仿照橡皮泥上的凹印便可制造出一把一模一样的钥匙，随时可以打开吴为的房门！

金明把自己的新发现告诉戈亮和李光，他们俩也发生了莫大的兴趣，认为这是一个重大线索。

这时，金明问起李光来：“昨夜，曾托戈亮问你关于江风理发店的人员情况，你调查了没有？”

李光答道：“这个理发店不属于我们厂，是属于附近街道办的，人员情况要向街道党支部了解。今天上午，我准备到那里去，正好发现吴为没来上班，我忙着处理吴为问题，来不及到街道党支部那里去。”

“嘟，嘟，嘟……”电话发出蜂鸣声。戈亮拿起耳机，以为是吴为的电话，谁知竟是张正从滨海市中心医院打来的。张正报告道：“滨海市中心医院很重视，积极进行抢救。柳芽经接氧气之后，已开始轻微呼吸。吴为在抢救之中，生死未卜。最危险的是小珍珍，能否救活，没有把握，看来凶多吉少。”

金明听了，拿过耳机，嘱咐张正道：“只要还有万分之一的可能，也要作一万分的努力。请医院尽一切力量，救活吴为一家！”

金明挂上耳机，对戈亮和李光说道：“他们三个人的病情轻重，完全合乎逻辑——小珍珍的床在卧室门边，最早吸进煤气，况且她又是一个孩子，抵抗力弱，所以病情最重。吴为长期患病，体质差，他的病情也不轻。只有柳芽睡在靠里一侧，吸进去的煤气最少，她的体质又好，所以最有希望救活。”

戈亮觉得金明的分析合情合理。不过，他颇为感叹，说道：“柳芽当然应该尽力救活。可是，从破案工作的角度来看，吴为是关键人物，小珍珍也很重要，他们更应千方百计抢救。”

金明笑道：“小戈，你真是‘三句不离本行’！”

这时，李光忽然插上来说道：“照我看，也许从破案的角度来看，柳芽比吴为、小珍珍更重要！你看她，平时谈笑风生，八面玲珑，善耍花腔，很值得怀疑。我一直感到纳闷，吴为是个体弱多病、性格孤僻的人，像柳芽这样花枝招展、交际广泛的‘歌星’，怎么肯嫁给他？这其中会不会有什么奥妙？”

金明听了，亲热地用手拍拍李光的脑袋瓜道：“大有进步哪，你也开始动脑筋啦！”

这么一来，三个人三种看法：戈亮认为吴为是自杀，金明认为是他杀，李光则把柳芽作为嫌疑对象。

作案者究竟是谁呢？

老太婆与金丽丹

在把吴为的房间初步侦查了一遍之后，金明、戈亮、李光离开了那里。当金明走出吴为的家，李光见隔壁10室的老太婆正在走廊上晾衣服。金明细细打量了一下这个老太婆，只见她个子矮小，瘦瘦的，头上白发倒不多，挺精神的。

金明便与老太婆打了个招呼：“老大娘，你身体不错嘛，一下子洗那么多衣服！”

老太婆笑了，露出满口真牙，说道：“用洗衣机洗的。”

金明关照道：“老大娘，吴为家里没有人，请你多照应照应。”

老太婆连连点头道：“没关系，你们放心好了。平时，他们家里下午没人，小珍珍回来，也都是我照料的。”

金明说完，和戈亮、李光一起下楼。李光附在金明耳边，低声说道：“你托这老太婆照料，靠得住吗？”

金明“嗯”了一声，表示已听懂李光的意思。下楼之后，金明和戈亮坐车到滨海市中心医院去，而李光则驾驶他的轿车，去执行金明分配的任务——前往108造船厂附近的街道办公室。

这时，已近中午，金明和戈亮饥肠辘辘，这才记起还没吃早饭！金明倒无所谓，而戈亮这位彪形大汉却受不了。当轿车驶到滨海市中心医院门口时，戈亮把车停下来，在食品零售亭里买了两只奶油面包。正当戈亮回身朝轿车走去的时候，一辆轿车从他身边擦过，驶进医院。在那短暂的一瞬间，他看到轿车后排半躺着一个年老的妇女，好面熟呀！

戈亮上车之后，想起来了：她，不就是金丽丹吗？昨天晚上，金明不是在她家“检查”过煤气龙头吗？她怎么也到医院里来了？

当戈亮把这件意外邂逅的事情告诉金明时，谁知金明不但也看到了金丽丹，而且还记住了那一闪而过的金丽丹的车号——“88-47113”！金明对于车号，可称是“滚瓜烂熟”。他一看车号便知，金丽丹坐的车，是滨海市中心医院的。

戈亮暗暗佩服金明那鹰一般敏锐的眼力。他不由得想起昨晚金明为什么要建议到金丽丹家里去“检查”煤气。尽管从档案材料上看，金丽丹没有什么可值得怀疑的，然而这么一个重病在身的人，为什么不早不晚，赶在这个时候来到医院？

不过，金明看到金丽丹突然出现，脸上一点也没有显露出惊讶的神色。他似乎早就预料到，金丽丹一定会在这个时候赶来的。

金明来到滨海市中心医院后，在急诊室找到了张正。张正告诉他：“柳芽的呼吸逐渐正常，但是还处于昏迷状态。吴为和小珍珍仍未脱离险境。”

金明嘱咐道："把柳芽、吴为、小珍珍分开，每人住一间单人病房。"

张正马上照办了。金明和戈亮来到三个病房，探视柳芽、吴为和小珍珍。柳芽的脸色已经转红，胸脯不断上下起伏，可以看出，确实脱离了险境。奇怪的是，吴为刚刚搬进一间单人病房，在他的病房对面，却正好住着金丽丹！不过，由于金明和戈亮今天穿着公安制服，加上金丽丹的视力不好，倒并没有认出他俩来。

没一会儿，大夫来通知金明："柳芽马上会清醒过来了。"

金明和戈亮赶紧来到柳芽的病房，随手掩上房门。果真，柳芽渐渐地醒了。她慢慢睁开了眼睛。猛地，她坐了起来，用手一下子拉掉插在鼻子中的氧气管，惊疑地看着周围的一切。她尖叫了一声："这是怎么回事？我跑到哪儿去啦？"

护士连忙把她按倒，要她好好休息。直到这时，她才看清坐在床前的两个人，端详了好一会儿，终于认出来了："老金，小戈……"

金明关切地问道："你怎么样？什么地方不舒服？"

柳芽答道："我，只感到气闷，想吐。唉，我，我，我怎么会睡到医院里来的？吴为呢？小珍珍呢？"

金明安慰她道："你好好休息一下，等你好一点，我们再把事情的经过告诉你。"

柳芽听了，合上那双疲倦的眼睛，慢慢睡着了。

这时，张正进来了。他做了一个手势，示意要金明和戈亮出来。金明和戈亮离开了病房，张正悄悄地附在金明的耳边说道："局里来了紧急电话，要你们马上回去！"

不可打草惊蛇

当金明和戈亮坐着轿车经过滨海市中心医院大门口时，猛然看到吴为家隔壁的那个身材矮小的老太婆刚刚走下公共汽车，迎面走过来。

金明示意戈亮停车，从车窗里伸出头来，对老太婆说道："老大娘，您上医院？"

老太婆这时才看出车里坐着金明和戈亮。她指了指手中的尼龙网线袋里的大苹果说道："去看望小珍珍！"

金明跟老太婆道声再见，轿车便开走了。金明临走时曾叮嘱过张正，任何人来看望吴为一家，未经金明同意，一概拒绝。

这时，戈亮一边开车，一边在想：案情越来越复杂了，怀疑的对象越来越多——吴为、柳芽、金丽丹、老太婆。吴为家一出事，金丽丹和老太婆又先后赶到医院。这究竟是怎么回事呢？

金明也用双手托着下巴，陷入了沉思。显然，他也在考虑那错综复杂的案情。他常说："谁能从乱麻中把头绪理出来，谁就能破案！"眼下，他正面临着一大堆乱麻，要想把头绪理出来，并不那么容易。

回到局里，金明才知道电话是滨江口监视站站长贾飞打来的。红机中放出了贾飞电话录音："金明先生，中午11点59分，我站发现有一小型潜水物，自公海经江口朝滨江内前进。遵照您的意见，我们纵其入境，并随时监视它的动向，随时报告它的位置。"

戈亮知道之后，建议道："是不是马上出动微型潜水艇盯梢？如果能够当场抓住取'电子鳗鲡'的人，案情也就大白了。"

金明摇头道："不行。那样只会打草惊蛇！因为'电子鳗鲡'也会有'耳朵'——声呐，一旦发现潜水艇跟踪，敌人就知道了，不来取'货'，反而会使线索断了，弄巧成拙！看来，前面一出戏还没唱完，后面一出戏已经开张了，会忙得我们不可开交。眼下，我们最重要的任务是……"

戈亮说道："密切注视'电子鳗鲡'的动向！"

金明笑道："不，眼下我们最重要的任务是吃中饭！"

经金明这么提醒，戈亮一下子就感到疲惫不堪，肚皮似乎快贴到脊梁骨上去了——因为刚才戈亮虽然买了面包，刚买好，就发现金丽丹进医院，弄得戈亮忘掉了吃面包！

当他俩来到食堂，已是12点45分了，食堂里空空如也。大师傅一看金明和戈亮来了，知道他们一定是为了破案而忙得废寝忘食，赶紧炒了热菜。

在等菜的那一会儿工夫，金明问戈亮道："你知道，那只'电子鳗鲡'为什么选择在11点59分经过江口？"

戈亮思索了一下，答道："这与第二次世界大战中，德军选择在1941年6月22日——星期天凌晨3点对苏联发动闪电战，日军选择在1941年12月7日——星期天偷袭珍珠港的道理一样。"

金明听罢，满意地哈哈大笑。他知道，戈亮也正在朝着"警察博士"的目标努力。在现代化的社会中，作为一个公安侦查人员，如果不博览群书，不懂历史，不懂现代科学，那简直是无法进行工作！

当金明从食堂回到办公室，红机上的小红灯居然没有亮，这说明案情暂时没有发生新的变化。它仿佛象征着大战前的沉默。

在中午，金明总是要略略休息，哪怕是打十分钟的瞌睡，也将会使下午工作时精神饱满得多。

金明的办公桌旁便放着床。他很少回家，总是睡在办公室里。一旦红机发出蜂鸣声或亮起了红灯，他便立即投入紧张的战斗。办公室的四壁全是书橱，放满了各种各样的“杂”书。办公室隔壁就是他的实验室。他经常亲自动手做实验，以便从各种敌人留下的各种痕迹中发现线索。他，是一个“警察博士”，也是一个“科学警察”。他认为，敌人已经越来越多地运用现代科学技术作为间谍手段，而我们也只有针锋相对地运用现代科学技术作为反间谍手段，才能“以其治人之道还治其人之身”，才能克敌制胜。

金明桌上的红、黄、蓝、白、黑五部电话机，只有红机这部机要电话机上装有蜂鸣器，可以随时叫醒金明，其余的电话机上只装有小红灯。金明只睡了9分钟，红机就“嘟，嘟，嘟……”响了起来。

电话是张正打来的。他报告了医院里的情况：柳芽已吃过中饭，渐趋正常，她吵着要到合唱团上班，说是今晚要演出；10室老太婆来病房探望，被挡驾了，老太婆似乎非常关心小珍珍；合唱团领导得悉柳芽住院，前来探望，也被挡驾了；吴为在抢救之中，医生给他输进大量含氧的人造血液。不过，如有意外，也可能要输入人血。由于吴为是Am型血，在滨海市与他同血型的只有金丽丹。正因为这样，滨海市中心医院特地派车把金丽丹接来了，安排住在吴为对面的病房。尽管医生们也知道金丽丹正患着病，但是为了抢救吴为，在极为必要的时候，想请金丽丹输少量的血。金丽丹倒是一个心地善良的人，她说自己年过半百，少活些日子没关系，吴为是个年轻人，愿他能康复，为祖国多做点工作。金丽丹请医生不必顾虑她的身体，需要抽多少血就抽多少血，为了抢救吴为，哪怕是献出她全部鲜血她也愿意！医师们还与各省市血库联系，急调10名具有Am血型的健康输血者，坐飞机前往滨海市。至于小珍珍，依旧很危险……

金明搁下电话耳机，心中久久不能平静。对于金丽丹来医院的原因，他早就明白：因为他看见她坐的是滨海市中心医院的轿车，而且知道金丽丹与吴为同血型，便料到金丽丹是为了输血来医院的。不过，他没有想到，这位年老体衰的妇女，胸膛里却跳动着一颗炽热的心！

当金明把金丽丹的情况告诉戈亮，戈亮的脸像火烧一样发热——他把金丽丹也当作“嫌疑对象”了！

第三章　露出破绽

开始注意江风理发店

不久，红机又响了。

耳机里响起了贾飞的声音。他报告说："对于'电子鳗鲡'，正在继续跟踪。这家伙很狡猾，有时贴近江面前进，有时下沉到贴近江底前进。未发现其他特殊情况。"

金明刚放下耳机，黄机上的红灯在闪亮。由于黄机来的电话意味着不是紧急情况，戈亮便代金明接听了。谁知这电话竟是李光打来的，戈亮连忙把耳机递给了金明。

原来，李光刚才一连拨了几次红机的号码，一直占线，所以改打黄机。

李光是从108造船厂保卫科办公室里打来的。在电话中，李光汇报了关于江风理发店的情况：

江风理发店就在108造船厂大门斜对面，紧挨着饮食店。108造船厂是一家大厂，厂里没有理发店，于是，江风理发店便适应职工们的生活需要

“应运而生”了。这家理发店有二十来个理发师，仍感到人手不够。来这儿理发的，主要是108造船厂的职工，也有其他工厂的职工以及停泊在附近的轮船船员。李光本人，也常到这儿理发。不过，由于这家理发店不隶属于108造船厂，所以李光来理发，只是作为一员普通的顾客而已，并没有去注意理发店的人员情况。正如柳芽在跟金明闲聊时所说，吴为也经常到这家理发店理发。

为了了解江风理发店的人员情况，李光在上午到街道办公室去了一趟。回厂时已经是中午了。他怕打搅金明的午睡，所以在下午1点30分上班时才打电话来。

街道党支部书记姓沈，大家都喊他老沈。老沈本是108造船厂总装车间的党支部书记，退休之后，在街道担任党支部书记。

据老沈谈，江风理发店已有多年的历史，在108造船厂建厂不久，便与那间饮食店几乎同时建立起来。最初，理发店只有父子俩，父亲叫曾永槐，儿子叫曾小法。不久，理发店渐渐扩大，人员增多，曾永槐当上了经理。曾永槐原是在码头上摆理发摊，给过往旅客理发的。

现在曾永槐做了经理，尽管全店只有五六个人，当人家“曾经理”长、“曾经理”短地喊他时，心中不免飘飘然起来。眼看理发店的生意越来越红火，曾永槐终日忙碌，用句文雅点的话来形容叫作“忙得不可开交”，用句大白话来说便是“忙得四脚朝天”。然而，曾永槐是上了年纪的人，怎么受得了？不久，就病倒了。曾永槐让儿子曾小法主持店务。曾小法比起他父亲来，要能干得多。他不像父亲那样拼命地从早到晚理发，夜里还要结账，他却是自己不大动手理发，把精力花在四面结交朋友扩充门面，增加人员，一下子使收入大增。当曾永槐病死时，曾小法顺理成章，当上了经理。

曾小法上任之后，把旧店拆掉，重新建造了一流的理发店。店里的四壁与地上，全都铺了大块的钢化白瓷砖，又漂亮又给人以清洁的感觉。全店分为三部分：男宾部、女宾部、外宾部。为什么要设立外宾部呢？因为曾小法发现，这里常有外轮停泊，设立外宾部，给外国海员理发，又可以使店里增加一笔收入。

现在江风理发店有20多个理发师，都在店里工作3年以上。由于人手仍紧张，在不久前又招收了5个学徒，3男2女。

李光查阅了曾小法及店里20多位理发师的简历表，但是没看到5位学徒的简历表。老沈说，5位学徒刚来，还没有填写简历表，其中4个是这里街道的青年，只有一个女青年是曾小法从外地介绍进店的。

李光汇报了以上情况之后，问金明还要他做什么工作。

金明答复道："注意江风理发店的动向。"

金明的电话耳机话音清晰，戈亮坐在旁边听得很清楚。当金明挂上黄机，戈亮感到很奇怪，问金明："你怎么注意起江风理发店呢？"

金明一边在办公室里踱着方步，一边说道："现在还很难讲。我曾仔细检查过那电动剃须刀中的胡须末，发现其中夹杂少量白须，而吴为的胡子是全黑的，只有头发才是黑中夹白。我怀疑有人把他的头发剪碎了，冒充须末，放在电动剃须刀中。正因为这样，我开始注意江风理发店。不过，到目前为止，这还只是主观推理而已！"

金明的推理，究竟是不是合理呢？

演员们的高声谈话

下午，张正从滨海市中心医院打来电话，报告了新消息：柳芽已能下床走动；吴为已经脱离危险，但是仍昏迷不醒；小珍珍出乎意外，已被救活，而且醒过一次，又睡着了。

金明一听，马上对戈亮说："到医院看看！"

正当金明要离开办公室的一刹那，红机响起了"嘟，嘟，嘟"声。

金明回身接电话，那是贾飞打来的："电子鳗鲡"沿滨江进入市区范围之后，从江底浮起，贴近江面前进。由于江面上船来船往，以致"电子鳗鲡"混杂其间，溜掉了！

贾飞的话音，是低沉的。听得出，他的心情颇为沉重。

金明安慰贾飞道："你们能证实'电子鳗鲡'是在进入市区范围之后消失的，这一点本身就很有价值。有来就有往，请你格外留意监视，切莫使这条'电子鳗鲡'溜出江口。特别是在吃饭时间、深夜、凌晨、星期六晚上、星期日以及假日，更要提高警惕。这一次，虽然'电子鳗鲡'溜掉了，只要在它返回公海时抓住它，那就是立大功！"

金明正想把电话挂上时，又补上一句："抓住'电子鳗鲡'时，切记不可离开水面！请复诵。"

贾飞清楚地复诵一遍："抓住'电子鳗鲡'时，切记不可离开水面！复诵完毕。"

金明这才放心地挂上电话，带上那把小珍珍的钥匙，与戈亮一起来到医院。

张正见到金明，仿佛像见到“救星”似的！

原来，张正在医院里简直焦头烂额：柳芽吵着要去上班，要去找吴为、小珍珍；柳芽下午没去上班，整个合唱团都知道她住院了，于是不断有人来到医院，要看望柳芽。柳芽的交际甚广，消息传开之后，许多文艺界著名人士打电话来慰问，有的要亲自来医院。张正要一一回绝他们，真够吃力的。

金明笑道：“现在案情已经有了进一步发展。我可以取消原来的规定，同意柳芽会见客人，同意柳芽在吴为、小珍珍清醒之后去见他们。至于柳芽晚上能否去演出，由医生根据她的健康情况决定。”

张正听罢，如释重负。说来也巧，这时三位文艺界的名演员——一位电影演员、一位越剧演员、一位电视演员，专程前来看望柳芽。张正心想，幸亏金明来了，不然又是一场麻烦。张正用电话通知值班室之后，那三位名演员便笑嘻嘻地进来了，柳芽的病房里一下子热闹起来。

当金明、戈亮、张正走过柳芽病房前的时候，听见病房里传出这样高声地谈话：

“柳芽，你别急，晚上别去参加演出了。你历年是先进文艺工作者，从来没请过假。这一次是生病呀！”

“不行，那么多观众在等着我呢！”

“哎，老吴怎么样啦？你们青梅竹马，两小无猜，一起长大，如今又是结发夫妻，亲上加亲。”

“大夫不让我见老吴……”

金明他们走进小珍珍的病房，关上房门，那高声地谈话才听不见了。

金明心想，这几位演员在舞台上惯于大声说话，现在连聊天也是这么大的嗓门！戈亮听了，脸上有些发红——自己曾怀疑过柳芽是间谍呢！

她的耳垂上有个洞

小珍珍安详地睡在病床上，扁平的鼻子上渗出几滴亮晶晶的汗珠。衣服的前襟上，用红线绣着“吴珍珍”三个字。

一位女大夫正坐在床边，细心照料着她。

张正把金明、戈亮向女大夫做了介绍之后，女大夫很热情地拿过椅子，请他们坐下。

女大夫向金明汇报了情况：

医院化验室化验了金明送来的小玻璃，分析了其中的吴为家里的空气样品，证明确实含有过量的煤气。煤气中毒，主要是因为煤气中含有一氧化碳，它与红细胞中的血红蛋白相结合，使血液失去了供氧能力，造成中毒。大夫用人造血液输血，由于人造血液中含氧，使小珍珍渐渐脱离险境。吴为是Am型血，小珍珍不是Am型血，而是普通血型，所以小珍珍在用人造血液输血后，还可大量输入跟她同血型的血。正因为这样，小珍珍比吴为好转快。小珍珍第一次醒来，以为自己睡在幼儿园里。后来看看这里不像幼儿园，就大哭起来，吵着要爸爸。吵了一会儿，累了，又睡着了……

正说着，小珍珍睁开了眼皮，醒过来了。

她定睛看了看金明和戈亮，金明机警地赶紧把白色的大檐帽取下，这下子，小珍珍认出他来了，叫了声“金伯伯”，原来，金明是个非常细心的人。昨晚，他是穿便衣到小珍珍家里做客，如今穿着制服，戴着大檐帽，小珍珍当然一下子认不出来。于是，连忙取下了帽子。

戈亮也跟着取下帽子，小珍珍也认出他了，喊了声“戈叔叔”！

这时，金明仿佛变成一个演员似的，用幼儿园教师般缓慢而又甜蜜的语调，跟小珍珍攀谈起来。

“小珍珍，你们家里谁跟你最要好？”

“爸爸！”

“第二好的人呢？”

“妈妈！”

“第三好的人呢？”

“阿婆！”

“阿婆是谁？”

“隔壁10号的阿婆。”

“阿婆为什么好？”

“每天下午我回家，肚子饿，阿婆常给我东西吃。”

“阿婆还有什么好？”

“阿婆肚子里的故事真多，真好听！”

金明跟小珍珍攀谈到这里，便从衣袋的小盒中取出那把穿在红尼龙绳上的钥匙，问小珍珍：

“这是谁的？”

“我的！”

“小珍珍，你上幼儿园的时候，这把钥匙放在哪里？”

“挂在脖子上。”

“谁从你的脖子上拿过这把钥匙？”

“阿婆。”

“除了阿婆之外，还有谁呢？”

小珍珍忽然不讲了。她瞪着那双大眼睛，似乎在竭力回忆着。

过了好一会儿，小珍珍终于开口了：“有的，有一个阿姨拿去看过。”

金明连忙追问道：“哪个阿姨？”

“我不认识。”

“你什么时候碰见她的？”

“好多好多天了。”

“你怎么会碰见她呢？”

“那天下雨，我回家的时候，穿着雨衣。有个阿姨看见我，就把我抱起来，送我回家。她看见我脖子上挂着钥匙，就帮我拿下来，开了门，她就走了。”

“这个阿姨什么样子？”

“高高的、胖胖的、脸圆圆的。”

“头发什么样？”

“跟妈妈差不多，烫头发的。”

“小珍珍，我要找这个阿姨。可是，高高的、胖胖的、脸圆圆的、烫头发的阿姨，多着呢，叫我从哪儿找呀？”

小珍珍眨了眨天真的大眼睛，问道："金伯伯，你想表扬这个阿姨，说她做好人好事，是不是？"

这时，金明便"嗯"了一声。

小珍珍又沉默了一会儿，终于讲出一句极为重要的话来："金伯伯，这个阿姨抱着我，我看见她的耳朵上有个小洞洞！"

金明一听，马上拉了拉女大夫那耳朵的耳垂，问小珍珍："小洞洞在这里，对不对？"

"对！"

这时，在场的人都长长地舒了口气，暗暗佩服金明竟如此熟悉儿童的心理，同时也为小珍珍能够讲出那句关键性的话而高兴。

这下子，金明觉得心里踏实多了。俗话说："孩子口里说真话。"他认为，小珍珍提供的线索，是很可靠的。

既然小珍珍说10室的老太婆和那个耳垂上有孔的女人拿过钥匙，那么，老太婆为什么这样关心小珍珍呢？那个耳垂上有孔的女人，又是谁呢？

"阿婆是大好人！"

说曹操，曹操到。就在这时，响起了敲门声。

门开了，那位10室的老太婆出现在门口。

"阿婆！"小珍珍一见，要从床上爬起来，女大夫马上拉住了她。"小珍珍！"老太婆急急匆匆跑到小珍珍床前，用手摸着小珍珍的前额、手、脚，连连问道："怎么样？什么地方不舒服？好一点儿了吗？"

"好了，我全好了。阿婆，你放心好了！"小珍珍高兴地说道。

老太婆这时从尼龙网线袋里拿出苹果，又从口袋里掏出小刀，一边削苹果，一边跟大夫、金明他们打招呼。当老太婆看到张正时，便对大家说道："今天上午，我在家里忙着用洗衣机洗衣服。等我晾完衣服，见到几个警察从小珍珍家里出来。后来，我一打听，才知道他们家里煤气中毒，送中心医院了。这下子，把我急坏了。我赶紧跑到中心医院里来，可是，被这位先生（指张正）拦住了，说病人正处于危险阶段，不能见客人。唉，真把我急坏了！我在家里坐不住，下午，又来了。现在，小珍珍好了，我也放心了。"

老太婆回头又问小珍珍："你爸爸呢？妈妈呢？"

非常凑巧，这时走廊里响起一阵银铃般的对话声："柳芽，你身体不好，别送了！"

"谢谢你们，再见！"

"多保重呵！晚上别去演出，再见！"

"再见！"

珍珍一听，便高声喊了起来："妈妈，妈妈，阿婆来了，阿婆来了……"

柳芽闻声，开门进来了。她一见到小珍珍，一见到阿婆，高兴极了，一手从床上抱起小珍珍，像芭蕾舞演员似的，一连转了好几个圈儿。

老太婆又打开尼龙网线袋，从中取出信件、报纸和牛奶，对柳芽说道："这是你们家的信和报纸。牛奶也送来了，我怕放在家里会坏掉，就给你带来了。”

柳芽感激地说道：“阿婆真好！俗话说，‘远亲不如近邻’，我们家没老人，双职工，全靠阿婆细心照料！”

这么一来，倒弄得老太婆不好意思了：“珍珍她妈，说这些干什么？你帮我裁衣服，做衣服，三天两头代我从菜场里买菜……”

小珍珍在一旁听了，插了一句话：“阿婆是大好人！妈妈也是大好人！”

顿时，病房里响起一阵哄堂大笑。

耳朵是不引人注目的器官

下午5点，金明在办公室里召开了案情分析会议。到会的除了他的助手戈亮、张正之外，还有侦查处其他三位侦查员。李光和贾飞列席了会议。

在会上，金明、戈亮、张正、李光、贾飞分别介绍了自己所了解的情况。侦查处其他三位侦查员受金明的指派，分别向有关部门调查了关于金丽丹、柳芽和老太婆的情况。

经过分析、讨论，大家一致认为，应当排除对金丽丹、柳芽和老太婆的嫌疑。至于吴为，在案情未水落石出之前，不能排除对他的嫌疑。

嫌疑的目标有减也有增。那个耳垂上有个小洞洞的女人，引起了大家莫大的兴趣。她，成了新的嫌疑对象。

耳垂上有个小洞洞，无非是说明，这个女人曾戴过耳环、耳坠之类的东西。然而，天下戴过耳环、耳坠的妇女，多着呢！特别是在外国人、华侨和少数民族中，这样的妇女更多。

在滨海市公安局里，设有电子档案处，这个处里装有一台新型的电子计算机。档案处的工作人员把滨海市每一个居民的档案，都化为信息，输入这台新型电子计算机，它能有条不紊地进行分类、统计。比如说，在破案工作中，获悉罪犯的特性是右眼瞎的，只消按一下“右眼瞎的”揿钮，电子计算机便用打字机，迅速打出滨海市右眼瞎的人的姓名、工作单位、家庭地址、性别、年龄、电话号码等。像这样的分类揿钮，是很多的，如“双目失明”“左眼瞎的”“麻子”“左臂断的”“右臂断的”“双臂全无”“左脚断的”“右脚断的”“双脚没有”“歪嘴”“脸上有明显黑痣”“眉毛上有一撮白毛”“兔唇”“酒糟鼻子”“斜眼”“秃头”“歪脖子”……然而，在这五花八门的分类项目之中，却没有“耳垂上有洞”这一类，甚至没有一类是关于耳朵的！其实，这并不能责怪电子档案处，这是因为在人的五官之中，耳朵是给人印象最淡薄的。比如，有人问你，某某人是怎么个长相，你肯定会首先谈到他的眼睛，然后是鼻子、嘴巴，以至眉毛、头发，却几乎不会谈及他的耳朵！耳朵，是最不引人注目的器官。这么一来，电子档案处里就没有关于耳朵的档案。至于“耳垂上有洞”，更谈不上了。

既然耳垂上有洞的妇女很多，而电子档案处又无法协助提供线索，于是便使破案工作如大海捞针似的，无从着手。

这时，金明提到了江风理发店。他认为，这个线索尽管没有十足的把握，但是也不可忽视。

他建议李光注意一下江风理发店的动向，不过，切不可走漏风声。

金明再次嘱咐贾飞，要百倍警惕监视江口。如果能够再次捕获“电子鳗鲡”，防止它自爆，从中也可以找出破案的重要线索。

会议一直开到下午6点30分才结束，当金明和戈亮来到食堂，跟中午一样，又过了开饭时间。

案情，变得越来越复杂了。从发生案件到现在，已经过去三十四个小时，破案工作还没有头绪。

江上女尸

金明整夜守在电话机旁，他一边在整理有关的案情资料，一边在思索。有时，他从书架上拿下几本参考书，细细查看其中的某几页或某一章。

夜，异乎寻常地寂静。整整一夜，金明桌上的红、黄、蓝、白、黑五个电话机，没有来过一次电话。平时，红机的“嘟、嘟”声，把金明从酣睡中吵醒，他也感到高兴。半夜，金明主动给在滨海市中心医院急诊室里的张正打了电话，询问情况。张正答复道：“情况无大变化。吴为已脱离险境，仍未清醒。柳芽和小珍珍情况良好。”

电话挂上之后，依旧万籁俱寂。金明深深意识到，平静中正在进行不平静的斗争。如今，明争虽有，暗斗更甚。暗斗，是一场悄悄的闹剧，是一番冷冰冰的白热化斗争。它无时无刻不在发生，它在人们身边默默地进行着。这是一种特殊的新的斗争。

谁知，在黎明时分，这场暗斗奇峰突起，发生了急剧的变化。

沉默多时的红机，“嘟、嘟”连声叫唤。金明正在与戈亮舞剑，又气喘吁吁地跑回办公室。

金明一看，红机仍在响着“嘟、嘟”声，却不是亮着小红灯。显然，对方不仅有紧急情况要汇报，而且要立时等待金明的答复。正因为这样，对方不愿把话用红机里的录音机录下，却情愿等待金明亲自来接电话。

电话是李光打来的。听得出，李光的声调惊惶失措，非常慌张，他急促地报告道：“是金明吗？发生紧急情况——我厂早班工人，在船台附近的江面上，发现一具女尸！”

“捞上来了吗？”

“捞上来了。”

“死者是谁？”

“是江风理发店的女学徒，姓沈，单名修。她的耳垂上，有小洞洞！”

“好，我和戈亮马上就来！”

一听这个消息，金明和戈亮顿时眼睛里射出亮光，精神抖擞。一分钟之后，他们就坐上轿车，直奔108造船厂。

此时，东方已一片红霞。108造船厂紧靠滨江，那船台上黑黝黝的巨轮在朝霞的衬托下，显得格外突出。船台上不时闪耀着炫目的光芒，那表明早班工人已经开始工作，自动电焊机在焊接船体。

在船台下，围着几个人。金明一看，李光正在那里。戈亮便把轿车停下。

金明奔到江边，堤岸上横躺着一个水湿的姑娘，年约二十七八岁，果真是“高高的、胖胖的、脸圆圆的”。她的头发水淋淋的，仍可看出烫发的波浪。在戈亮“咔嚓、咔嚓”拍了几张照片之后，金明俯下身子，摸了一下姑娘的胸膛——心脏已经停止跳动。她的双耳耳垂，确实均有小洞。

金明熟练地翻起姑娘的手掌，见手指的皮肤已经皱缩发白，便对戈亮说道：“落水时间估计得四五个小时以上。”

戈亮有点疑问：“按照这样的尸体症状，一般是落水两三个小时的标志。”

金明答道：“你应考虑到，死者是理发店的职工，她的手经常为顾客洗头，经常浸泡在水中，她的皮肤会比一般人耐水，所以计算落水时间时要加上两小时。”

戈亮一听，十分佩服金明的细心和过人的观察力。

金明把女尸的嘴巴掰开，看了一下，心中有数了。

正在这时，公安局的急救车按照金明的命令开到了。金明说道：“她已死亡，无法抢救。尸体送法医处保存，准备解剖。她是重大案件的关键人物，解剖必须格外留意。”

女尸运走了，地下留下一摊江水。

大抵由于刚才忙于处理女尸，金明没有注意李光。此时，金明猛地发觉，李光神色不对。

李光耷拉着脑袋，一言不发，双眉紧紧拧在一起。

李光出了什么事？

李光犯了错误

金明请李光上车，一起回到了滨海市公安局。一路上，李光一声不吭。

李光走进金明的办公室，刚刚坐下，便用低沉的语调，向金明说道：“金明，我犯了错误，请求处分！”

金明早就预料到这一点，便答道：“现在不考虑处分问题，你先把事情的经过如实地谈一下。”

戈亮知道李光的谈话将是十分重要的材料，便按了金明桌子上的一个电钮，录音机的磁带盘就开始转动起来。

李光沉默了一会儿，似乎竭力想从杂乱的思想中理出个头绪来。

他终于开腔了。

原来，李光虽然在108造船厂担任保卫科科长，对厂的保卫工作有一定的经验，然而他从未参加过公安侦查工作，在这方面缺乏锻炼。

昨天下午，他在金明这儿列席了案情分析会之后，回到厂里。从案情分析会上得知，金明对那个耳垂上有小洞洞的女人非常注意，对江风理发店也很重视。他想，江风理发店里，会不会有耳垂上有小洞的女人？唉，虽然他自己常去江风理发店理发，却从来未注意过店里理发姑娘的耳垂上有没有小洞洞。

饭后无事，李光背剪着双手，踱过保卫科办公室，信步朝江风理发店走去。

在夜幕中，“江风理发店”这五个用五种颜色霓虹灯管组成的大字，分外醒目。另外，还有一个巨大的圆柱形的东西，漆着红、蓝、白三色斜条纹，在不停地转动着——这，是国际上通用的理发店的标志，以便外国海员一望便知是理发店。江风理发店是三层楼房，底楼是男宾部，二楼是女宾部和外宾部，三楼是单身宿舍。楼房紧靠着滨江。

江风理发店的服务态度很好。为了方便工人，他们营业时间从早上6点至晚上10点。

李光忽地心里一动，我何不去理一次发，顺便观察一下哪个理发姑娘的耳垂上有洞。倘能发现，岂不为破案工作立下头功！

李光这么想着，双脚便踱进了江风理发店。一进门，迎面而来的便是"最佳理发员"橱窗。

江风理发店有个规矩，每位顾客去理发之后，要投票一次，选举本月最佳理发员。所谓投票，是这样的：每个理发员身上都挂着号牌，在店门口安装了一排刻有号码的按钮。你认为哪一位理发员的服务态度最好，就在刻着这位理发员号码的按钮上按一下。到了月底，电子计算机就自动统计出谁得票最多，前五名被评为该月最佳理发员，发给奖金，并在橱窗上挂出照片。

平时，李光进进出出，没有留意那些照片。这一次，他把近视眼镜扶正，仔仔细细看了起来。当他看到一张下面标明"37号沈修"的照片，心里不由得一震。沈修，不就是街道党支部书记老沈告诉过他的那一位吗？她是经理曾小法从外地介绍进店的。据说她原名沈羞，来店之后觉得这个名字太怪，改名沈修。

从那张放大到12寸的彩色照片上看过去，沈修鸭蛋形的脸，一对黑葡萄般的大眼睛，双眉微蹙，一副矜持的神态，真有闭花羞月之貌。不过，这是一张标准的正面照，尽管李光盯着她的耳垂看，却看不出耳垂上有没有小洞。

李光牢记着沈修是37号理发员，便信步走进男宾部。

曾小法是个会动脑筋的人。他规定，顾客可以自己挑选理发员，因为他知道，有的顾客希望自己的发型能一直保持这种样子，最好每一次都由某个理发员来理发；再说，这样也可以促进理发员提高技艺和改进服务态度——如果技艺不高或者服务态度不好，顾客就不愿意找这位理发员理发。

男宾部的顾客不算太多，有一位理发员正闲着，而37号却正在理发。当一位青年学徒向李光点点头，示意请他上椅理发，李光却摇摇头，说道："我上次是37号理的，这次还想请她理。"

理发室里放着各种画报、杂志，专供等候理发的顾客浏览。李光一边翻看着《电影画报》，一边不时抬头看看37号。

没一会儿，37号利索地把一位顾客理好，笑容可掬地目送他离开，道了声："再见，欢迎下次光临！"然后，彬彬有礼地走到李光面前，做了一个类似于跳友谊舞时邀请的姿势，把手朝理发椅方向一伸，娇声说道："请！"

露出破绽

李光坐上柔软舒适的电子理发椅。他刚坐下，椅背就自动升高，直到与李光的肩胛平齐才自动停下来。

李光习惯地取下近视眼镜。当沈修走了过来，李光才感到懊悔——过早地取下近视眼镜，很难看清沈修的耳垂。

沈修虽然进店只有半年多，但是理发技术已相当高超。她动作利索地理发，精心根据顾客的脸型设计最适合的发型，仿佛是一位高明的雕塑家似的。尽管如今已进入现代化时代，然而，理发却仍无法请机器人代劳，依旧要靠人的手艺。

沈修是个热情、健谈的姑娘，她总是一边给顾客理发，一边跟顾客聊天，结识各种顾客。很快地，她跟李光聊了起来。

“你刚才说，上一次是我理的。其实，上一次不是我理的！”

李光一听，吃了一惊，因为他刚才是为了能让沈修理发，才临时编了个借口。他想不到，这位姑娘竟是如此精明！李光连忙搪塞道：“呵，你一个月要理几百个头，会记得那么清楚？我二十多天以前来理的，你还记得住我？”

姑娘马上反驳道：“你是二十几天前理的？看你这头发的长度，最多只有十二三天，不像是二十几天前理的！”

李光只得解嘲道：“嗨嗨，说实话，我刚才在门口看到你的照片，知道你是最佳理发员，慕名而来，请你理发！不过，我还得请你说说，你为什么一眼就看出，我上一次不是你理的？”

李光这么一反问，把自己从被动转为主动了。

姑娘答道：“你的脑门窄，可是却理了个分头，头发朝后梳，这么一来，更显得脑门窄了。我一看，就知道我是绝对不会这么理的，所以断定上一次不是我理的！”

李光见姑娘讲话，滴水不漏，不由得暗暗佩服，同时也更加重了对她的怀疑。心想，这么能干的姑娘，是当间谍的料子！

姑娘接着又搭讪道："看得出，你是对面'108'的。"

"你怎么知道我是'108'的？"

"你里面的球衣领子是紫罗兰色的，这是'108'球队队员们穿的球衣颜色。照你的年纪，自己是不会去买这么鲜艳的球衣的。"

"呵，你的眼力真不错，我是'108'的。"

"你不像工人，像坐办公室的。"

"嗯……"李光迟疑了一下，说道："我在财务科！"

在理发、洗头的时候，沈修一直在李光的侧面和背面，李光很难观察她的耳垂。在刮脸的时候，李光的目光直勾勾地注视着沈修的耳垂。沈修波浪形的烫发，老是遮住耳垂，加上李光是近视眼，拿掉眼镜之后，视力模糊。李光死盯着沈修的脸，引起了沈修的注意。

理完发之后，李光迫不及待地戴上眼镜，趁沈修伸一个懒腰、拢一下头发之际，终于看清了她的耳垂——真的有一个小小的洞洞！李光惊呆了，以至当沈修说"再见，欢迎下一次光临"时，他才猛醒过来。

李光转身走出去时，正遇上厂传达室的小丁来理发，喊他一声"李科长"，李光同他点点头。

李光回到保卫科之后，越想越觉得沈修可疑：在五个新来的学徒中，唯独她是靠经理曾小法的私人关系从外地介绍进店。她又是这么聪颖能干，耳垂上有小洞……

李光想着，想着，忽生一计：既然江风理发店门口的橱窗里挂着沈修的大照片，何不拿个照相机，把照片悄悄翻拍下来。明天把照片送去给小珍珍看，如果小珍珍认出来是她，岂不立下大功?

于是，李光把一只有香烟盒大小的微型照相机准备好，藏在衣袋中，悄悄来到江风理发店。

这时，快9点了，顾客稀稀落落。李光站在“最佳理发员”橱窗面前，看看左右没人，迅速从衣袋里拿出微型照相机。

李光刚刚“咔嚓”一声拍下照片，背后却响起了小丁的声音：“咦，李科长，你怎么对着37号的照片拍照？你看上她啦？”

原来，这时小丁正好理完发，从里面出来。

这下子，吓得李光魂不附体，赶紧溜出江风理发店。小丁从背后“蹬蹬”几步追了上来，一把拉住李光，说道：“李科长，你是堂堂的108造船厂保卫科科长，干吗骗人家37号，说自己是财务科的？”

李光急忙反问道：“你怎么知道这件事？”

小丁哈哈笑道：“我怎么不知道？刚才，你理发出来的时候，我喊了你一声‘李科长’。我一坐下来理发，人家37号就问我，刚才那位李科长，是什么科的科长？我说，他呀，是我的顶头上司——保卫科科长。37号说，咦，他怎么骗人，刚才亲口对我说，是财务科的！正巧，没多久，财务科的孙老头儿来刮脸，我就对37号说，你不信，还可以问问孙老头儿的。孙老头儿马上作证，李光是保卫科科长，哪里会是财务科的？”

李光在叮嘱小丁要对今晚的事“绝对保密”之后，回到保卫科办公室。

李光无心去冲洗微型照相机中的胶卷。他心乱如麻，知道自己弄巧成拙，露了破绽。他想马上向金明汇报，承认错误。不过，他又有一点侥幸心理：如果沈修不是间谍呢？岂不就太平无事。即使沈修是间谍，她也许以为我在追求她，没有把这件事往别处想？

于是，李光想，还是“骑驴看唱本——走着瞧”吧！

李光整夜未睡着。谁知在拂晓的时候，电话铃声响了，早班工人告诉他：“在船台附近的江面上，发现一具女尸！”

李光步履蹒跚跑到江边，一看，死者竟是沈修！他顿时只觉得天旋地转，双眼发黑，好一会儿才清醒过来。

沈修的死因

当金明听完李光那沉痛的检查之后，神情变得非常严肃。

室内鸦雀无声。沉默了好一会儿，金明才开口说道：“李光，你的错误是极为严重的。沈修之死，是你引起的。破案工作，是一项组织性极强的工作。你事先不请示，事后不及时汇报，个人英雄，鲁莽行动，给破案工作带来不可估量的损失！这里头也有我的责任，没有对你进行严格的组织纪律性教育。你的错误，以后再进行处理。眼下的重要任务，是继续破案。”

金明又沉默了一会儿，作出两项决定：

一、李光不再参加破案工作。

二、由于柳芽、小珍珍今日即可出院，吴为也已救醒，张正可从滨海市中心医院调出，代替李光负责有关108造船厂和江风理发店的侦查工作。

日常保卫工作，仍属李光职责范围。

金明说完，李光立即回108造船厂去了。戈亮在通知张正关于调动工作的命令之后，把李光刚才的检查录音，送往电子计算机室，以便由电子计算机打印成书面材料，交电子档案处保存。戈亮在两分钟之内，就麻利地完成了任务。

紧接着，金明便与戈亮前往法医处。他们急切地想查明沈修的死因——是自杀还是他杀。

法医处也在公安局的院子里，单独占一幢楼。法医处仿佛医院似的，刚进门便是一股浓烈的消毒剂来苏儿的气味。这里的工作人员，像医院的大夫一样，戴着尼龙白帽、浅蓝色口罩，穿着尼龙白大褂。这里的太平间则有点像火葬场，在低温下保存各种需要查明死因的尸体。

这里有着各种现代化的设备，能够极为精确地测量微量毒物。

金明和戈亮换上白大褂之后，来到三楼的五号尸体解剖室。五号尸体解剖室一般用来解剖重大案件的有关尸体。解剖室的四壁、地板铺着洁净的白瓷砖，无影灯把柔和而明亮的光线投射到解剖台上。沈修的尸体，安放在解剖台上，已被剖开。

主持这次解剖工作的法医，是陈洁大夫。她是一位40开外的人，中等身材，两颊略微显得瘦削，白皙的脸上已有淡淡的皱纹，一双眼睛明亮照人。陈大夫从事法医工作已经20多年，有着丰富的经验。她与金明有着特殊的双重关系：她是金明的妻子，又是金明工作中的得力助手。他们一起从公安学校毕业，长期从事公安工作，配合默契。金明为人精明，陈洁办事细心，他们俩多年合作，屡破种种烧、杀、毒、奸、盗、抢、骗、逼等疑难案件。

这时，金明和陈洁脸上都非常严肃。陈洁开始有条不紊地向金明汇报法医检查结果。

这是一具不同往常的尸体，死因十分复杂。

陈洁脱下沈修水湿的衣服，除发现长袖衬衫的第二颗纽扣脱落之外，没有发现其他可疑迹象。

沈修的肺部和胃里并没有充满水，这说明她似乎不是溺死，而是死后被投入江中。

沈修的血液经过化验，查出血液中含有微量的酒精。这说明她死前曾喝过酒，但是喝的酒并不多，不至于使她醉倒。

在沈修的肠、胃及血液中，还查出含有致幻剂。

在沈修的口腔内，发现有一颗假牙碎裂。通过化验假牙附近的口水，查明其中含有剧毒药物。

但是，在胃、肠及血液中，没有查出含有剧毒药物。

另外，陈洁曾手持强光手电筒，逐一检查沈修的五官。当她翻开沈修的眼睑时，一件微不足道的事情，引起了她的注意：在眼睑上，有一星半点出血的痕迹。

陈洁根据她丰富的实践经验，知道这是死者被扼死、勒死的象征。因为在被扼死、勒死时，头部血压升高，血管怒张，眼睑处的血管很嫩弱，容易胀破出血。

于是，陈洁特地剖开了沈修的喉部，查出在靠近喉咙的舌骨部位，有一小片出血斑迹。这，正是被扼死、勒死的明显特征。

从法医解剖、化验的结果看来，沈修的死因是多种多样的。只见金明拿出铅笔，在纸上写了这么几行字：

少纽扣——搏斗？

肺部、胃里无水——不是溺死？

喝过酒——醉倒？

致幻剂——神经错乱？

假牙毒物——自杀？

眼睑出血——他杀？

沈修，究竟是怎么死去的呢？金明面对这几行字，陷入了沉思。

金明的推理

金明仿佛一位数学家解一个多元方程式似的，经过思索，理清了脉络，作了如下推理：

溺水者的特征是肺部充满水，窒息而死。沈修的尸体虽然是从水中捞起，肺部无水，这一点排除了溺水而死的可能性。金明在现场侦查时，就已经注意到这一点。

很显然，沈修是在陆上死后，被抛入水中的。

死者的假牙破裂，假牙中含有毒药，这乍看上去，像是自杀。如今许多间谍的口腔中装了这类假牙，以便在紧急时咬碎假牙而自杀。然而，死者的胃、肠及血液中无毒药，这说明她不是自杀，却是有人故意制造假象，妄图以假乱真。

沈修死前喝过酒及致幻剂。一般来说，致幻剂常溶解在酒中。沈修喝了这样的酒，神经开始错乱，但是她喝下去的酒数量不多，没有足以使她昏倒。

于是，有人卡住她的脖子，把她扼死。她拼命反抗，结果衬衫上的第二颗纽扣在反抗中掉了。

在扼死沈修之后，杀人犯把她的假牙敲碎，造成自杀的假象。然后，把尸体推入江中。

戈亮和陈洁，都很同意金明的推理分析。陈洁补充道，她曾在沈修的尸体皮下注射1%肾上腺素溶液，见注射部分的皮肤分泌出汗液；在眼睛中滴入1%毛果芸香碱及阿托品溶液，见眼睛瞳孔有收缩现象。这些试验是在上午8点30分做的。它表明，沈修是在8小时前死去的，也就是死亡时间在深夜12点多。

戈亮听了说道："在现场，金明根据死者手指皮肤在水中皱缩的情况，推断死者是在4小时前落水。死者从水中捞起时间为早上5点，也就是死者的尸体被扔进江里是在凌晨1点左右。"

金明综合了陈洁和戈亮的意见，说道："死亡时间与落水时间相近，这说明沈修被害地点，离滨江不远。"

沈修不是自杀，是他杀，这一点确信无疑。然而，沈修的口腔中装的含毒药的假牙，这说明她不是一般的间谍，也不是临时从国内招收的，而是在国外经过训练派入的。制造这种假牙的技术相当复杂（因为假牙如果在平时咀嚼食物时无意碎裂，将会夺去间谍的生命），只有专门的间谍机关才能制造。

另外，杀死沈修的人，采用了致幻剂，死后又故意敲碎假牙，手段阴险毒辣，是一个相当老练的间谍。

至于为什么要杀死沈修，原因很清楚——沈修的目标已暴露，必须采用杀人灭口的办法，除掉沈修。杀人者把沈修尸体扔入江中，是想使死者轰动108造船厂，蒙骗群众，造成间谍自杀、案件到此结束的假象。

沈修，究竟是被谁杀死的呢？

小丁谈出了重要情况

到了下午，张正从108造船厂回来汇报，使破案工作又向前推进了一步。

张正跟戈亮差不多高，瘦瘦的，人很机灵，却很稳重，平素话不多。张正的年龄也跟戈亮差不多，20多岁。他的颧骨较高，眼窝朝里凹，看上去像广东人。他跟戈亮是金明的左右手。

张正办事很慎重。他怕在108造船厂通过电话汇报工作不安全，特地骑着自行车回到局里。他不坐轿车或摩托车，也不穿制服，为的是尽可能不引人注目。

张正汇报了重要情报。

原来，张正一到108造船厂，便找传达室的小丁谈话。当小丁知道张正是公安人员，首先就谈了昨天晚上在江风理发店遇上李光的情况。小丁所谈的经过，基本上与李光的检查一致，这说明李光对错误的检查是诚恳的。

张正一边与小丁谈话，一边注意到小丁的头发：他的头发油光发亮，用电吹风吹得整整齐齐，脸刮得干干净净，鬓角狭长，轮廓修得非常清楚。然而，奇怪的是，头发似乎未剃过。

张正问道："你昨天晚上去理发，看上去，好像没理过嘛！"

小丁不好意思地说："那里，我是常客……"

原来，江风理发店正好与108造船厂传达室隔着一条马路，遥遥相对。小丁是单身汉，住在厂里。下班之后，过去常在江边散步。自从沈修来到江风理发店以后，不知道怎么搞的，仿佛有一股无形的吸引力似的，使得小丁三天两头往那里跑。

沈修是个机灵的姑娘。当她知道小丁是在108造船厂传达室工作，待他格外热情。小丁呢，被沈修那如花似月般的美貌所倾倒。本来，小丁是个很随便的人，他的胡子总是跟头发同时剃掉——一个月剃一次。如今，他每隔几天总是去江风理发店刮胡子，上油，吹风，每一次总是要沈修给他理。有时，他干脆到那里看画报，看杂志，一边看一边与沈修闲聊。

沈修似乎很关心108造船厂里的情况，常向小丁打听。起初，小丁还有点戒心，因为他知道108造船厂是保密厂，不便于多谈。后来，跟沈修混熟了，而且对她有了那么点意思，渐渐话就多了，把厂里的一些情况都跟她谈了。有一次，沈修还特地向小丁打听了吴为的为人、脾气、家庭地址、生活习惯、工作情况等等，甚至连指纹锁之类的事情，小丁也当成新闻讲给沈修听了。

说起吴为来，由于吴为一向很讲究仪容，在沈修没来之前，便是那里的常客，每月去理两次发。逢节假日、陪妻子看戏、参加婚丧典礼之类，便到那里吹吹风，刮刮脸。吴为跟那里的老理发师林师傅很熟，总是找他理，所以他不大注意沈修。

至于李光，差不多一个月去理一次。他很随和，不大挑理发员，到了那里，谁有空就请谁理。他的嘴巴也比较紧，不爱跟别人瞎聊，所以沈修没有注意他。直到昨天晚上，李光主动找沈修理发，这才发生了那么一场曲折。不过，由于李光那保卫科是直接管传达室的，所以小丁总把李光看作顶头上司，不敢得罪他。今天清早小丁听说沈修投江，吓了一跳，知道这事情可能与昨晚李光的事有关，但又不敢主动揭发。直到张正找到他的头上，才知躲不过去，不得不谈。

另外，小丁还谈了两桩很重要的事情：

一件事情是沈修自从跟小丁混熟了之后，在小丁值夜班时，也过来到小丁值班室里，跟小丁闲聊。后来，沈修从小丁那里知道108造船厂医院里住着几位老病号，便主动要求“上门服务”。这样，沈修就趁小丁值班的时候，走进108造船厂大门，到医院给老病号理发。据说，108造船厂医院领导，还对沈修“上门服务”表示感谢哩！就这样，沈修常常进厂。那天发生技术档案失窃事件时，小丁记得沈修一早就进厂了。

张正连忙追问小丁：“究竟几点钟进厂？”

小丁抓了抓头皮说：“好像是沈修先进厂。过一会儿，吴为进厂。”

小丁谈的另一件事，是沈修与曾小法之间的关系。小丁常来江风理发店，不久，便发现曾小法也在追求沈修。曾小法住在江风理发店三楼。沈修从外地来到这里，孑然一身，也住在江风理发店三楼。他们之间的关系，相当微妙。有一次，沈修上早班。傍晚，小丁便约沈修到江边散步。

小丁打听起沈修怎么会认识曾小法，曾小法又是怎样把她从外地介绍到江风理发店。沈修一听，似乎很不高兴，不仅没有答复小丁的问题，反而要小丁今后没事别来理发店里闲聊，那里众目睽睽，大家已经看出小丁与沈修之间的关系了。从那以后，小丁除了三天两头来刮脸、吹风之外，不敢随便到江风理发店去了。夜里，他开始注意起江风理发店三楼的灯光。沈修的房间与曾小法的房间只有一壁之隔。沈修的房间在最东头，紧靠滨江。小丁发觉，这两个房间一到夜里，总是把窗帘拉得严严的。尽管如此，江风一吹，灯光还是时断时续地透露出来。有几次，小丁值夜班，已是深更半夜了，那两个房间里依旧不时射出灯光来……

水中追捕

金明听了张正的汇报，非常高兴。平常，金明难得说出夸奖的话，这一次却说："小张，你把小丁作为突破口，抓准了！"

戈亮把张正刚才的汇报，全部录了下来。按照规定，他迅速地把磁带送交电子计算机室打字备存。

金明与两个助手商量之后，决定请示局领导，立即拘留曾小法。另外，金明请张正把李光与小丁的情况向108造船厂领导汇报，以便作出适当的处理。金明认为，李光和小丁都犯了严重错误，但是，他们对待错误的态度还是诚恳的。特别是小丁，还提供了重要线索。

公安局是很讲究办事效率的。三分钟之后，公安局领导就批准了关于拘留曾小法的报告。拘留的原因是曾小法有重大嫌疑。

金明一接到局领导的批示，马上与张正准备出发拘捕曾小法。

在出发前，金明打了个电话给江边派出所的黄所长。108造船厂与江风理发店，均属江边派出所管辖地区。自从早上在船台旁发现女尸之后，金明便请江边派出所协助监视江风理发店，特别是注意观察曾小法的动向。此时，黄所长在电话中告诉金明一个出乎意外的消息：

曾小法自中午外出之后，一直未归！

曾小法为什么独自外出呢？黄所长汇报了以下情况：江风理发店人来人往，消息灵通，是个“新闻中心”。清早6点，刚一开门营业，来自108造船厂的顾客便说起沈修死于船台附近的消息，顿时江风理发店全店轰动了。人们到三楼敲沈修卧室的门，无人答应，便知消息是确凿的。人们议论纷纷，议论的中心除了沈修之外，便是曾小法。因为大家早就看出曾小法与沈修之间的暧昧关系。在江风理发店的三楼，只住着曾小法与沈修。其他职工都是本地人，家在附近，不住店里。曾小法一听到沈修的死讯，脸色陡变，心情非常紧张。不过，上午正轮到他在外宾部上班（外宾部由曾小法与另外两个理发师轮流值班），外宾不断来理发，他只好埋头在那里工作。他耳闻全店职员对他和沈修的议论，心乱如麻。吃完中饭之后，他跟谁都没打招呼，独自外出了。江边派出所在早上接到金明的指示之后，就派出了便衣警察，对江风理发店进行监视，曾小法是重点监视对象。当曾小法外出时，两位便衣警察悄悄地尾随着他。

曾小法到哪儿去了呢？据两位便衣警察报告，曾小法一出去，连头也不回，竟然一直朝江边派出所走去！走近派出所时，步子变慢了。他走到派出所门口，却没有走进去。他往前走，走着走着，绕了一个圈，又来到江边派出所门口！这样，一连绕了三个圈。后来，他不再绕圈了，一直朝江边走去。在江岸上来回踱方步，有时在树下长椅上坐一会儿，眺望着江水。两位便衣警察生怕他跳水自杀，警惕地监视着他。如今，曾小法仍在江边……

金明听了黄所长的汇报，便嘱咐张正换上便衣，立即与他一起坐轿车出发。金明留下戈亮值班，随时与江口监视站以及中心医院保持联系。

轿车直奔江边。平时，在执行拘留或逮捕任务时，金明一般总是穿制服，表明是公安人员的身份。这一次，金明与张正却穿着便服，因为考虑到曾小法已是惊弓之鸟，一旦看见穿着制服的公安人员朝他走来，弄得不好就会吓得投江。

按照黄所长报告的地点，金明和张正在江边的一家照相馆附近，与那两位便衣警察接上了头。按照他们指出的方向一看，果真，在一棵柳树下面，有一张长椅，一个人时而坐着，时而躺着，时而起来踱着方步。

趁这个人躺下之际，金明和张正走近了长椅。那个人一见有人走过来，很有礼貌地连忙起来让座。金明和张正一左一右在那人身旁坐了下来。

张正问道："你叫曾小法吗？"

张正一边说着，一边出示拘留证。

那人先是吃了一惊，呆若木鸡。三秒钟之后，他竟以闪电般的速度从长椅上跃起，一个箭步，朝前一冲，跳入江中！

说时迟，那时快，金明也跃入江中。紧接着，张正跳入江中。那两位便衣警察赶到江边，"通！通！"两声，在江水中溅起两团水花。

江面上，五簇水花翻滚。金明的游泳技术相当高明，不愧为一条水中蛟龙。他一个猛子扎过去，一把揪住了曾小法。紧接着，张正扑了过来，迅速地把一条毛巾手绢塞进了曾小法的嘴巴。

就这样，曾小法终于被捕了。

第四章　半夜来客

闭花羞月的姑娘

曾小法的口腔经陈洁仔细检查，未发现装有那种特殊的假牙，张正便不再往他嘴里塞毛巾手绢了。

审讯开始了。

金明要曾小法交代四个问题：

一、你是怎样认识沈修的？你为什么要介绍沈修到江风理发店工作？

二、你与沈修是什么关系？

三、你与沈修一起，进行了哪些犯罪活动？

四、昨天夜里，沈修跟你谈些什么？沈修是怎样死去的？

曾小法是个四十来岁的人，面目清秀，一表人才，一望而知是个聪明能干的人。此刻，他的头发还未全干，但是冷水的刺激反而使他从迷梦中清醒过来。他习惯性地用手拢了拢头发，于是落水后凌乱的头发变得整整齐齐了。他听了金明的问话，略加思索便开始交代。他讲起话来慢条斯理，声音不大，但是条理十分清楚：

“我先简单地介绍一下我自己。我的父亲叫曾永槐，在旧社会靠剃头糊口，被人们讥为‘割黑草’。我高中毕业时，别人都劝我考大学，将来当个科学家。我这个人的脾气很犟，硬是不去考大学，偏要学理发。我想，头发长了，谁都要理发的，为什么反而看不起理发员呢？于是，我把全部心思用在理发店里，总算把江风理发店的牌子打出去了，给父亲争了一口气。

“不过，有一件事情使我很不愉快，那就是我的恋爱问题。我并不是找不到对象。在恋爱问题上，我也很犟。一般的姑娘，我不要，我一定要找一个才貌出众的姑娘，才算称心。可是，越是这样的姑娘，越是看不起我们理发员。尽管她们理发、烫发要找我，背地里却喊我‘小剃头’。这么一来，我更加坚持自己的意见，我非要娶一个出色的姑娘不可。正因为这样，我四十多岁了，还没有找到称心的对象。年岁越大，找对象越困难。好多人劝我将就将就娶一个姑娘算了，我却一定要争这口气。

“理发店就像茶馆一样，人多嘴杂，消息传得很快。没多久，这儿附近的居民、工人甚至连外国海员，也都知道我的犟脾气。他们背后说我是‘怪人’。

“有一天，来了一个华侨打扮的老头儿，五十多岁，人很干瘪，留着长发，八字胡，戴着茶褐色宽镜片眼镜，狗舌领，花衬衫，阔皮带，喇叭裤，锃亮的方头皮鞋。他来到外宾部，要1号理发。1号，也就是我。

“我很奇怪，因为他第一次来理发，怎么就点我理呢？他笑着说，一年前，他随着一艘外轮到滨海市，曾在这儿理过发，知道1号是经理，手艺超群。‘一回生，二回熟’，所以第二次来，还是请1号来理。

“一边理，他就一边跟我聊天。那时，外宾部里只有我跟他，没有旁人。他笑嘻嘻对我说，‘经理，我上次来理发，便风闻经理四十开外，尚无内助，深为关切。此次前来贵店，理发是小事，做媒是大事！’

“他说自己是华侨，有一侄女在国外，年方二十六七，才貌双全。她父母双亡，除她之外，举目无亲。她姓沈，名叫羞花。这是因为她有闭月羞花之貌，父亲便给她取此名。后来，她上学时，嫌‘羞花’两字太俗，去掉‘花’字，改名‘沈羞’。沈羞的父亲也是理发匠，沈羞自幼学得一手理发技艺。父母相继去世之后，沈羞便以理发为生。不过，在国外，一个姑娘长得如此俊俏，便招来成群的‘苍蝇’！俗话说，‘自古红颜多薄命’，这句话极为有理。他很为侄女的命运担心。他由于经商，三天两头要随货轮外出，只留沈羞一人在家，很不放心。沈羞希望他在国内替她物色一个忠厚、老实的人，回国安安心心过一辈子。沈羞这姑娘很有头脑，她说，对方只要诚实可靠，其他条件可以不计。她希望回国之后，仍旧理发，自食其力，不愿做那种靠丈夫过日子的妇女。

“那华侨说着，便掏出一张沈羞的彩色照片。我一看，就中意了。他把照片送给了我，并要去我的一张照片。

“为了表示谢意，在理完发之后，我拉那位华侨到隔壁饮食店里吃了一顿。席间，他悄声对我说，沈羞正式办理回国手续恐较困难，因为当地一位阔老板的儿子早已看中了她，倘申请回国，那阔老板的儿子势必从中刁难，说不定还会对沈羞来个‘先下手为强’。看来，只有趁他的货轮到滨海市来的时候，想办法把沈羞藏于货轮的暗舱之中。这么一来，沈羞虽然能够回国，但是没有办理正式手续，户口、工作等问题都要请我设法为之解决。

“我听罢，觉得沈羞这姑娘的命运很值得同情。我是个喜欢‘路见不平，拔刀相助’的人。我横下心，点头答应了。”

半夜来客

曾小法说到这里，戈亮要换一盒磁带，便请他略停片刻。曾小法呷了一口开水，过了一会儿，又继续说下去：

“正巧，那时候我们店里因为人手不够，决定再招收五名学徒。我向街道党支部书记老沈说，我有一个亲戚，要从外地到店里工作，能否给她留一个名额？老沈考虑了一下，说等来了以后再看情况吧。

“从那以后，我日夜盼望着沈羞早日来临。夜晚，我常常从窗口俯瞰滨江。每当外轮从我面前驶过，我便猜想，沈羞在不在里面？我也时时为沈羞担心。她躲在暗舱里，万一给查出来，怎么办呢？

“盼星星，盼月亮，终于盼来了。一天傍晚，那位华侨又来到外宾部，要1号理发。我来了，一边理发，一边急切地向他打听沈羞的情况。他说，‘货’已经来了，要到深夜才能‘卸船’。我一听这暗语，心里就明白了。

“那天夜里，我像热锅上的蚂蚁似的，坐立不安。打烊之后，我锁上大门，全店就只剩我一个人。平常，我天天如此，不觉孤单。那天夜里，却觉得分外寂静、孤独。我竖起耳朵，仔细谛听任何一点轻微的声响。

“深夜12点多，门铃响了。我飞快地从三楼跑下来，把门打开。那时，正值寒冬，两个穿风雪大衣的黑影，站在门口。其中一个细高个，有点驼背，一望而知是那位华侨，另一个高高的，胖胖的，头上戴着三角形风雪帽，脸上罩着尼龙面纱。

“我连忙请他们进来，到了三楼。这时，那个女人脱去大衣，取下面纱，我一看，呆住了。她，竟是那样的动人，双颊由于被寒风吹拂，变得绯红绯红的。她的一双丹凤眼，清澈照人的眸子，使人想起了希腊塑像维纳斯来。这时，我才明白，她父亲给她取名‘羞花’，是何等传神。

“我不知所措，给她沏完一杯热茶之后，竟把茶杯盖盖到了热水瓶上去了。她嫣然一笑，落落大方地拿起桌上的热水瓶塞子，帮我塞好了。当她俯下身子塞热水瓶塞子的时候，我看见她的耳垂上挂着一对亮闪闪的宝石耳坠。

“很自然的，我注意到她的发型。那是国际上最时髦的长刘海、高髻烫发。

“那位华侨很知趣，晓得自己如今已成为一个多余的人，便要告退。我拦住了他，不好意思地说道，你把一个姑娘留在这儿就走了，我可不方便。

“后来，华侨答应了，他陪我住一夜，让沈羞住在我隔壁的房间。明天上午，当着全店职工的面，由他介绍一下，就说沈羞是他的侄女，我是他的亲戚，我们俩共同介绍沈羞到店里工作。我喊他‘沈大伯’，喊沈羞‘表妹’，沈羞喊我‘表哥’。

“这时，沈大伯见我对沈羞十分满意，便与我商量：今后别人问起沈羞，别说从国外回来，就说从我母亲的老家——黄县来的。我虽然有点惊讶，他怎么会知道我死去多年的母亲是黄县人？可是觉得他讲的办法好，可以少惹些麻烦，也就同意了。

“沈大伯打开手提包，从中拿出几张纸，递给我。我一看，竟是黄县人民政府和黄县公安局开的证明。我一时分不清那证明是真是假——说是真的吧，沈羞明明从国外回来，哪来黄县户口迁移证？说是假的吧，那证明用的是黄县人民政府及公安局的公文纸，上面盖着红色大印！

“我明白了几分，我抬头看到沈大伯那逼人的目光，看到沈羞那动人的目光，我又一次横下心来。

“另外，我发觉那些证明上，都已把‘沈羞’写成‘沈修’。沈大伯解释说，‘沈羞’这名字在国内显得与众不同，太醒目了点，不如改成‘沈修’，随俗一点。

“就这样，沈修住了下来。”

被牵住了鼻子

戈亮又要换磁带。换好之后，戈亮朝曾小法点了点头，曾小法便继续谈下去：

“第二天上午，趁大家都来了以后，我便拉着沈大伯和沈修，当众做了介绍。这时，沈修已经拿掉了耳坠，头发也梳成普通的波浪式，穿着一件中式对襟蓝地白细花棉袄。沈大伯也说了话。这么一来，大家都信以为真，把沈修当成了我的‘表妹’。

“沈大伯说，沈修家是世代理发，引起大家莫大的兴趣。沈修当着大家的面，给一位女顾客理发，她的手艺是那么娴熟，人们纷纷啧啧称赞。

“由于我对创建江风理发店曾立下汗马功劳，跟全店职工的关系也挺好，加上沈修持有证明公文，有出色的理发手艺，人又长得漂亮，所以她很快就被批准为江风理发店正式职工，户口也正式迁入滨海市。她名义上是学徒，实际上手艺比有的师傅还高明。大家都说，等她一年见习期满，便可以提升为理发师。

“沈修住在我的隔壁房间，起初，我有点担心，总觉得容易招来风言风语。沈大伯劝我，反正你们迟早要结婚的，怕什么？如果让沈修单独住到什么地方，反而不安全。这样，我也就同意了。

“过了几天，沈大伯说货轮要离开滨海市了，前来辞行。我要送他上船，他谢绝了。他托我好好照料沈修，并说此去之后，不知何年何月才能见面，如果我与沈修决定结婚，就不一定要等他来主持婚礼。

“沈大伯一去，再也没有回来过，我和沈修都住在三楼，尽管我很注意男女有别，但是，很快，就招来了各种议论。不过，我想起沈大伯的嘱咐，反正我与沈修要结婚的，也就不理这些议论。时间久了，人们也看出我与沈修之间的关系，反而不再评头论足了。

“不久，有人悄悄告诉我，对门108造船厂传达室的小丁，看上沈修了。这件事使我大为震惊。特别是有一次，我从窗口看见小丁与沈修手挽着手，在江边散步，我气得双眼直冒金星！

“我想，如果沈修一来，就爱上小丁，那倒也没什么。如今，当大家都知道我与沈修的关系之后，再与小丁谈恋爱，这把我的脸往哪儿搁？我简直有点气急败坏了！

“那天夜里，当沈修回来之后，我按捺不住自己的犟脾气，便对沈修把话挑明了。谁知沈修听了，反而冷笑起来。她说，你如果答应依我如此如此，我可以与小丁断绝来往。

“此时，我已是骑虎难下，逼上梁山。我答应了，才知沈修是一个负有特殊使命的人。我心里矛盾得很。我知道自己已经上了贼船——帮她迁入户口、安排工作，而且又明确了关系。

“我后悔，但是后悔已经没有用了。我觉得自己仿佛成了一头牛，牛绳子捏在沈修手中！我是一个爱面子的人。沈修紧紧地抓住了我的这个弱点。

“我答应了她，帮助她做了一些事情。然而，我发觉，她仍在与小丁来往。我有点火了，她却解释说，她找小丁，看上去像谈恋爱，实际上是为了‘工作’，因为从小丁那里可以了解108厂的许多情况。也有的时候，她深夜才归，她并不是找小丁去，居然也声称是‘工作’。

“她从小丁那里得知吴为的情况之后，对他发生莫大的兴趣。吴为来理发，他总是请林师傅理发。有一次，林师傅给吴为刮脸，不巧，吴为咳嗽了一声，剃刀把吴为的脸碰破了一点皮。尽管这事儿是吴为自己咳嗽造成的，林师傅还是向他道了歉。谁知吴为连吹风都不吹，便急急忙忙往外跑。林师傅问他为什么走得那么急，吴为答道：‘我到医院挂急诊去！’林师傅以为他生了急病，一追问，才知道吴为刚才被刮刀碰破了点皮，生怕得了破伤风，赶到医院挂急诊去！这件事，在江风理发店里传为笑谈，沈修对这个笑话却捉摸了半天，从中悟出吴为胆小怕事，树叶落下来怕打破头！

“从那以后，吴为来了，不大愿意再找林师傅理发。沈修叫我上去，给吴为理发。我的手艺，在店里是一流的，吴为当然高兴。沈修叫我在理发之际，把吴为剪下的头发悄悄地藏了一把，交给了她。

“还有一次，下着雨，吴为来理发，把折叠伞挂在门口的那排挂伞钉上。沈修趁人不备，用另一把折叠伞换走了吴为的伞。由于两把伞的样子差不多，吴为理完发，撑着伞走了，一点也没发觉呢。

“前天，也就是108造船厂发生技术档案失窃的那天早上，沈修借去了我的一双皮鞋，放在她的理发工具箱中。她还叮嘱我，在上午八点一过，给吴为的办公室打一个电话，电话号码是7463281。她要我在电话中对吴为说：‘我是公安局，有一件紧急的事情……我们接到报告，你的手提包里有一枚微型定时炸弹，请你马上……’她关照我，说话的语气要急促一些，并给我示范了一遍。我的卧室里装有电话。

“那天早上，我从窗口看见沈修先是一手拎一个手提包，另一手拿着理发工具箱，走进隔壁的饮食店。不久，她还是一手拎手提包，一手拿理发工具箱，往108造船厂走去。在大门口，她跟传达室里的小丁点点头，就进厂了。过了一会儿，我看到吴为拎着手提包进厂了。

“八点一过，我就按照沈修的吩咐，给吴为打了一个电话。果真，从耳机里传出吴为惊恐的声音。紧接着，我就看到对门108造船厂里沸沸扬扬起来。直到中午12点，108造船厂吃中饭的时候，沈修才悄悄地走出大门，回到江风理发店。

“当她来到三楼，才长长地舒了口气，脸上浮现出微笑。她打开理发工具箱，取出皮鞋给我时，我看到工具箱里好像放着一包图纸似的东西！”

曾小法在耍滑头吗?

曾小法最后交代了昨天晚上的情况。他说道:

“昨天晚上,李光来理发,我没注意,因为我跟李光不太熟悉。小丁从对面走过来,我在三楼看得一清二楚。小丁走了以后,沈修急急匆匆地走上三楼,脸像糊窗纸似的发白,前额沁出冷汗。这两天来,我已看出沈修的内心有点紧张,但是我看到她这样的神态还是第一次。

“我马上问沈修:‘出了什么事’?

“沈修答了一句:‘糟了,被108的保卫科长咬住了!’

“沈修说完,走进她自己的卧室里去。我连忙跟了进去。她一回身,紧紧地抱住我,轻声说道:‘不论出什么事,你等着我!’

“我默默地点了点头。她又说了一句:‘如果他们追到你头上,你就一股脑儿朝小丁身上推,说都是小丁讲出来的!’

“我一听,发呆了,傻乎乎地木然站着。她嗔了我一口,说道:‘怎么?吓昏啦?怕什么!我这种纤纤女子都不怕,你堂堂男子汉大丈夫还怕?你先回去睡觉,我还有好多事情要办!’

“我只好回到自己的房间。半夜,我起来小便,见她的房间里还亮着灯。直到今天早上,我听说江上发现女尸,心像被撕碎了似的。我料想死者十有八九是沈修。不久,消息传来,证实的确是沈修。这时我看看沈修的房间,依旧亮着灯,才知道她在打发我走了之后,就投江自杀,灯没有关掉……”

听完曾小法的长篇交代,已是夜里10点钟了。在曾小法交代的时候,金明用手托着下巴，一方面观察着曾小法的表情，一方面聚精会神地听着，决不漏掉他的一句话。

在曾小法交代之后，金明让他到公安局拘留室休息。

曾小法一走，戈亮便与张正争论起来。

戈亮认为，曾小法在耍滑头，把自己打扮成受骗者。其实，他可能就是杀死沈修的凶手——他跟沈修只一墙之隔，杀死之后，从窗口就可扔进滨江之中。

张正恰恰相反，认为曾小法的交代非常诚恳，如实地坦白了自己的罪行，也谈了自己踏上贼船的过程。

戈亮和张正要金明表态。这一次，金明一边听曾小法交代，一边在进行分析。他在助手们产生意见分歧时，历来不愿当“裁判”，简单地表示“是”或“否”，而是把自己的分析谈出来，跟助手们一起讨论。

金明首先分析了曾小法的处境和思想状态：他是爱沈修的。他之所以会被沈修拉上贼船，是因为他爱沈修。如今，沈修死了，他的希望破灭了。他也很爱面子。如今，沈修一死，他和沈修的关系已是路人皆知，想要面子也要不到了。他最初的心情是犹豫和彷徨的。他几次想到江边派出所自首，走到门口，又犹豫了，后退了。当他被拘捕之后，知道已经没有退路了，况且他终究还有一点觉悟，所以经过启发、教育，是会坦白的。

金明从他的交代缺乏个细节进行分析，认为曾小法的交代是可信、可靠的。

例如，他给沈修送去了吴为的头发，他本人可能还不知道沈修拿吴为的头发干什么。但是，他谈的这一细节，正是解决了那电动剃须刀中的谜——那些须末，并不是胡子，而是沈修用剪刀剪碎吴为的头发，故意放进去的。正因为这样，那些须末中夹杂着白色，而吴为的胡子是全黑的，只有头发中才有点白发。

又如，曾小法谈及剃刀碰破吴为的脸皮的笑话，引起沈修的注意，这个细节也很真实。那个笑话，很典型地反映了吴为胆小怕事的懦弱性格。沈修富有观察力。她抓住这件事，想出了用电动剃须刀冒充微型定时炸弹吓唬吴为的调虎离山计。如果用这种方法吓唬另一个人，恐怕就失灵了。何况沈修是个理发员，成天跟电动剃须刀打交道，想出用电动剃须刀吓唬吴为，也是很自然的。如果是另一个间谍，恐怕就不会想到用电动剃须刀当“道具”。

再如，曾小法交代了沈修曾借过他的皮鞋这一细节，十分真实。在吴为的办公室里，我们查到作案者的鞋印——男的皮鞋鞋印。经查对，与曾小法的皮鞋鞋印一样大小。曾小法右鞋后跟有一凹痕，而那作案者的右鞋印也是有一凹痕。我们根据作案者脚印算出，如果作案者平时真的是穿这双鞋的话，他的身高应为1米72，而曾小法果真是身高1.72米。沈修狡猾地在作案时穿了曾小法的皮鞋，以便万一她自己被捕，可以一股脑儿把责任推到曾小法头上，嫁祸于人。从这里也可以看出，曾小法痴情地爱沈修，而沈修却只是在玩弄和利用曾小法罢了。沈修之心，毒如蛇蝎。

还有，关于换伞，曾小法的交代合情合理——下雨天，在江风理发店的挂伞处换把雨伞，那是很容易的。而吴为猜想是在厂里被换错，却不如曾小法谈的细节可靠。

另外，曾小法所谈的关于沈修、吴为在前天早上进厂的时间，与小丁的交代完全吻合。曾小法所谈的小丁与沈修的关系，以及他本人对此产生强烈不满的心情，也很真实，与小丁的交代一致。

经金明这么一分析，戈亮与张正不再争论了。三人得出一致的结论：曾小法的交代是诚恳的，真实的。

然而，曾小法以为沈修是投江自杀，这说明他根本不知沈修是被杀，当然更谈不上是谁杀死沈修。

目前的关键，是追查杀死沈修的凶手。曾小法的交代，对此未能提供直接的线索。

沈修之死，使破案的线索断了。拘捕了曾小法，满以为断了的线索可以重新接上，谁知线索依旧断了。

杀死沈修的凶手，究竟是谁?

神秘的小铁箱

破案工作进入第四天了。

上午8点，金明办公桌上的蓝机，不停闪亮小红灯。

金明拿起耳机，听出这是滨海市中心医院急诊室打来的电话。他们告诉金明，柳芽和小珍珍已于昨天平安出院，现在，吴为已经符合出院条件了，能否让他出院?

金明当即表示同意吴为出院。这是因为经过审查，尽管技术档案失窃一事，吴为有他的责任，但他不是间谍分子，这一点已经查清。

5分钟后，黑机上的红灯闪亮了。那是吴为打来的，说是马上要到公安局来，向金明深刻检查自己的失职行为。金明劝他先回家，等以后身体彻底复原之后再谈。在电话中，金明还嘱咐吴为回家之后，把房门的锁立即另换一把，注意安全。吴为听了，非常感动——金明在百忙之际，居然还不忘提醒他把房门的锁换一下！吴为心里想，如果自己对工作能像金明这样负责、细心，就不会发生那桩失窃案件了。

在处理好吴为的出院问题之后，金明翻看着戈亮所记的这几天的大事记。

这份值班记录十分清楚地写出了案情的进展情况：

第一天上午8点108造船厂发生技术档案失窃案件；

第二天清晨4点7分江口监视站发现“电子鳗鲡”，上午8点30分发现吴为一家煤气中毒；

第三天上午5点108造船厂四号船台附近江面发现沈修尸体，下午5点拘捕曾小法。

然而，如今进入第四天，案情却没有发生重大变化。上午，在平静的气氛中度过。

金明再次提审曾小法，询问他是否了解沈修去过吴为家。曾小法摇着头，说除了有时知道她深夜外出‘工作’之外，并不了解她究竟到哪里去了。

这样，究竟是谁打开吴为家的煤气开关，使吴为全家中毒，也仍然是一个谜。根据小珍珍的揭发，从小珍珍手中取走钥匙，在橡皮泥上留下钥匙凹印的，当然是沈修。然而，企图杀死吴为一家的是不是沈修，这还无法断定。

杀死沈修的是谁？企图杀死吴为一家的又是谁？这两起案件的作案者，是同一个人，还是两个人？金明翻看着值班记录，以及电子计算机根据录音整理的李光、张正、曾小法的谈话打字稿。金明像用梳子梳头似的，把案情记录条理化，细细地思索着。

上午，金明还派出戈亮和张正到江风理发店三楼搜查了沈修和曾小法的房间。

快到中午了，戈亮和张正回来，汇报了如下情况：

在曾小法的房间里，除了查到几张沈修的卖弄风骚的照片以及他们俩的合影之外，没有发现别的可疑物品。

在沈修的房间里，找到一本《三国演义》，上面盖着“108造船厂图书室”的图章。这是很重要的物证。因为在吴为的手提包中，便放着这本《三国演义》。它证明了沈修确实是那位“调包者”。

在沈修的抽屉里，找到一把钥匙。经查对，与吴为家的房门钥匙一样。这把钥匙的匙齿上有明显的条纹，还黏附着一星半点金属屑末，说明它是用三角锉刀锉出来的。这也是很重要的物证——证明偷制吴为家房门钥匙的人，正是沈修。

在三楼的一间存放杂物的房间里，找出沈修的一只小箱子，内有密写药水、毒药、108造船厂全貌图。

沈修的床头柜上，放着一只精美小巧的电子钟。戈亮发现，这电子钟的反面，是一只伪装的半导体报话机。它的通话有效范围，估计是一公里左右。这一发现甚为重要。它说明，在一公里范围内，很可能藏有一个与沈修经常用半导体报话机联系的间谍。

奇怪的是，戈亮和张正经过反复寻找，均未查到那只失窃了的“75”号档案袋。

另外，沈修平时是在一楼男宾部工作。店里的师傅们告诉戈亮和张正，那里每一个理发员都有一个柜子，供放理发工具及工作服的，建议他们查一下沈修的那个柜子。戈亮和张正打开了那个柜子，见柜底放着一只小铁箱子。这铁箱子一时无法打开，戈亮和张正便把它带回来了。

这只神秘的小铁箱里，藏着什么东西呢？

耐人寻味的号码锁

金明对这只神秘的小铁箱，发生了莫大的兴趣。

这小铁箱只有普通的枕头那么大。它是用高级合金钢制成的，轻巧而结实。表面漆了一层深灰色的皱纹漆，看上去普普通通，一点也不引人注目。

金明深知，这种小铁箱不能用榔头砸，也不能用激光切割，因为它一般均装有自爆装置，一旦受到猛烈冲击或高温灼烧，会自爆毁迹。

小铁箱上没有装锁，箱子却紧紧地锁着。在箱子的侧面，只装着一个像自动电话拨号盘似的东西，但是没有那么大，只有普通手表表面那么小。

金明一看到这拨号盘，心中便明白了：箱子上装着号码锁！

这种号码锁，是没有钥匙的。你只要像拨电话号码一样，拨动拨号盘。如果你拨对了，箱子就自动启开，如果没有拨对，箱子依旧紧锁着。箱子的主人，只要像记电话号码似的记住号码锁的号码，便可轻而易举地打开箱子。然而，不知道号码锁号码的人，就像不知道电话号码而想给对方打电话，几乎无法打通！

拨号盘上只有“1，2，3，4，5，6，7，8，9，0”这样十个数字。如果它的号码是七位数，一个不知号码的人想打开它，就得从0拨起，可能要一直拨到1000000。只有当你拨的数字与号码锁的号码对上了，它才会自动启开。

金明想出了妙计——请电子计算机帮忙！

金明把小铁箱交给了电子计算机室，让电子计算机不断地拨号，从0拨起，一旦拨到那神秘的数字，便可揭开这小铁箱内的秘密！

金明心里想，这确实是一场用现代科学作武器的有趣的暗斗：我们发明了指纹锁，敌人用人造指纹打开了它；敌人采用高级号码锁，我们要用电子计算机打开它！

电子计算机是严格而又富有耐心的，它从0拨起，不停地拨着，拨着，没有拨错一个数字，也没有拨漏一个数字。

看来，打开这个小铁箱，将会为破案提供重要线索。特别是在眼下线索断了的时候，大家多么希望马上把它打开！

电子计算机在不停地拨着小铁箱上的号码。拨着，拨着，小铁箱依旧紧闭着……

差一点上当

中午，正当金明在食堂里吃饭的时候，电子手表忽然振动起来。金明撂下饭碗，便朝办公室奔去。

戈亮和张正一看，也放下了筷子，跟着金明飞快地奔出食堂。

金明和戈亮、张正都以为，大概是电子计算机把小铁箱打开了！

谁知当金明拿起红机的耳机，那紧急电话却是贾飞打来的："喂，是金明吗？报告重要消息——刚才，也就是11点59分，我们发现'电子鳗鲡'由江内经江口游向公海。现已捕获，并装入水箱，听候您的处理。"

金明一听，嘴角露出了笑容："哈哈，又是中午11点59分！上一次，这只'电子鳗鲡'是在这个时候由公海溜入江内的。我们故意放过它。他们大约以为，这个时候正是吃中饭，容易溜过去。于是，在回去的时候，又选择11点59分！"

贾飞也笑了，说道："不错。不过，这一次敌人玩弄了新花样，我们差一点上当！"

金明看了一下电子手表，连忙说道："我立即出发，其余情况等到了你那里再谈。"

金明刚把耳机放下，戈亮和张正便已做好出发的准备工作。金明让张正留下来值班，叫他注意那只小铁箱，电子计算机一旦把它打开，迅速检查一下箱内究竟是什么东西。

金明和戈亮正要走出办公室，差一点跟一个人撞上。定睛一看，原来是食堂里的炊事员，把金明、戈亮、张正吃了一半的饭菜送上来了。金明和戈亮向他满怀敬意地行了个礼，就与戈亮出发了。炊事员喊住了他们，给他们每人塞了一盒罐头。金明和戈亮又向他敬了一个礼，噔噔地走了。

戈亮驾驶着轿车，沿着江边公路飞驶。一路上，几乎所有的岔路口，都为这辆轿车开绿灯。

一路上，贾飞通过半导体无线电话，向金明谈了为什么“差一点上当”。

原来，上次“电子鳗鲡”进入市区范围之后，便消失了。贾飞是个责任心很强的人，认为这是自己的失职！他想，如果能够跟踪到底，查清“电子鳗鲡”航行的终点，将为破案提供重要情报。

贾飞估计，那次跟踪之所以失败，除了进入市区之后，江面上来往船舶增多之外，恐怕另有原因——敌人玩弄了新花招！倘若在“电子鳗鲡”出海时，也来这么一手，被它溜走，岂不误了大事？

贾飞的脑海中，一直盘旋着这个“？”号。他偶然看到三个孩子在院子里做游戏：一个孩子的眼睛上蒙着手绢，当“老鹰”，一个孩子张着双臂，拦阻着“老鹰”，他的角色是“母鸡”，还有一个很小的孩子，抓住“母鸡”的衣服，躲在他的背后，扮演“小鸡”。

这个“老鹰抓小鸡”的游戏，给了贾飞莫大的启发：在浑浊的江水之中，监视站的战士犹如眼睛被蒙上手绢的“老鹰”，无法直接“看见”各种潜水物，要靠声呐“听”。那只狡猾“电子鳗鲡”，会不会像“小鸡”似的，紧靠在某只大船下，乘机溜掉呢？

贾飞把自己的想法告诉大家之后，大家都觉得有理。于是，除了加强水下声呐和超声波探测仪监视之外，海军还派出了许多微型潜水艇，对每一艘进出江口的船底四周，都进行仔细的检查。只要有一艘船经过江口，马上就有四艘微型潜水艇，从两侧检查它的船底部分。

就在今天中午，一艘货轮从滨江驶往大海，微型潜水艇在它的右侧靠近尾部的船底，发现有一凸出的物体吸附在上面。仔细一查，原来是一只

"电子鳗鲡"!

微型潜水艇迅速地张开蟹钳般的机械手，一下子便把这只"电子鳗鲡"逮住了!

贾飞闻讯，高兴得跳了起来。谁知他的脚没站稳，一屁股摔在地上。这一摔，反而把贾飞从高度兴奋中摔醒了。他爬起来，一把抓住话筒，急忙对潜水艇的驾驶员喊话："切记，切记，万万不可使'电子鳗鲡'离开水面!"

一直到海军战士们把"电子鳗鲡"装入水箱，运到那间经过清理的地下室，贾飞才擦了额上的汗，放心了。

在机械手的帮助下

跟上一次一样，当金明的轿车刚刚驶到滨江海关检查站那十层大楼跟前，便有一个穿着米黄色海关的卡其制服的胖子，走到车旁，拉开了车门。金明下车之后，紧握贾飞的手，祝贺他终于捉住诡计多端的"电子鳗鲡"!

金明走进地下室，见"电子鳗鲡"安然放在水箱之中。贾飞不断往水箱里灌进自来水，冲走浑浊的江水，使水箱里的水变成清澈透明。那"电子鳗鲡"尾部的螺旋桨还在迅速转动，然而，如今成了瓮中之鳖，转也徒劳。金明见"电子鳗鲡"已用铁索捆于箱底，十分赞许贾飞的细心。因为贾飞考虑到"电子鳗鲡"可能会自动浮起，蹿出水面，容易引起自爆，所以给它来了个五花大绑，绑于箱底。

金明是“警察博士”，对电子学以及定时炸弹之类，颇有点研究。他在一边观察了一会儿，便知其中奥妙。他发现，“电子鳗鲡”腹部右侧有一排揿钮，而且看出这是关掉螺旋桨以及停止自爆的揿钮。为了安全起见，他暂不动手。

金明对贾飞说，必须调一辆行车平稳的汽车，迅速把“电子鳗鲡”运回公安局去仔细检查。

贾飞建议用气垫船运输，因为气垫船非常平稳，速度又快，况且江口监视站与市公安局均在滨江江边，很方便。

金明同意了，让戈亮开车回去，自己坐气垫船运送“电子鳗鲡”。大家都劝金明坐车回去，因为“电子鳗鲡”说不定会在半途中爆炸，很危险。金明却把头摇得像货郎鼓似的。他说自己跟定时炸弹之类常打交道，“电子鳗鲡”如果在半途中要发生爆炸，他可以听出其中的声音来，由他押运最合适。大家没法说服金明，就只好按金明的决定去办。

这时，只见一艘像汽车那样大小的微型气垫船，从滨江爬上了岸，一直驶到大楼跟前。气垫船是靠往船底喷气，把船托起，所以它水陆两用，既能在水上飞，也能在陆上行。气垫船在装上水箱之后，便平平稳稳地从陆上入水，在滨江上飞驶。不过，由于滨江上船舶颇多，它不得不减速，不能全速前进。它的两舷激起无数白雾一般的水花，在阳光下，水花中出现美丽的彩虹。在江面上，气垫船不愧为一位“赛跑冠军”，它追过了所有的船，遥遥领先。

尽管气垫船已经减速，但是它还是比戈亮的轿车先到公安局。它从码头爬上了岸，一直开到公安局大楼前面。

水箱被铲车运进了电梯口，然后坐电梯下降，被送进地下实验室。

这个地下实验室，是金明专门用来处理危险物品的。实验室分为内外两间，两间当中用厚厚的防弹玻璃隔开。水箱安放在内间之后，人们全都退出内间，把厚厚的铁门紧紧锁上。

内间无人，怎么打开那只“电子鳗鲡”呢？

原来，在内、外间中，装了一对机械手。金明坐在外间，在手上接了各种电极，那么，金明的手做什么动作，内间的机械手就精确地进行模仿，做着跟金明一模一样的动作。这么一来，金明仿佛在内间亲自操作似的。万一危险品爆炸的话，炸坏了的只是机械手，炸不到金明，而机械手炸坏了，可以用备件再装一副。

这时，金明透过厚厚的防弹玻璃，把机械手伸进水箱里，按了一下“电子鳗鲡”腹部右侧的一个绿色揿钮，“电子鳗鲡”尾部的螺旋桨立即停止转动。

在“电子鳗鲡”腹部左侧，装着一只圆形的表，上面的刻度是从0至30分。表下，也有红、绿两个揿钮。金明刚才在江口监视站便曾捉摸过那圆形的表，断定它是控制自爆的时间表。

上次“电子鳗鲡”是离水后半小时爆炸的，而表上的刻度正是从0至30分，与它吻合。于是，金明用机械手揿了一下表下的绿色揿钮，同时看了一下电子手表——1点19分。“电子鳗鲡”是在11点59分经过江口，12点3分被捕获，12点7分被装进水箱。它至今未爆炸，证明金明关于不使“电子鳗鲡”离水可以防止爆炸的预见是正确的。

当金明揿了表下绿色揿钮之后，表上的指针一动也不动。金明用机械手把“电子鳗鲡”取出水箱，表上的指针也不动。金明放心了，看来“电子鳗鲡”是不会自爆了。于是，金明决定把“电子鳗鲡”打开，揭穿它的秘密。

终于洗出了胶卷

“电子鳗鲡”的外壳是用左、右两片高强度钛合金薄壳合成的。金明用机械手逐一拧下螺丝钉。当所有的螺丝钉都被拧下之后，稍一用力，便可以把“电子鳗鲡”的外壳打开了。

这时，金明却把机械手伸进内间的一个柜子里，取出一只巨大的手电筒那样大的注射器。然后，把“电子鳗鲡”的外壳撬开一条细缝，立即把注射器的针头插进细缝，拉起注射器的活塞，吸走了“电子鳗鲡”内的空气。然后，再把注射器内的空气，注入好几只真空的小瓶子内，随即把小瓶封口。

在抽好“电子鳗鲡”腹腔中的空气样品之后，金明这才用机械手小心翼翼地打开那涂有变色油漆的钛合金外壳。当他把外壳拆下放在水磨石地上，外壳立即变成灰中夹白的水磨石的颜色。

“电子鳗鲡”里面是什么东西呢？其实，里面竟是一个个大小不同的方盒。金明看出其中有原子电池、电动机、电子脑、导航仪、自爆炸药等。在腹腔当中，有一只青灰色的长圆形的铅盒。金明用机械手取下了铅盒，伸到铁门旁边。

金明看了看手表，已是2点5分了。也就是说，“电子鳗鲡”是在1点19

分离开水箱，如今已经离水46分钟了，超过了半小时，它依旧没有爆炸。

金明穿上防弹衣，打开内间的铁门，取走那青灰色的铅盒和空气样品瓶，随手立即把铁门关紧。

金明估计那铅盒之中藏着胶卷，因为“电子鳗鲡”中有原子电池，它会射出放射性射线，使藏在普通暗盒中的胶卷感光。铅能够挡住放射性射线，防止胶片感光。金明认为，如果铅盒内有胶卷的话，这胶卷肯定未经冲洗。不然的话，用不着藏在铅盒中了。

金明把空气样品瓶交给了陈洁，嘱咐她进行多种项目的化验。他自己与戈亮一起，来到办公室旁边的实验室，那里设有暗室。

张正见金明回来，报告道：那只神秘的小铁盒上的号码锁，仍未打开，电子计算机正在“耐心”地逐一拨号。

金明与戈亮来到暗室，打开铅盒，果真，里面便是胶卷！按照一般的情况，胶卷总是装在暗盒或用黑纸包着，而它却是直接装在铅盒内的。金明知道这是敌人玩弄的花招——不懂“行”的人抓住了“电子鳗鲡”，拿到了铅盒，一定想打开看看。一打开，全部漏光，一无所得！另外，按照一般的情况，胶卷总是经冲洗之后放进去的，

而它却未经冲洗，其中的原因便是为了使不懂“行”的人打开铅盒时毁迹。

金明和戈亮拿出了好多卷微型胶卷，非常高兴，但也很担心，因为这未冲洗的胶卷不知该用什么药水冲洗。戈亮建议先剪下一小片，试试看。金明同意了。

他们用普通的显影液、定影液冲洗这一小片底片，结果，洗出来是无

色透明的，什么影像都没有！

戈亮笑着说道：“我们差一点又上当了！这胶卷肯定是用特种药水冲洗。用普通药水冲洗，什么都没有洗出来。”

金明点点头，心里想，敌人真是狡诈多端——你即使在打开铅盒时没有使胶卷漏光，那么，在冲洗时也很容易上当！

于是，金明和戈亮又剪下一小片底片，改用不同配方的药水冲洗。经过好多次试洗，这才弄清楚，原来它是要用特殊的A型显影剂和B型定影液冲洗。

在洗出底片之后，金明和戈亮用自动洗印机洗印放大照片。这台自动洗印机是侦查处的常用设备之一，在通缉逃犯时，便用它大量洗印逃犯照片，发往各地公安局。它的印片速度极快，在10分钟内，便印出了数百张放大照片。

在这一大堆放大照片上，金明和戈亮看到了什么呢？

第五章　塔上敌影

75号图纸的底细

金明看了一下那些放大照片，立即打电话给108造船厂，请总工程师潘玲来鉴别这些照片。

没多久，一位中等身材、齐耳短发已经夹杂着许多银丝的女士驾驶着轿车，出现在公安局门口。金明一眼就认出来她是潘总——潘总曾经勇敢地把装有“微型定时炸弹”的手提包扔进水井里，这件事给金明留下不可磨灭的印象。金明热情地欢迎潘总的到来，亲自陪她来到办公室。

潘总只往那堆放大照片扫了一眼，便认出来了，说道：“这是我厂75号技术档案袋里的图纸！”

潘总的这句话，使金明感到非常高兴：这些天来，金明接连遇上108造船厂技术档案失窃案件和“电子鳗鲡”案件。金明根据这两桩案件发生的时间如此紧密曾推测它们之间可能有着某种联系。潘总证实了“电子鳗鲡”中所运载的，正是108造船厂失窃了的75号图纸，这有力地说明了两桩案件本是一桩案件！也就是说，图纸被窃、吴为全家煤气中毒、沈修之死、“电子鳗鲡”往来于滨江与公海之间……这些案情都是紧密地联系在一起的。间谍的目标是很清楚的——窃取75号图纸。

为什么间谍会对75号图纸发生这么大的兴趣呢?

潘总的回答，使金明和戈亮感到震惊：“我弄不明白，间谍为什么要窃取75号图纸？自从窃取图纸的案件发生以后，我与厂长以及有关的技术人员曾经研究过，都感到十分奇怪！”

咦，这倒是咄咄怪事：间谍机关花了那么大的力气去窃取75号图纸，当然有其用意。然而，堂堂的108造船厂总工程师，却居然说不明白其中的原因!

潘总见金明和戈亮的眼睛里射出惊讶的目光，便如实谈了自己的看法：

108造船厂是一家保密厂，这是因为该厂主要生产军舰，特别是生产各种类型的军用潜水艇，其中大部分是核潜艇。

潜水艇，这是当今各国之间暗斗角逐的重要目标。纵观世界军事史，可以看出逐步从陆上，到海面，到航空，到太空，到水下的发展过程：最初，人们主要靠地面部队争夺胜负。后来，开始发展海军，在海面上争斗。随着飞机的出现，开始争夺制空权。当人造卫星上天之后，种种侦查卫星、预警卫星在太空中争霸。然而，如今人们却更加重视潜水艇，因为它在海面之下不易被发现，又不易被摧毁，是一种又安全、又隐蔽的进攻性武器。人们设计、制造了种种新型潜艇——大型的、微型的、长航程的、高速的（水下时速在100海里以上）、深潜的（潜水深度在5 000英尺以下）……这些潜艇，大都是用“双核”武装的，即既采用“核”动力，又携带“核”导弹。这种

"双核"潜艇是水下游动的核基地，具有很强的进攻力量。正因为这样，在现代化的世界中，水下暗斗几乎达到了白热化的程度。

为了保卫我们辽阔的海疆，保卫我们的祖国，我们当然也制造各种新型"双核"潜艇。108造船厂是制造"双核"潜艇的主要工厂之一，它引起了间谍机关的"关切"，那可以说是"理所当然"的。

不过，108造船厂也并不全部生产军用舰艇，有时也生产一些民用产品。也就是说，保密厂中也有不保密的生产项目。像75号图纸，便属于普通机密级，是民用项目，不属绝密级的军工产品。

在108造船厂，凡属绝密级的军工产品的有关图纸，均归保密室保存。一般的技术资料及普通机密级图纸，归技术资料室吴为保存。当然，由于我们是保密厂，规章制度一向比较严格，所以即使是普通机密级图纸，也是封存好了之后才交吴为，交接手续比一般工厂要严一些……

本来，金明从"电子鳗鲡"中取出胶卷，印出放大照片，以为案情逐渐清楚了，经潘总这么一说，反而糊涂起来！

也许是神经过敏

不过，间谍机关既然如此"关心"75号图纸，总是事出有因。这一点，连潘总本人，也不否认。

潘总是一个久经科学训练的人，没有可靠的事实为依据，是轻易不谈自己的看法的。金明和戈亮一再要求她谈谈，"事出有因"之"因"，她用手理了理那齐耳的银灰色短发，继续谈了下去。

潘总声明，她的以下谈话，就像科学上的“假说”一样，只是一种猜想，说出来，仅供公安人员参考：

“自从发生75号图纸失窃事件之后，我便开始思考这个问题。

“75号图纸，就是75型潜艇的图纸。由于我厂与订户是在7月5日签订的生产合同，便用这个日期来命名，叫‘75型潜艇’。

“订户是民用单位——中国科学院南极研究所。他们曾经到南极科考过好多次。南极是一个白茫茫的冰雪世界。在南极附近的海面上，漂浮着巨大的冰山。科考队员们是乘坐我国生产的‘南极号’破冰船，到那里考察的。

“其实，冰比水轻，总是浮在海面上。为了避开南极那多如牛毛的浮冰，同时也为了能深入考察南极冰下的情况，中国科学院南极研究所便决定请我厂设计制造一种特殊的、适用于南极水下的潜水艇。这，便是75型潜艇。

“75型潜艇是一般的核潜艇，它的动力、结构、材料、仪器都是采用一般潜艇的通用件。

“它与众不同的是三点——第一，它的头部外壳镶嵌着一层人造金刚石钻头，头部外壳能够迅速转动，尾部装有强有力的喷水推进器。这样，当它要从冰下钻出来的时候，喷水推进器推动它前进，头部外壳不断转动，人造金刚石钻头便可钻破冰层，破冰而出。第二，它的全身，特别是头部，装有强大的微波发射器。发射微波以后，能迅速使冰层熔化为水。第三，它的外壳异常光滑，可以尽量减少它在冰中前进的阻力。因此，我们命名它为‘冰潜艇’，意即能在冰中前进的潜艇。75型潜艇，只是它的代号。

“我们在一年以前，试制了第一艘冰潜艇。制成之后，从滨江中驶入公海，曾在公海中做过发射微波的试验。当时，虽然不是在冰中，但是周围的水迅速沸腾起来，可见它的放热效果是很不错的。

“后来，它远航到南极，在一望无际的冰海中试验。它在冰中进出自如，仿佛就在水中游动一样！

“第一艘冰潜艇试航成功之后，中国科学院南极研究所除了深表满意之外，还提出几点改进意见。我们重新用电子计算机画了图纸，把原图纸退交吴为保管。我们准备按新图纸生产50艘冰潜艇，供我国南极研究所对南极进行大规模考察之用。

“冰潜艇虽属新型潜艇，但它在军事上并没有多大用处。另外，它的制造技术并不算太复杂。像人造金刚石钻头，我们是请探矿机械厂协助，那里生产的各种钻机上，便镶嵌着各种人造金刚石钻头；微波发射器是请微波仪器厂协助，他们大批生产这种设备。在国外，要制造这样的冰潜艇，并不困难。可能他们把心思都用在军事上，没有‘闲情’去制造这种专供科学研究的潜艇。

“为什么冰潜艇会引起间谍机关的注意呢？我估计，有两个原因。

“第一，我厂生产的潜艇，因属军工产品，一般是在高大的厂房内生产，滨江上来往的船是看不见它的。造好之后，从地道进入水下，可以说是‘神不知，鬼不晓’。制造冰潜艇时，正好临江的一幢厂房要修理，便把它安排在那里生产——因为它不属绝密级产品，即使江上来往的人透过正在修理的门、窗看到一点，也无碍大局。它的外形颇为古怪，特别是那个嵌着金刚石钻头的光溜溜的头部，可能引起了坐船经过的间谍的注意，以为这是中国正在生产的新型攻击型核潜艇。

“第二，冰潜艇曾到公海进行过试验。它使周围的海水猛烈地沸腾起来，射出强烈的热线——红外线。这可能引起那些在公海中到处游弋的潜水艇的注意，以为这是一种极为新式的潜水艇。

“以上，是我的‘假说’而已，不足为凭。

“总之，我以为，间谍机关常常神经过敏。这次，他们把75号图纸作为攻击目标，也许就是因为神经过敏！”

金明和戈亮听罢，拊掌大笑。他们很同意潘总的分析。金明说了个笑话：“不久前，某国的大使馆突然决定撤换所有的使馆人员，原因是馆内遗失了一份绝密文件，以为是使馆人员中出了内奸。于是，人人收拾细软，准备回国。正当有的人连回国的飞机票都买好了的时候，突然又接到上级命令，说是不撤换了，全体人员仍任原职。后来一查问，大家才明白——原来是那位大使在床上看完绝密文件之后，顺手塞到枕头底下，遍找无获。直到他准备回国时，拿起枕头，才发现原来是自己的过错！”

潘总一听，也哈哈大笑起来。

金明和戈亮听了潘总的讲话，还解开了心中的一个问号：自从图纸失窃以后，潘总对失窃了的图纸似乎并不大着急。我们本来还有点怪潘总呢！

花粉之谜

当金明送走潘总之后，见张正仍在监视着电子计算机。电子计算机办事，真可以说得上“一丝不苟”，它认认真真地逐一拨着号码。尽管那小铁箱一直不动声色，然而，电子计算机仍不停地在拨号，打着“持久战”。

金明本以为从那胶卷上可以查出线索，然而，经潘总那么一解释，破案的线索又断了。如今，金明只能寄希望于那空气样品分析与打开小铁箱。

金明和戈亮信步走到法医处，当他们走近陈洁，她居然没有发觉呢！

原来，她正在那里聚精会神地用显微镜进行观察。

陈洁向金明和戈亮谈了空气分析情况：那些空气是从“电子鳗鲡”腹中抽出的，它是在往“电子鳗鲡”中放入胶卷时的地方的空气。经过化学分析，证明它所含的氧气、氮气、二氧化碳等气体都是正常的。含水量偏高，灰尘含量偏低。另外，还对空气样品进行光谱分析，没有发现特殊元素。

照陈洁这么说，从那空气样品中，似乎不能为破案提供线索。不过，金明感到奇怪——既然如此，为什么刚才他和戈亮来到她面前，她都没有觉察呢？

金明索性推开陈洁，观察起显微镜来。这是一台精密的高倍数显微镜。金明一看，里面有许多椭圆形的黄色小点。

这些黄色小点，是细菌？细菌不是这样。是病毒？病毒是光学显微镜看不见的，只有用电子显微镜才能看清。是灰尘？也不可能。因为灰尘的形状五花八门，不可能呈整齐的椭圆形。

金明不愧为“警察博士”，问妻子道：“你在观察花粉？”陈洁这才点了点头。金明深知妻子的脾气，她是一个踏踏实实的人，办事慎重，不讲没有把握的话。她常说："不假思索而说话，犹如不瞄准而放枪。"她是学法医的，对达尔文很崇拜。她经常说起达尔文的名著《物种起源》是经过5年考察、17次探索、四易其稿才写成的。正因为这样，她的数据向非常精确可靠，她的化验结论总是经过深思熟虑才写在法医报告单上的。金明在家里也爱翻看妻子的专业书籍，所以刚才居然能断定显微镜下的是花粉。

此时，陈洁只得请金明和戈亮原谅，她虽然发现了空气样品中的花粉，但是这些花粉究竟来自什么花，还无法判断。她正在查阅世界花粉图谱，目前尚在鉴定之中，无可奉告。

金明知道妻子在思索的时候，是不喜欢别人打扰的。他便与戈亮一起告退了。回到办公室，金明像老师出试题似的，问戈亮道："你知道，为什么陈洁注意起花粉来？"

戈亮笑着答道："我记得一本国外的案例集子中，谈到过这样一个案例——有人在奥地利的维也纳南部的多瑙河水涝地区失踪了。那个地区荒无人烟。根据案情分析，那个人很可能是被谋杀。后来，抓住了一个犯罪嫌疑人，他矢口否认曾去过那个地区。警察从他的鞋泥中，查出有桤木、松树的花粉。警察经过查对，证明那个地区的泥土中确实差不多都有这些花粉，而别的地区没有。警察以此为证，终于水落石出，查明那个犯罪嫌疑人即杀人犯。"

金明一听，高兴地用手拍在戈亮的肩胛上。他知道，戈亮上次能够随口说出希特勒对苏联发动闪电战、日军偷袭珍珠港，这次讲出多瑙河畔的花粉奇案，说明这位年轻的助手正在读"万卷书"，在走"警察博士"的道路。

这时，陈洁来了。金明一见她抱着一本厚厚的书，知道她可能查出线索来了。

果真，陈洁一手持花粉照片，一手打开那厚书——《世界花粉图谱》，翻到菊花花粉那一类，大家一对照，看出那花粉与金芍药的花粉形状一致。原来，菊花的品种繁多，黄色的有金芍药、御袍黄、金孔雀、都胜、莺羽黄等，白色的有月下白、玉玲珑、一团雪、白西施、玉牡丹等，红色的有美人红、海云红、绣芙蓉、胭脂菊、鹤顶枝，淡红的有红粉团、醉西施、胜绯桃、玉楼春等，此外还有紫色、蓝色以至绿色的菊花。有的花粉与花同色，也有的不同色。

陈洁查出的线索极为重要。因为花粉又轻又小又多，一刮风，便夹杂在空气中。既然"电子鳗鲡"腹中的空气里有金芍药的花粉，这说明它是在有金芍药花的地方装入胶卷的。据陈洁估计，这金芍药菊花不是一棵两棵，而是密集成片。

金明望着窗外，秋风正在横扫落叶，此时秋菊正傲霜而开。尽管到处都可看到菊花怒放，可是，偌大的滨海市，到哪里去找金芍药密集成片的地方呢？

戈亮似乎想起了什么，跑回自己的办公室，抱来一堆《滨海日报》。他逐张仔细查看报上的广告栏。查着，查着，终于找到他要查阅的一小块广告："滨海公园举行菊展，从上午8点至夜10点，欢迎光临赏菊。"

戈亮指着这块广告说道："到那里打听打听，也许能从'菊花迷'们之中找到线索。"

金明同意了。此时快下午6点了。金明让戈亮吃过晚饭到滨海公园“赏菊”，并提醒他在跟“菊花迷”们打交道的时候，要善于“旁敲侧击”，切不可像李光那样弄巧成拙，露出破绽。

菊展的启示

夜幕降临了。戈亮穿上便衣，骑着自行车，到滨海公园“赏菊”去了。

金明没有出去，他跟张正在一起，守在电子计算机旁边。

电子计算机不断拨动着号码盘，它的动作是那么单调，然而，它的“工作态度”却是那么严肃、认真。

拨着，拨着，金明来回踱着方步，在思索着。

拨着，拨着，张正的双眉紧紧地锁在一起。

突然，电子计算机停止了拨号，金明停止了踱方步，张正的双眉一下子舒展开来了。

哦，神秘的小铁盒，终于自动打开来了！

金明和张正连忙朝小铁盒里一看，盒子里的东西不是别的，竟是一件衣服。

金明戴上手套，取出衣服。这件衣服又薄又轻，长袖子连着手套，长裤脚连着袜子，衣与裤相连，领子与头盔相连。它没有一粒纽扣，只在前胸中央自上而下装了一条拉链。箱子里，还有一副脚蹼和一副手蹼。

原来，这是一套潜水衣。它富有弹性。张正这么个高个儿试穿了一下，也正合身。它是用一种特殊的橡胶薄膜制成的。穿上它，能够从水中直接吸收氧。这种特殊的橡胶薄膜，便具有鱼鳃的作用，叫作“鳃橡胶”。穿了这套新颖的潜水衣，便可在水中长时间潜泳。金明因为在海水潜艇部队中看到过这种潜水衣，所以一见就明白了。

沈修为什么备有这套潜水衣？为什么把它放在一楼的男宾部里？张正知道，男宾部休息室有一侧门，打开之后，便是滨江。他估计沈修在夜间常穿这套潜水衣，出入于滨江之中。另外，如果还有别的间谍常与沈修联系的话，很可能就住在滨江之畔。因为夜里穿着潜水衣来回于滨江之中，目标要比从大街上走过小得多。

然而，打开了神秘的小铁盒之后，仍不能为破案提供直接线索。这时。金明和张正都十分焦急地等待着戈亮归来。

夜9点多，走廊上忽地响起了吟诵陶渊明名诗的声音：

“采菊东篱下，悠然见南山。”

金明一听这声音，便知道是戈亮回来了，果真，他一边兴冲冲地吟诗，一边怀抱着一盆黄灿灿的金芍药菊花回来了。一看他那得意的神态，估计是找到线索了。

果然不错，戈亮汇报了刚才去“赏菊”的情形：

秋夜，江风格外凉爽。在临江的滨海公园里，明亮如昼，前来赏菊的人川流不息——画家在挥毫绘菊图，摄影师精心拍摄菊照，诗人在低头构思咏菊诗，菊花晶工厂的经理在洽谈菊花收购业务……菊展还设有门市部，出售各种菊花及菊片照片、菊花邮票。

菊花真是千姿百态，争妍斗丽，赏心悦目，美不胜收。戈亮学着那些

“菊花迷”的样子，背剪着双手，弯着腰，歪着脑袋，逐朵细细端详。

戈亮与一位“菊花迷”攀谈起来。一聊天，戈亮才知道，为了保持各种菊花品种的纯正，防止混杂，滨海市菊花爱好者协会把各种菊花分区种植。“菊花迷”指了指墙上挂着的一张滨海市地图说道，那就是《滨海市菊花分布图》。

这张地图铺满整个墙壁。图上，插着一朵朵塑料做的菊花，表示分区所种的菊花品种。戈亮扬着脖子，足足找了十来分钟，这才终于找到了一朵“金芍药”塑料菊花。戈亮一看，大为吃惊，它，就插在108造船厂的后门旁边，紧靠着江边！

戈亮从门市部买了一盆“金芍药”菊花，放在自行车后的书包架上，便连忙回来了。

金明和张正听了戈亮所谈的情况，也不由得高兴起来。他们赶紧揿亮了大屏幕电视的荧光屏，那上面便出现人造卫星拍摄的滨海市详图。张正调节着旋钮，很快的，荧光屏上出现了108造船厂的放大地图……

江边的“老古董”

108造船厂的后门，是一大片田野，没有什么工厂或房屋。

突然，金明注意到离108造船厂后门大约二三百米处，有一个小小的黑圆点。它不在岸上，而在离岸几米的江中！

这小小的黑圆点是什么呢？一看地图上的说明，大家才明白——原来，它是一个灯塔！

看来，这个灯塔极为可疑!

金明打电话给贾飞，请他连夜赶来。约莫半个小时之后，贾飞遵命赶到。

贾飞长期在滨江港务局工作，对滨江了如指掌。金明向贾飞打听那个灯塔的情况，贾飞便如数珍宝似的谈了起来：

“这个灯塔，说来话长，它是个老古董，已经有好多好多年的历史了。

“为什么要建造这个灯塔呢？原来，在那里附近的江底，有一片暗礁，而那里又是滨江的咽喉，是轮船必经之地。有几艘轮船，便曾触礁，沉在那里。为了航行安全，便在那里建造了一个20来米高的灯塔。

“本来，这个灯塔上是有人看管的。后来，随着滨海市的工农业生产迅速发展，滨江上来往的轮船不断增加，大船越来越多。特别是108造船厂建在灯塔旁边之后，便觉得那些江底暗礁给潜艇试航带来很多麻烦。于是，就下了决心，派潜水员下水，用激光切割礁石，用船运走。这样，终于清除了礁石，而那个灯塔也就失去了它的作用，被废弃了。

“从此之后，灯塔上再也没人住。

“这个灯塔，我去过，它与江岸若即若离——涨潮时被水隔开，落潮时从江岸可以走到灯塔。塔内有一个铁的螺旋扶梯，可以从塔底一直走到塔顶。塔底面积不到十平方米。平时，只有一个值班人员居住。在报废以后，值班人员离开时，把铁门锁上了。

“不久前，我有一次因事去108造船厂，是从后门进厂的。在经过灯塔跟前的时候，我看了一下，那道铁门锁得好好的，那把大锁都已经长铜绿了，铁门上也锈迹斑斑。铁门是正对江岸的，所以我看得清清楚楚。

“金明，你为什么对这个多年不用的‘老古董’发生兴趣？”

金明笑了。他觉得贾飞讲述的灯塔的历史，很有参考价值。他对贾飞说道：“这个‘老古董’，我看大有讲究！我想问你一下，刚才你讲的‘不久前’，你曾经过灯塔，看到铁门紧锁，这‘不久前’请讲得具体一点，是多少天？”

贾飞搔了搔胖脑袋，回忆道：“那天，我到108造船厂去，记得天气很热，我穿短西装裤去的。也就是说，在今年夏天去的，顶多两三个月左右。”

金明拿出笔记本，把贾飞说的时间记了下来。

金明请贾飞夜里干脆住在公安局。明天，还有事情要找他呢。

灯塔里的黑影

破案工作进入第五天了。

一连晴了好几天，这天却下起雨来。“一场秋雨一场凉”，天气马上转凉了。

就在这么个秋雨绵绵的日子，金明拉着贾飞、戈亮，坐船去“秋游”滨江。

他们坐的并不是堂堂皇皇的游览艇，而是市运输公司的一艘小货轮。

金明要大家穿便衣上船。另外，带了几只高倍望远镜。

原来，这是一次不平常的“秋游”——请贾飞当向导详细侦查108造船厂后门的那个旧灯塔。

那个旧灯塔孤零零地竖立在那里，周围是一片开阔的田野。如果徒步走近，很容易暴露行踪。金明决定从水中侦查，因为市运输公司的这些货轮，每天都要从它跟前驶过，不会引起注意。另外，小货轮前进速度不快，便于详细观察灯塔。

小货轮按照平日的开航时间，在上午8点起航了。尽管下着雨，还好，风不大，加上货轮载了货，行驶起来相当平稳。金明他们隐藏在货舱里，架好了高倍望远镜。望远镜四周都堆着货，从外面很难看出它。其中有一台高倍望远镜还附有照相机，可以拍照，实际上是一架装了长焦距镜头的照相机。

没多久，小货轮慢慢经过旧灯塔跟前，金明对着旧灯塔的各个部分，拍了上百张照片。

到实地一看，大家明白了：这个旧灯塔的地位的确很重要。从它的顶层，可以俯视江面，观看江上来往的船舶，也可以俯视108造船厂。尽管108造船厂露天船台上制造的都是民用轮船或已公开的军舰，但是，从中也可以了解它的生产进展情况。

在旧灯塔旁边的田野上，确实种着一大片黄灿灿的菊花——“金芍药”。

最令人震惊的是，戈亮在用望远镜观察时，忽然看到顶层的小窗口，有一个黑影晃动一下。当金明用照相机拍摄顶层小窗口时，那黑影却不见了。

那黑影是什么？旧灯塔里会有人吗？是戈亮眼睛的错觉，还是真有黑影？戈亮的发现，引起大家极大的兴趣，都把望远镜对准顶层的小窗口。然而，从此谁也没有再见到黑影晃动。

小货轮来到江口之后，靠岸了。贾飞回到了他的江口监视站。金明与他的助手们搭乘另一艘进江的小货轮，在归途中又对旧灯塔进行了一番侦查。

这一次，虽然大家都没有看到灯塔顶层的黑影，然而，金明却换用红外照相机，对着灯塔的顶层拍摄了好多张照片。对灯塔的其它部位也拍了照。

定计

雨中“秋游”归来，已经是中午了。

不到半个小时，那一百多张普通照片及红外照片，全部用自动洗印机洗印出来了。

金明首先关心的是那些红外照片。令人震惊的是，顶层的红外照片上没有什么可疑情况，而在底层的红外照片中，有一团明显的白色的虚影！

原来，红外照片是根据红外线的强弱曝光的。金明曾对着一座房子拍照，发现一扇窗下的墙壁上出现一大团白色虚影。到实地一看，原来窗下是一大排暖气管。暖气管使墙也变热，射出较强的红外线，所在照片上出现白色虚影——照片上白的地方，表示红外线比较强。在灯塔底层出现明显的白色的虚影，说明那里有温度很高的物体！

一座废弃多年的灯塔里，怎么会有温度很高的物体呢？

这，只能作一种解释——灯塔内确实有人！

至于灯塔顶层，戈亮看到过黑影晃了一下，而红外照片上并没有白色影子，这是为什么呢？

金明认为，那是因为人体的温度不算太高，裸露在外面会拍得出来，被墙壁遮挡就不易拍出来。至于底层，那里肯定有炉子之类温度很高的物体，使周围的墙壁也热了起来。金明还仔细查看了其他照片。他发现，底层的两扇窗的玻璃都没有了，但是，窗口却结着一个很大的蜘蛛网。它似乎表明，如果塔内有人的话，从窗口进出是不大可能的。灯塔的门又紧锁着，锁是从外边锁死的，锁上长着铜绿，这表明从门出入也不大可能。

如果灯塔里真有人的话，他又是怎么出入灯塔的呢？如果灯塔里没有人的话，为什么底层会有温度很高的物体？

金明和助手们决定，揭开灯塔的秘密！

“不入虎穴，焉得虎子”，要揭开灯塔的秘密，势必要想法进入灯塔。这，却是一个棘手的问题。

灯塔居高临下，不论是从陆上或水上接近它，很快就会被发觉。

如果在夜间接近灯塔，怎样进入灯塔呢？尽管可向港务局取到灯塔门上的钥匙，但是开门的声音，也势必会惊动灯塔里的“隐居者”。

灯塔里的“隐居者”，当然十有八九可能是间谍。这样的家伙一般是死硬分子，一受惊动便会自杀。如果捕获的只是一具不会说话的尸体，那又将把好容易才找到的线索弄断了。要抓，就必须抓活的！

还有，灯塔内非常狭小。那螺旋形的楼梯，只允许一个人通过。如果间谍要在灯塔顶顽抗的话，你即使打开了大门，也很难冲上去把他抓住。

在这样的“螺蛳壳”里摆战场，是很难施展本领的。

这个问题非常棘手，但又不能不立即着手解决。这是因为沈修死后，敌人很可能决计暂避风头。如果灯塔内的间谍转移了地方，就会使破案工作变得遥遥无期。

整整一个下午，金明和他的两位助手讨论智取灯塔的方案。他们曾侦破过种种奇案，如古兰村谋杀案件、“1011”会议失密案件、“亚洲饭店”案件、朱葛叛国案件……然而，他们第一次遇上到灯塔内追捕逃犯的难题。

他们一致肯定了这样的前提：时间——夜里，方式——偷袭。

然而，如何偷袭呢？他们绞尽脑汁，提出十几种方案，都不中意。他们甚至启动电子计算机，从过去的破案经验中选择出合适的方案，结果也不顶用。

当金明看到那只被打开的神秘的小铁箱，顿开茅塞，计上心来。

金明对两位助手说道，如此如此。

戈亮和张正一听，跷起了大拇指，连声说：“妙！妙！妙！”

夜袭

入夜，秋雨下得更大了。在风雨交加之中，滨海市街上行人寥寥，变得一片寂静。

天，像一口黑锅似的笼罩着滨海市。就在这伸手不见五指的子夜时分，在108造船厂的船台旁边，一个“水鬼”溜进了江里，变得无影无踪。

这个“水鬼”中等身材，穿着一身潜水衣，戴着头套、手蹼、脚蹼，在水中潜游着。他不是别人，正是金明！

金明穿着那身从小铁箱中取出的潜水衣，潜入江中。入水之后，他觉得呼吸自如。有趣的是，本来江水一片混浊，加上夜色浓重，周围一片漆黑。可是，他透过头套上的目镜，却清晰地看清周围的一切——那目镜是红外夜视镜，专供在黑暗中使用。

没多久，金明就来到了灯塔跟前。直到这时，他恍然大悟：原来，在灯塔下面，有一地道，从塔底一直伸入江中！也就是说，灯塔里的“隐居者”，是通过这地道自由出入的！

金明小心翼翼地沿水下地道来到塔底，地道口盖着一个圆形的铁栅，铁栅上加锁，无法进入塔内。这时，金明取下手蹼，取出一把无声手枪，一扣扳机，便从枪口射出一股液体。这液体迅速蒸发，变为气体，扩散开来了。

过了半个小时，塔内毫无动静。

金明钻出水面，把手中的红外信号灯，摇晃了几下。这红外信号灯能射出肉眼看不见的红外线，即使在深夜之中，远处的红外望远镜也能发觉它。

没多久，戈亮和张正带着十几个公安人员，离开了108造船厂后门，悄悄来到灯塔跟前，他们按照偷袭的方案，把柔软的绳梯挂在灯塔底层的窗口，沿着绳梯越窗而入。他们也都戴着夜视镜。

打头阵的是金明。此时，他已取下了头套和手蹼、脚蹼，仍穿着潜水衣。这潜水衣一离水，滴水不沾。当金明钻进那没有玻璃的窗口时，发现那窗口的假蜘蛛网相当结实。

金明那瘦瘦的身体，轻捷地钻进了灯塔。紧跟在金明后面的，是大高个戈亮。他相当费力才钻进窗口。等戈亮进来之后，他俩分两路搜索——戈亮沿螺旋楼梯到塔底，金明沿螺旋楼梯到塔顶。

戈亮在塔底发现了电炉、原子电池。金明来到塔顶，突然，在一张狭小的床上，看见躺着一个人！

金明以极为迅速、熟练的动作，把那个人的双手反剪起来，戴上手铐。紧接着，往他的嘴里塞进了一团毛巾。那个人似乎睡得很深，一点也不反抗，随你摆弄。

经过仔细搜索，灯塔内只有一个人。金明事先规定，在灯塔内不许拧亮手电筒。因为灯光一旦外露，就会泄密。

就这样，他们在神不知、鬼不晓之中，成功地偷袭了灯塔。

困兽犹斗

被捕获的究竟是谁？

此人干瘪得像一条老丝瓜，留着女人般的长发。如果不是因为还留着八字胡的话，真的会叫人误以为是女人。他约50多岁，前额的皱纹像有轨电车的轨道一般深刻，浮肿的眼皮紧闭着。嘴里塞着毛巾。他上身穿着一件脏得近乎酱油颜色的白衬衫，下面穿着一条皱得像霉干菜的喇叭裤，光着瘦长的脚丫子。

他，仿佛一个醉汉似的，睡得那么死，以致把他从灯塔顶层的小床上运到市公安局审讯室的木板床上，还在那里呼呼大睡。

趁他酣睡之际，陈洁拿掉了他嘴里的毛巾，取下了他的上、下颚假牙，一检查，在上颚的一颗假牙中，果真装有剧毒药。

此时，已是凌晨1点30分，金明还是决定“叫”醒他。怎么“叫”呢？让陈洁给他打了一针特殊的药剂。

原来，金明是设下了一条妙计来捕获他的：金明带了一把麻醉枪，原计划从窗口把麻醉剂射入灯塔内。到了现场之后，发现塔底有地洞，便从塔底发射了麻醉剂。这种高效麻醉剂，能使人在闻到之后的几秒钟内昏过去。金明和夜袭队员们都事先服用了解醉剂，所以不会被醉倒。金明的这条妙计，唤作“先醉后捕”，真是绝妙之极！特别是用来对付这种以自杀来顽抗的死硬分子，使他醉倒之后束手待捕，不费吹灰之力。

经陈洁注射了解醉剂之后，那人慢慢醒了。他渐渐睁开蒙眬的睡眼，那双凸出的金鱼眼一看到穿着公安制服的金明，他吃了一惊，猛地翻身而起。但是，他一发觉手上套着手铐，脚上套着脚镣，方才明白了自己的处境。他狠狠地咬了一下自己的牙齿，谁知那没有牙齿的上颚与下颚猛地一碰，痛得他皱起了眉头——他这才发现连最后的挣扎也无济于事。

金明看着他的一番“精彩”表演，不由得心中暗暗发笑。

此人紧接着又变换了手法，满脸惊讶地抬头问道：“你们干什么？你们把我抓起来干什么？我，我犯了什么罪？”金明听了，觉得好笑。刚才，趁他醉如死猪的时候，曾让曾小法来看过，曾小法一眼就认出，他就是那位“华侨”。他的身份已很清楚。金明面对这个假装糊涂的“华侨”说道：“我看，不必演戏了。你犯了什么罪，这个问题不应当由你来问我，恰恰相反，应当由我来问你！”

这时，金明把上颚那颗装有剧毒药的假牙在他眼前晃了一下；接着，把沈修的潜水衣拿出来给他看了一下；后来，又把曾小法喊来，在他面前走过。这三件事，一件比一件使他惊讶。

他一言不发，耷拉着脑袋，眉头紧锁。看得出，他心中的小算盘已在噼里啪啦地拨着。

困兽犹斗。金明深知，这样愿以死来顽抗的家伙，不给他一点厉害看看，是绝不会乖乖地举起双手的。

金明决定打出“王牌”！

“你犯了什么罪？”

当戈亮和张正推出那只放在小车上的“电子鳗鲡”，那位“华侨”的脸色陡变。

当金明把75号图纸那一百多张照片放在“华侨”面前，他的额头沁出了豆大的冷汗。

金明知道，已到火候了，便厉声对他说道：“现在，你应该回答刚才你自己提的问题——你犯了什么罪？”

直到这样“山穷水尽”之后，那位“华侨”才开始交代自己的罪行。戈亮打开了录音机，录音磁带盘开始徐徐转动。

以下是他的交代：

“我姓朱，叫朱梁。撇未朱的朱，栋梁的梁。今年52岁。我装扮成华侨的样子，其实，我并不是华侨。我冒充华侨。

“我是在中国土生土长的人，本来在我国的一个港口工作。在那里，我经常与外轮接触。有一次，一艘名叫‘黑鹰’的外轮泊岸了。这艘船是货轮，来中国做生意的。轮船上搭乘着一个外国胖客人，他见我穿着花衬衫、牛仔裤，便在私下里问我愿不愿意到国外去，如果愿意的话，他有办法。

“那时候，我年轻，孤身一人，父母早亡，我自己又未成家。我因家中无人管束，自由自在。我很向往国外，有一种好奇心，以为国外一切都好。正因为这样，我的衣服、头发以至鞋子式样，都学外国海员的样子。有人见了，误以为我是华侨，我心里美滋滋的。

“我听了那个外国胖客人的话，挺高兴的，我问他有什么办法？他说，办法很简单，你趁给货轮装货时上船，我把你藏在一只装货的大木箱里，躲过中国海关的检查，一出港口，进入公海，你就自由了。

“我答应了。就这样，我到了国外。

“去到国外之后，我才知道，那里也并非我所想象的那样的天堂。我举目无亲，生活无着落，不得不依靠那位胖客人。直到这时，我才知道他是‘章鱼’间谍集团的小头目。他到中国来的任务，就是为间谍集团物色间谍。

“这个‘章鱼’间谍集团是某潜艇公司雇佣的。它的任务就是刺探、搜集各国水下军事情报。我在那里接受了间谍训练，成为一名间谍。多年来，我完成了许多神秘的使命。

“后来，我受‘章鱼’间谍集团的派遣，来到滨海市执行‘热带鱼’

行动计划。‘热带鱼’指的就是你们这儿有一艘会浑身发热的新型潜水艇，他们认为这可能是你们试制成功的最新式的水下进攻性武器。

“由于考虑到人多手杂，容易坏事，这次执行‘热带鱼’行动计划，只派出两名间谍，一个是我，一个是沈修。沈修是他们用同样方法从中国骗来的，培养为间谍。沈修作为我的助手。他们认为，我有多年间谍经验，可在背后指挥。沈修虽是新手，但是她年轻美貌，八面玲珑，可处于第一线。

“我曾多次随货船来过滨海市，所以我决定先来一次，做好准备之后，再带沈修来。

“我选中了两个点——一是108造船厂前门的江风理发店，二是108造船厂后门的旧灯塔。我通过对江风理发店的了解，知道经理曾小法还没有中意的对象。我就装扮成华侨，找曾小法理发，使他上钩。这样，我为沈修安排好落脚点。我自己则选中了那个旧灯塔作为落脚点，那里安全、可靠，又可以俯瞰江面及108造船厂。

“我回去之后，便带沈修一起来了。我们每次来，有时躲在木箱里，有时躲在轮船的暗舱中。

“我和沈修在一天夜里，从货轮上坐了小舢板悄悄来到了旧灯塔跟前，我和沈修用软梯爬进旧灯塔，并把有关的罐头食品、间谍用具运进了灯塔。安排好之后，一名船员把舢板驶回货轮。

“就这样，我和沈修在旧灯塔住下。我们用原子电池作动力，用微型激光凿岩机凿出了地洞。

“不久，我把沈修介绍到江风理发店。从那以后，她成了耳目。我们在夜间经常用半导体报话机联系，联系内容用暗语表示。有时，遇上重大情报，或者她穿了潜水衣在深夜从水下过来，或者我穿上潜水衣到她那边去。

“我帮她详细制订了盗取75号图纸的计划。这是我犯下的罪行。

“当她把图纸送来给我之后，我用照相机拍摄，并把胶卷放进了‘电子鳗鲡’。

“第一次，‘电子鳗鲡’被你们截获。不久，‘章鱼’间谍集团从公海里又给我派了第二只‘电子鳗鲡’。我重新拍摄了图纸，又装入‘电子鳗丽’，这也是我犯下的罪行……”

迎接胜利后的战斗

金明听到这里，很严肃地审问朱梁道：“你犯下的罪行就只有这些？”

朱梁眨了眨那浮肿的眼皮，答道：“我主要的罪行，就是窃取国家军事机密。”

金明追问了一句：“还有次要的呢？”

朱梁沉默了，许久不讲一句话。

金明又追问了一句：“你杀人了没有？”

朱梁矢口否认道：“没有。”

金明看出朱梁是个老奸巨猾的家伙，不用计谋是不能降服他。于是，金明便把事情点穿，问道：“吴为一家是怎么死的？沈修是怎么死的？”

这时，朱梁支支吾吾地继续交代道：

“用煤气毒死吴为，造成畏罪自杀的假象，以便转移视线，这是我们在制订计划时就已经考虑好的。正因为这样，沈修早已从吴为女儿那里，仿造了一把吴为房门的钥匙。我给沈修出过主意，这是我的罪行。但是，我不是凶手，沈修是凶手。

“至于沈修，那是她自己害了自己。就在大前天夜里，沈修用半导体报话机向我报告了紧急情况——她已暴露，准备马上转移到我这儿来。

“我没有要她立即过来，而是告诉她，我马上到江风理发店来，帮助她收拾好东西，一起上灯塔。

“我知道，沈修一暴露，万万不可到灯塔里来。因为她一旦来到灯塔，你们就会跟踪追过来，连我也完蛋。所以我坚持我游过去，名义上是说帮她收拾东西，实际上想到那里劝她自杀。她一自杀，你们就会以为到此结束，不会再追下去。

“当我穿着潜水衣，从水下来到江风理发店，沈修已经在底楼男宾部等我，她那聪明的眼睛，似乎也看出了我心中的用意。

“她已在桌上盛好两杯酒，说是我们喝了酒，暖一下身子。她递了一杯酒给我，另一杯给她自己。我看到我的这杯酒有点混浊，她自己的那杯却清澈透亮。

“我趁她回身收拾柜子里的东西时，把两杯酒对换了一下，当她一饮而尽之后，便倒在地上死去。

“我连忙把她的尸体扔进江中，把酒杯、酒瓶也扔进江中，赶紧偷偷回到灯塔。

“沈修本来想杀死我，只身逃回灯塔，结果她喝下了本来想让我喝下的毒酒。因此，她只能算是自杀，尽管我也有罪，不过，不是我蓄意要杀死她。”

金明听了，知道朱梁的交代与陈洁的解剖结果明显不符。这么一来，沈修的舌骨上怎么会有血斑呢？

直到这时，金明才打出了真正的“王牌”。

只见金明让戈亮按了一下电钮，审讯室的一块塑料板壁忽然从当中分开，向左右移去。朱梁吃惊地看到，隔壁房间里坐着吴为一家。吴为一见到朱梁，站了起来，双眼射出愤怒的目光。

正在这时，一件使朱梁几乎吓昏了的事情发生了：另一块塑料板壁移开了，在那个房间里，沈修好端端地坐着，满脸怒色。

戈亮又按了一下电钮，两面的塑料板壁同时都合拢了。

朱梁万万没想到，吴为一家还活着，沈修还活着！特别是沈修居然活着，这使朱梁的心吓得“呼呼”乱跳。他真没想到，他刚才交代时，吴为和沈修在隔壁旁听！

金明来到朱梁跟前，对他非常严肃地说道：“我看，你还是把事情的真相说出来吧！”

朱梁用颤抖的声音，重新开始交代：

“我现在老实交代。吴为家的房门钥匙，沈修复制了两把，一把给我，一把留给她自己。

“那天夜里，我要沈修去吴为家作案。可是，沈修在盗窃图纸之后，心慌意乱，不愿再干。

“于是，只好我亲自出马，潜入吴为家中。我用戴着手套的手，拧开了吴为灶间里的煤气开关。

“至于大前天夜里，我来到沈修那里，决心杀死她，以便灭口。那两杯酒，是我提议喝的。

“我说，下水之前，喝点酒暖暖身体。我趁她回身收拾柜子里的东西时，把迷幻剂加入她的酒杯。沈修刚喝了一口，便发觉酒的味道有点不对。我见事情不妙，便用手卡她的脖子，把她扼死。

“在她死后，我还特意敲碎了她那颗装了剧毒药的假牙，造成自杀的假象。接着，我把她的尸体、酒杯、酒瓶以及落在地上的一颗衬衫纽扣，全都扔进了滨江。然后，我穿好潜水衣，悄悄地从水下回到了灯塔。

“我的罪孽是深重的，我窃取了国家机密，我使吴为一家中毒，我亲手杀死沈修，我又编造了谎言欺骗你……”

至此，案情真相大白。

然而，也许你会问：沈修的尸体都已被解剖，怎么又活过来了呢？

原来，金明深知朱梁的心理，预料到他还会玩耍花招，于是便请来了吴为一家及一位演员。

那位演员便是曾到滨海市中心医院看望过柳芽的电影演员。金明注意到她跟沈修很像，便请化妆师把她化装，“扮演”沈修。在审讯时，金明先让朱梁看到吴为一家。特别是吴为站了起来，怒目冷对朱梁，使朱梁惊惶失措。紧接着，让朱梁看到那位假沈修。此时朱梁心慌意乱，容易把假当真。一旦朱梁以为沈修还活着，而且坐在隔壁房间旁听，这就不能不迫使他把真情和盘托出！这，正是金明精心安排的“以假乱真计”。

审讯结束了，金明一看电子手表，已是上午8点了。整整经过五天五夜的紧张侦查，终于把这起曲折多变的间谍案查清。

一场扣人心弦的暗斗结束了。金明毫无倦意，又守候在红色的电话机旁。他深深地懂得：伴随着战斗的胜利一起到来的，将是一场胜利后的战斗！

1980年盛暑写于上海–新疆–上海

无形窃贼

毛茸茸的手

那是在残暑未消的初秋之夜，尽管家家户户几乎都装有冷气设备，可是，在中国科学院滨海市分院家属宿舍的31楼，孩子们却不愿在家里待着。他们端着小椅子，坐在楼前草地上，听老奶奶讲故事。

小胖子是个好孩子，他看到老奶奶讲得很吃力，记起妈妈今天买了一篮又大又甜的水蜜桃，便朝家里走去，想拿几个水蜜桃给老奶奶吃。

小胖子来到阳台，伸手到篮子里拿水蜜桃，忽然，他看到篮子里有一只毛茸茸的手，正紧紧抓住水蜜桃。

小胖子吓得脸色发白，大声惊叫："有鬼！有鬼！"

小胖子的尖叫声，惊动了大家。小胖子的爸爸三步并成两步奔到阳台，打开了阳台上的灯。

在明亮的灯光下，小胖子看清楚了：原来，一只红脸尖腮，浑身长着棕毛的家伙，正在那里吃水蜜桃呢！它一见电灯亮了，有人站在面前，猛地一纵身，便抓住阳台旁的水管，倏地一下，滑下去，消失在黑暗之中。

这时，小胖子和他的爸爸异口同声地大叫道："猴子！猴子！猴子逃掉了！"

这时，正在草地上听故事的孩子们，也大声喊了起来："猴子！猴子！猴子上树啦！”孩子们的叫嚷声，惊动了对面32楼里正埋头于书堆之中的一位男青年。他，急匆匆地奔下楼来，然后，像猴子般敏捷纵身上树。只听得他在树上大喝一声，轻捷地扑过去，一把抓住猴子的后头颈，然后利索地把猴子的一双前肢朝后反绑。“哧溜”一下，男青年一手拎着猴子，一手抱着树干，滑了下来。

男青年在路灯下仔细看了看猴子的头顶，见上面的毛被剪去了。

他又看了看猴子的左脚，上面套着银环。这是一种特殊的记号。他说了声：“糟糕！”接着抱起猴子，急匆匆地朝前急奔。

此人是谁?

他，年约30，像猴子般精瘦而灵活，身材颀长，戴着一副珐琅架眼镜，一对乌黑发亮的眼睛射出聪颖的目光。他姓马，单名斯，是中国科学院滨海市分院生理研究所动物房里的养猴员。他负责养200多只猴子，供生理研究所的科学家们做生理实验用。马斯把自己豢养的猴子的头顶上的毛剪去，左脚套上银环。正因为这样，刚才马斯一看被逮住的猴子身上有这些特殊记号，便知道它不是从动物园里或从马戏团里逃出来的，而是他管辖下的“公民”。

生理研究所离家属宿舍不远。当马斯气喘吁吁地奔进研究所，就听见实验大楼里也发出“猴子！猴子”的惊叫声。

马斯奔进养猴房一看，顿时傻了眼：养猴房的铁门大开着，200多只猴子不知去向！“糟糕！”马斯一顿脚，知道闯了大祸。不过，他清楚地记得，在下班的时候，他把养猴房的铁门上了锁的。

确实是闯了大祸，这200多只猴子比孙悟空当年大闹天宫还厉害，它们四下逃窜，有的爬上了屋顶，有的钻进人们的家里，有的溜进实验室，有的在马路上奔跑……正在实验大楼里工作的科学家们，纷纷跑出了实验室，帮助马斯抓猴子。

滨海市公安局获知此事，立即派出大批公安人员坐着摩托车出发了。公安战士们犹如追捕逃犯似的，纷纷出动“追捕”猴子。折腾了整整一夜，直到第二天中午，逃走的猴子才一一被“捉拿归案”。

这，就是曾经轰动滨海市的“猴子事件”。

多年以来，马斯一直是生理研究所的先进工作者。自从发生了“猴子事件”，马斯的“渎职行为”受到了严厉的批评。

马斯的心情，变得像铅一样沉重。他不住地喃喃自语：“难道我忘了给养猴房锁门？不，绝对不会，人一离开就锁门，这是我多年来养成的严格的工作习惯。难道是猴子自己打开铁门？不，也绝对不会。那样结实的铁门，还上了锁，猴子怎能打开？究竟是谁打开了铁门？……”“猴子事件”，只是这篇故事的小小的序幕。

一转眼，地球打了一千多个滚——三年过去了……

严重泄密

又是初秋。在沙漠中，到了中午，太阳的热力足以使一根竖立的蜡烛在几分钟内塌下去。然而，在我国101基地，宇宙火箭却笔直竖立在发射塔上，尖溜溜的头部像一把利剑刺向苍穹。人们正冒着酷热，在做发射前的准备工作。

设在深深的地下的总指挥部，不断接到来自各个部门的电话：“1号准备完毕！”“2号准备完毕！”“3号准备完毕！”……

就在这个时候，总指挥部接到了上级的密码电报：“推迟发射，309返滨海市。”

“309”是谁呢？他是任总的代号。任总，也就是任远，中国著名的人造卫星专家、101基地的总工程师。任远年已花甲，矮矮胖胖，光秃的前额，头顶只剩下一圈稀疏的白发。他的整个脸形，看上去像个方块——脑袋很大，下巴很宽。

任总一看电报，眉头紧锁。他明白，这意味着发生了特殊情况。

一刻钟之后，任总的专机呼啸着窜上蓝天，朝东疾飞。没一会儿，就消逝在连一丝云霓都没有的碧空之中。

果真是发生了特殊情况。下午3点，当任总刚刚回到中国科学院滨海市分院人造卫星研究所，徐所长就把一份电脑记录交给了他，然后拉着他钻进一个黑洞洞的房间。

房间的墙壁上挂着一个电影宽银幕那样的巨大屏幕。等任总的眼睛稍微习惯那幽暗的环境，徐所长说道：“把中午接收到的录像放一遍。”

徐所长一按电钮，屏幕上就出现一个个小亮点。这些小亮点在缓慢地移动着。

任总用手托着他那尖尖的下巴，睁大眼睛。他到底不愧为行家，在那密密麻麻的小亮点中找到了目标。

任总沉思良久，对徐所长说道：“你的判断是完全正确的。根据电脑的报告和屏幕上的录像，可以看出‘凶手’改变了轨道，力图接近我们即将发射的新卫星！”

“凶手”是谁呢？原来，这是任总和徐所长给太空中一颗不明国籍的人造地球卫星所取的代号。“凶手”是一颗行动诡秘的猎歼卫星。在太空中，它曾进行多次“凶杀”，碰坏了好多颗其他国家的卫星，它也曾用激光照射我国的一颗卫星，造成仪器失灵，使那颗卫星“病故”。如今，我国的新卫星还没有上天，“凶手”已经在悄悄地改变自己的轨道，以便在太空中事先“埋伏”，进行暗害。

任总搔了搔他那所剩无几的头发，眉头紧皱，说道：“奇怪，‘凶手’怎么会事先知道我们的发射时间和卫星的轨道等重要机密呢？”

徐所长直截了当地谈出了自己的看法：“看来，有人泄密！”

任总点了点头说：“如果有人泄密，这是很严重的问题。你把这一情况向上级报告了吗？”“报告了。”徐所长答道：“这件事，要惊动公安部门了！”

新奇的进口货

徐所长的话不错，公安部领导把侦破这一重大泄密案件的任务，交给了滨海市公安局侦查处长金明。

金明，40多岁，中等个子，瘦削而黝黑，一双鹰一般的眼睛射出明亮的光芒，嘴角那明显的“八”字纹象征着他是一个毅力非凡而又沉默寡言的人。

金明有着20多年丰富的侦查经验，曾屡破疑案。他这次一接到任务，立即用电脑从档案室中查出，这次泄露的属“核心秘密”，便知案件非同小可。

什么是“核心秘密”呢？原来，按照保密的程度不同，分为内部参考、秘密、机密、绝密、重要秘密、核心秘密等各种级别。“核心秘密”的保密级别最高。显然，这样的核心秘密泄露了，将给国家和人民带来莫大的损失。

金明是一个办事快如闪电的人。他在接受任务3分钟后，便与助手戈亮驱车出发了。戈亮才20多岁，大高个子，熊腰虎背，浓眉下一双黑宝石般的大眼睛不住地忽闪忽闪。他对滨海市的街道了如指掌，此刻，他正驾驶着轿车，抄近路直奔人造卫星研究所。

人造卫星研究所在市郊一座小山上。在山腰和山顶，好多个足有十几层楼那么高的碗状天线仰对着太空。

徐所长热情接待了金明和戈亮。金明刚坐下来，没讲半句寒暄话，单刀直入地问道：“徐所长，知道这一核心秘密的人，有几个？”

“知道这一核心秘密中某一部分的人，不算太少。比如，有的知道运行轨道，有的知道发射时间，有的知道这颗新卫星的结构、重量、性能、作用。”徐所长很有条理地回答说，“但是，了解全部核心机密的，只有5个人——我，任总，101基地总指挥和两位有关领导同志。”

金明不急于继续发问。他用手支着下巴。戈亮一看，便知这是金明陷入沉思的习惯动作。照理，知道这一核心秘密的，不过5个人，范围很小，侦破此案看来并不太麻烦。然而，金明凭借他多年的经验，却深知此案颇为棘手。

一般来说，泄密的可能性无非两种：一种是知情者叛变，把国家机密出卖给敌人，或者知情者本身就是混进来的间谍分子；另一种是知情者保管国家机密不慎，被敌人窃听、偷拍、密取。

金明认为，前一种可能性虽然存在，但是不大。因为知道这一核心秘密的5个人中，有的是我国高级干部，有的是我国高级科技人员，都是多年从事革命工作、经过严格考验的人。这样的人叛变祖国，可能性很小。当然，也不排除会出现极个别败类。

至于后一种可能性，当然很大。不过，既没有发现窃听器，又没有发现保险箱被撬，漫无头绪地进行侦查，几乎无从下手！何况这5个人分别是在首都、滨海市和101基地三个地方工作，彼此距离都在5000公里以上，要在这三个地方分别进行侦查，破案的时间要拖得很长很长……

徐所长见金明沉默不语，就从衣袋里掏出了香烟，然后掏出打火机，点着了香烟，慢条斯理地吞云吐雾起来。

金明那双鹰一般的眼睛，忽然射出明亮的目光，注视着徐所长手中的打火机。这是一种银灰色的小巧的打火机，它不用汽油，只要一揿按钮，把香烟跟打火机上的电极一碰，就点着了。金明见多识广，知道这是国外最近生产的一种太阳能电池打火机，它的银灰色外壳就是一块太阳能电池板，只要在太阳光下晒几分钟，便足够用好几天。

“进口货？”金明问道。

徐所长见金明居然对这小小的打火机发生兴趣，就一边把打火机递给金明，一边说道：“是进口货，挺好玩的。任总知道我是个‘大烟囱’，每天烟不离手，就从国外买了这只新式打火机，送给我。”

“什么时候送的？”

“上星期。”

“任总最近出国了？”

“嗯，上星期刚从国外回来！”

金明一听，那双鹰眼又射出了明亮的光芒。

戈亮是位电子专家。他一见金明对这只新式打火机发生莫大兴趣，出于职业习惯，猜想这小小的打火机里也许藏有微型窃听器。

戈亮一边从金明手中拿过那只新式打火机，一边从手提包中取出电子侦查仪。这电子侦查仪是专门用来侦查窃听器的。如果附近有窃听器在工作，电子侦查仪上的指针马上就会来回摆动。

戈亮感到失望的是，把打火机放在电子侦查仪跟前，那指针像用钉子钉住似的，一动也不动。

金明淡然一笑，因为他刚才注意这只进口的打火机，并不是怀疑其中有没有窃听器，而是从中开始注意起任总的行踪……

画了一匹瞎马

初秋的傍晚，依然十分闷热。知了那聒噪而单调的鸣声，依旧没完没了。金明和戈亮驱车直奔任总的家。

本来，任总想在办公室里跟他们谈谈，因为他正忙于工作，夜里不一定回家。金明却希望到他家去拜访，不愿在办公室里谈。其实，金明和戈亮在下午已经在人造卫星研究所各办公室里作了初步检查，未发现可疑线索，所以专程到任总家里访问。这样，任总只好回到家里，约好在6点半见面。

滨海市有一条纵贯全市的滨江，江上百舸争流，来往如梭。任总家就在滨江岸边，一幢两层的小巧楼房。楼房四周，种满花草。

当金明按响门铃，任总看了一下电子表，正好是“6：30：00”，他很佩服金明如此准时。出于职业习惯，任总的时间观念也是很强的，因为人造卫星、宇宙火箭都是不可差之须臾的。趁任总和他的夫人忙着给客人沏茶、拿糖果的时候，戈亮悄悄把手提包的拉链拉开，朝包里看了一眼，便明白了——手提包里的电子侦查仪上的指针没有摆动，说明会客室里没有正在工作的窃听器。

金明呢？他背剪着双手，正站在会客室正中挂着的一幅国画前面，歪着脑袋细细欣赏。这是一幅题为《骏马食草图》的国画，出自名家手笔，画得栩栩如生，跃然纸上。

“金明同志，你喜欢美术？”任总问道。

“不，对于画技，我不在行。”金明答道，“我在想，画家为什么画一匹瞎马？”

“瞎马？”金明的话，使任总感到奇怪。在那幅画上，马低着头，睁着大眼睛，正在吃草。

“是的，是瞎马。”金明指着《骏马食草图》说道。“马在低头吃草的时候，一般是闭着眼睛的，因为草尖常常会刺进它的眼睛。这匹马睁着眼吃草，可见它是瞎马！”

金明的话，使任总大为震惊。这幅画挂在这里将近20年，那么多客人来来往往，对画家高超的画技赞不绝口，谁都没说过画的是匹瞎马。然而，金明来到这里只一两分钟，就敏锐地看出了问题。

“佩服！佩服！”任总连连说道。过去他只是听说金明的大名，如今才“眼见为实”。“我们还是言归正传吧。”金明坐了下来，问任总道，“你是在什么地方买到新式的太阳能打火机？”

“嗬，你的消息好灵通哇。”任总又笑了。

“徐所长用的打火机，不就是你送的吗？”金明说道。

“是这样的……”任总又用手习惯地搔了搔稀疏的白发，回答道，“半个月前，我出国去参加一个国际会议，开了10天。那个新式打火机，是我回国时，在机场买的。”

“我对你这次出国很感兴趣。请你花费一点时间，详细地谈一谈。”

任总直到这时，才明白金明真正关心的，并不是那只打火机，而是他这次出国的情况。任总拿起茶杯，呷了一口浓茶，然后点燃了一支烟。金明注意到，任总所用的打火机，跟他送给徐所长的一模一样。

极乐宾馆

任总稍微思索了一下，用类似于做科学报告的语调，很有条理地说道：

“我这次是去出席国际人造卫星合作会议。出席会议的，大多数是科学家。

“说实在的，出席会议的代表，大多数对会议本身兴趣不大。为什么呢？因为这种会议被称为‘太极拳会议’，会议年年开，年年没结果！名曰‘国际合作’，实际上是‘水牛角，黄牛角，各管各’，甚至勾心斗角！

“几千年来，人们先是在平原上角逐，然后争夺高山、海洋，发展到地下、水下、空中。自从人造卫星上天之后，太空成了各国争斗的新天地。人造卫星‘高高在上’，对地面一览无余，所以在军事上甚为重要。各国都竞相发射各种侦查卫星。不久前，又出现了猎歼卫星，专门偷袭其他国家的卫星，在太空中发生了‘战争’。

“为了制止太空中的‘战争’，如今年年召开国际人造卫星合作会议。开来开去，太空中的‘战争’反而越来越激烈。在会议上，各国代表之间互相扯皮以至互相摸底，打着‘太极拳’。

“尽管代表们对这种会议毫无兴趣，但却每会必到。这又是为什么呢？其中有一个奥秘！原来，每次会议，总是在极乐宾馆召开。

“极乐宾馆是一个名叫黑鹰的大财团开办的。在世界好多地方，都有极乐宾馆。在宾馆的花园里，高高地矗立着一只巨大的五颜六色的极乐鸟塑像，人们一望便知是极乐宾馆。

“极乐宾馆有这样三大优点：第一，它总是设立在中立国的风景最优美的地方；第二，设备第一流，服务周到；第三，也是最重要的，它对所有科学会议实行减价优待。不论是房租、菜金，都极为低廉。它甚至可以免费给代表们提供轿车、游艇等交通工具，让代表们在风景区玩个痛快。不过，对于别的旅客，并不如此优惠。

“为什么极乐宾馆对科学会议另眼相待呢？据说是因为黑鹰这个大资本家很重视科学家，愿意拿出钱来致力于发展科学事业。

“自从有了这么一位大慈大悲的科学的‘上帝’，科学界感恩莫及。于是，种种国际性的科学会议，大多数是在极乐宾馆里召开的。

“像这一次国际人造卫星合作会议，是在风景如画的‘如画山’上的极乐宾馆举行。如画山是著名的风景区、避暑胜地。如画山的山顶有个碧玉般的天池，极乐宾馆就坐落在天池之畔。从窗口远眺，群峰逶迤，万木苍翠，蓝天上白云朵朵，湖面上清波涟漪，凉风习习而来，使人心旷神怡，如入仙境。正因为这样，代表们与其说来开会，不如说来避暑、疗养……唉，我有点开‘无轨电车’了。我所说的，跟你的破案工作，风马牛不相及。”

说到这里，任总掐灭了烟头，拿起茶杯，喝起茶来了。

“不，不。”金明倾着上半身，用手支着下巴凝神屏息地听了任总刚才讲述的情形，很有兴味。

双手捂住脸

显然，任总所讲的，正是金明所要了解的。他继续问道：“这一次，你是独自去开会？”“不。每个国家，都是两名代表——一名政府代表，一名科学顾问。我是作为科学顾问出席会议的，另一位代表是主管人造卫星研究工作的领导。”

“你们俩在那里谈到过这次卫星发射计划吗？”

“没有，一句话也没说过。尽管我不是干你这一行的，但是，我们都知道，在国外的许多地方，窃听器到处都是，藏在床缝、枕头里、桌板下、电话机中、花瓶内以至衣服的纽扣里。所以一出国，我讲话就很谨慎，从未涉及国家机密。何况那位与我一起出国的领导同志，他并不具体负责技术工作，他不知道新卫星的轨道及具体参数，我也不可能与他谈起这些问题。另外，出国时，我没有携带关于新卫星的任何图纸及文字资料。刚才，听你的口气，似乎可能在我这次出国时泄密。对于这个问题，我曾仔细思考过，回忆我在国外的一言一行，都没有造成泄密的可能！”

“任总，请不要误会。我只是找你随便聊聊，了解情况。”金明一边安慰，一边改换了话题，“对于那家位于如画山顶的极乐宾馆，我很想见识见识，不知道你有没有它的照片？”一说起照片来，任总兴致勃勃道：“有，有。出国时，我带了一架小巧的微型照相机，拍了好多照片。因为出席会议的代表中，有我的许多同行，想拍点照片留念。我们曾在极乐宾馆门口摄影留念。不过……回国之后，我忙于新卫星的发射工作，还没工夫冲洗呢！”

“把胶卷给我，我帮你冲洗。我和戈亮同志的洗印技术都还算可以。”

“那太好了！”任总说着，站了起来，走进内屋。没一会儿，拿出一个小盒子，递给金明，说道，“这里面是彩色胶卷。这些照片，我不急用，等你们破了案，有空再洗。洗印费嘛，‘亲兄弟，明账目’，照算。”

金明和戈亮拿到这小盒子，就告辞了。

回到公安局里，金明和戈亮马上钻进了暗室，动手洗印照片。他们并不想等“破了案，有空再洗”，恰恰相反，正是想从这些照片中寻找破案的线索呢！

金明和戈亮对于洗印技术，确实颇为娴熟，因为这是公安侦查人员的基本功之一。在公安局里，都设有现代化的暗室和自动洗印机，如果遇上罪犯潜逃，自动洗印机可以在短短的十来分钟内印出上千张照片，以供各地公安机关辨认罪犯面貌用。金明和戈亮用自动洗印机，很快就印出任总用微型自动照相机所拍摄到许多彩色照片。

金明逐一细细鉴赏这些照片。如画山，果真名不虚传，近山苍翠，远山青灰，白云在半山腰缭绕，看上去像一幅层次分明的油画。至于那极乐宾馆，坐落在绿树丛中，色彩斑斓的极乐鸟塑像展翅欲飞，异常醒目，象征着那里是一片极乐世界。

任总的摄影技术还算不错，除了许多风景照片和他个人的照片外，大都是他与各国代表的合影，人物历历可见，十分清晰。其中有几张是任总坐在极乐宾馆房间里会客的照片。可以看出，房间的四壁是湖绿色的有机玻璃，地上铺着墨绿色的钢化玻璃，亮晶晶的，一尘不染。房间内放着奶黄色的大沙发，家具都十分考究。床十分宽大，一望而知是“席梦思”，床上放着一对漂亮的大枕头。

金明和戈亮看完了所有的照片。看来，这些照片都普普通通，无法为破案提供线索。

金明是一个虑事甚细的人。他把面前的这一大沓照片，又重新看了一遍。金明的眼睛，仿佛是筛子似的，把照片上的景物一一“筛”过。

猛地，金明兴奋地拿起了一张照片：这张照片，是在离极乐宾馆几十米的地方拍摄的。画面上只有一个中国人——也就是与任总一起出席会议的另一位中国代表。显然，这张照片是任总给他拍的。背景，就是极乐宾馆。金明那鹰一般的眼睛注意到，在极乐宾馆3楼的阳台上，有一个人，用双手捂着自己的脸!

“快，拿放大镜来！”金明对戈亮说道。

在放大镜下，那人仍旧不太清楚。

金明找出了那张底片，对准3楼阳台，印出了放大照片。在照片上，可以看出这个人头发颇长，穿着花衣服，正用双手紧捂着脸。一般来说，留长发、穿花衣服的人是女人。

不过，如今在国外也有许多男人留长发、穿花衣服。

这个人为什么要用手捂脸？究竟是个什么样的人呢？

可疑的女人

金明手里拿着那张双手捂脸的照片，陷入了沉思。

过了一会儿，金明向戈亮讲述了自己的推理：

“这张照片是在离极乐宾馆几十米的地方拍的。这时，3楼阳台上的那个人，正在干什么活？当这个人发觉有人在楼前拍照，而且镜头正对准这边，便立即用手捂脸，然后转过身子，赶紧朝房间里走去。

“这个人用双手捂脸，很显然，是不愿意被拍进照片。这足以说明，此人可能是一个神秘的人物，负有特殊的使命。

“一般来说，旅客是不大会在阳台上干活的。此人可能是极乐宾馆里的工作人员。这么一来，此人是女人的可能性就很大。”

戈亮，人称“小金明”。他在金明的培养之下，也养成了勤于思索的好习惯。此刻，他听了金明的推理，十分赞赏，并提出了很重要的意见：

“老金，这张照片是任总给另一位中国代表拍的。我发觉，任总给他拍了一张，他也总是给任总拍一张，在这一大堆照片中，可找出这样互相对应的照片。我们再找找看，如果能找出同这一张相对应的照片，那就好了——也许3楼阳台上也有那个人。”

金明觉得助手的话很有道理。于是，他们俩便在照片堆里翻找起来。

果真不错，戈亮找到了一张同角度、同背景的照片，画面中站着任总，而3楼阳台上正站着一个低头干活的人，并没有用手捂脸！

金明找到了底片，放大了阳台部分。任总所用的胶卷质量不错，分辨率很高，所以虽经放大好多倍，阳台上的人仍清晰可见：那人侧着脸，似乎在用吸尘器清扫阳台。不出金明所料，此人是一个女人。令人惊奇的是，这女人体形看上去像个中国人！可惜，由于她低着头，又侧着脸，无法看清她的眼珠是什么颜色的。

很明显，这张照片拍摄在前。在拍摄这张照片时，那女人没有发觉。在拍第二张照片时，被她发觉了，赶紧用手捂脸。

这个女人当然是很可疑的对象。如果她不是心中有鬼，干吗用手捂脸呢？因为照相机离她很远，宾馆只不过是背景，作为一个正在埋头干活的服务员，大可不必把脸捂起来。从照片上，只看到这个女人的侧影。她的侧面轮廓相当漂亮，卷曲的头发碰到肩胛。

怎样才能查清这个可疑的女人呢？金明当机立断，对戈亮说道：“带上照片，再去找任总。他在那里住了10天。如果这个女人确实是中国人的话，一定会引起任总的注意。”

“上任总家？”戈亮问道。

“不，任总是个忙于工作的人，也许此刻又到人造卫星研究所去了。”经过电话联系，果然，任总不在家，又在办公室里忙开了。

由于有些事在电话中交谈容易泄密，所以金明和戈亮连夜驱车上山，再访任总。

拍了三次脑袋

在浓黑的夜幕下，人造卫星研究所的许多窗口射出微弱的光亮。上夜班的科研人员正在那里忙碌地进行观测。至于任总，则无法弄清楚他是上哪一班的，他常常夜以继日地在研究所里工作，倦了就在办公室旁边的小房间里合一下眼。

此刻，当金明和戈亮拿出一大沓照片，出现在任总面前，他喜出望外，笑道："真想不到，你们这么快就把照片冲洗出来了。"

金明开门见山，拿出了那3楼阳台上的女人照片，递给任总，问道："你认识她吗？"任总这才明白金明和戈亮为什么如此迅速洗印这些照片，原来是出于他们的职业习惯！任总仔细辨认一下，点头道："认识。她是3楼的服务员。我就住在她站着的那个房间，几乎每天见面。"

金明一听，脸上掠过一丝难以察觉的笑意，追问道："是个中国人？"

"是的，大约二十七八岁。"

“请你详细谈谈这个服务员的情况。”

“其实，极乐宾馆里有中国的服务员，这是很普通的事情。”任总说道，“极乐宾馆是世界第一流的旅馆，招聘了不同国籍的服务人员。由于我是中国人，他们就安排这位华人服务员来招待我。这样，各国旅客都由本国同胞招待，宾至如归，使旅官感到格外亲切。这位华人服务员，能讲一口流利的中文，也能讲一口流利的英语。据她自我介绍，姓丁，大家称她为‘丁小姐’。

“至于叫什么名字，她没有说，我也不便于问。她说自己是华裔，在国外长大的。此外，她再也没有谈到过关于自己的身世。”

“她是什么样子？”

“个子嘛，跟我差不多，不胖也不瘦。人长得很漂亮，皮肤很白，眉毛细长，眼睛很大，说起话来娇滴滴的……我所能记起来的，也就是这些。我在拍照时，根本没留意她站在3楼阳台上，当然也就没发现她曾用双手捂脸。也许，这是女人们的特点——不愿意随便被别人拍进照片。”

“你再想想，她有什么特征？比如说，什么地方有黑痣，有疤，有瘢痕或者色斑、雀斑？”“很抱歉，我是研究人造卫星的，不是搞你们那一行的。我只能告诉你们，她脸上没有黑痣，也没有疤或者什么雀斑。”

沉默了好一会儿，金明的眉头出现很深的皱纹。突然，他那鹰一般的眼睛射出了明亮的目光，问道：“任总，那位丁小姐拿过你的东西没有？比如说，帮你拎过箱子？”

任总思索了一下，答道：“没有。我不知道你为什么要提出这样奇怪的问题？”

“金明同志的意思是……”戈亮明白金明的用意，便说道，“能不能找到留有她的指纹的东西！”

在任总的脑袋里，只是“程控”“遥测”“遥控”“回收”“扫描”“太阳帆板”之类概念，从未考虑过什么“指纹”之类问题。这时，他就像用射电望远镜搜索太空似的，竭力回忆自己在如画山度过的那10昼夜。他静静地思索着，像一座雕像似的木然坐着。

任总猛然间用手拍了一下他那发亮的秃脑袋，说道：“对了，临走的时候，我付房钱，丁小姐曾找两张零钱给我。在这两张零钱上，也许留有她的指纹！”

任总的话，当然使金明和戈亮感到兴奋。然而，只过了几秒钟，任总又用手拍了一下脑袋，说道：“糟了，我在如画山脚的机场，用那两张零钱买了两只打火机！”

金明听了，并不泄气，他提醒任总道：“她有没有递给你房费收据？”

“对了！对了！”任总再一次用手拍了一下脑袋，他打心底里佩服金明的精明，说道：“房费收据是丁小姐亲手递给我的。回国以后，我交给了财务科。不过，现在财务科的同志早已下班了。”

对于金明来说，“财务科的同志早已下班了”算不上是什么难事儿。他和戈亮很快就把财务科的同志从家里请来，找到了那张极乐宾馆房费收据。

失踪了的刺绣女工

当金明和戈亮回到公安局里，已经星斗满天。

夜深沉，万籁俱寂。金明和戈亮却精神倍增，毫无倦意。他俩用氩离子激光器照射那张收据。在这种激光照射下，油脂会发出黄色荧光。人们的手指表面一般总是附有一层油脂，用氩离子激光照射人们拿过的东西，会显出清晰的黄色指纹。即使是几年前留在纸上的指纹，或者经过他人拿过的指纹，都能分辨。金明和戈亮用专门的指纹摄影机，拍下了收据上清晰的女性指纹。10分钟后，自动洗印机印出了女性指纹的放大照片。

指纹是一种人人皆有而又各不相同的特殊“印记”。在滨海市公安局内，备有指纹档案。凡是滨海市10岁以上的居民的指纹，都存入指纹档案。它用电脑管理，只要输入某一指纹图像，不到1秒钟，显示屏上便显示出具有这一指纹的人的姓名、年龄、职业、住址等。另外，还设有专线电话，与公安部的指纹档案室相通。如果在滨海市的指纹档案中查不到，则可以从公安部存有的全国指纹档案中查找。

当戈亮把那女性指纹照片输入电脑，显示屏上立即出现了这样一行字：“凌素馨，女，现年28岁，滨海市人。原为滨海市如花刺绣厂刺绣女工。家住滨海市解放南路131号。3年前，与华侨钱蕴山出国旅行结婚，至今未归。”这个凌素馨，就是那位“丁小姐”吗？金明又用电脑查出了凌素馨出国时的护照复印件，把护照上的照片与阳台上的“丁小姐”相对比，可以断定，她们是同一个人！也就是说，“丁小姐”只不过是凌素馨改头换面罢了。

查出了凌素馨，当然是为破案找到重要线索。不过，显示屏上关于凌素馨的介绍，太简单了。金明立即用专线电话与公安部联系，要求查明钱蕴山的情况。接着，金明又用专线电话与解放南路派出所联系。值班员告知：“凌素馨的父母及姐姐，均仍住在原址，而且都在滨海市如花刺绣厂工作。这是一个刺绣之家。她的父亲是如花刺绣厂花样设计师，母亲是刺绣技师，姐姐是刺绣工人，表现都很好。3年前，凌素馨本来是说好在1个月的旅行结婚以后就回国的，谁知一去毫无音信，下落不明……”

金明问：“除了凌素馨的亲属之外，谁比较了解她的情况？”

值班员答道：“刚才，我是根据档案记载答复的。请等一下，我马上派人把负责那一地段的户籍警找来。”

过了12分钟，户籍警赶到解放南路派出所值班室，提供了一条档案上没有记载而且极为重要的线索：“凌素馨在与华侨钱蕴山办理结婚手续之前，曾与中国科学院滨海市分院生理研究所动物房的养猴员马斯，有过一段恋爱关系。”

“马斯？”金明一听这名字，马上联想起本文序幕谈到的那位青年，联想起3年前发生的“猴子事件”。尽管“猴子事件”不是重大的政治案件、间谍案件或者刑事案件，用不着金明出马过问，不过，这件事当时轰动了滨海市，所以给金明留下了很深的印象。戈亮用电脑迅速查出了马斯的住址——他依旧住在中国科学院滨海市分院的单身宿舍——32楼306室内。

心灵丑恶的人

就像3年前发生“猴子事件”时的那个秋夜一样，此刻，马斯正埋头于书堆之中。

马斯是一个勤奋的青年，工作一向勤勤恳恳。3年前，“猴子事件”给了他沉重的打击，受到了撤职处分，紧接着爱情的风波又使他痛苦万分……直到今日，他还没有对象。他把痛苦埋藏在心灵深处，把全部精力用于工作和学习。

深夜，突然响起的敲门声，使马斯吃了一惊。门开了，站在面前的竟是两位穿公安制服的人。

当马斯看了那张有个女人站在阳台上的照片，马上就认出那是凌素馨。马斯从抽屉里拿出一张撕成两半的照片，一半是马斯，一半是凌素馨。

马斯的视线被痛苦的泪水模糊了。他取下那副珐琅架眼镜，用手绢拭干了泪水。他极力保持镇静，用平缓的声调，向金明和戈亮追述往事：

“我认识凌素馨，纯属偶然。自从高中毕业以后，我就到这儿当养猴员。我本来喜欢画画。当上养猴员，整天跟猴子打交道，在工作之余就画猴子。我的一幅猴子国画在市美术馆展出以后，竟然被凌素馨的父亲看中，由凌素馨刺绣，这样刺绣作品得了奖。凌素馨很高兴，打听到我的工作单位，就打电话邀我去刺绣厂。我当场画了好几幅猴画，引起她的很大兴趣。她以为我是生理研究所的科研人员，又会画画，就看中了我。

“好景不长。没多久，当我带她来到养猴房参观时，我告诉她，我的职务是养猴员。她听了后，脸色一下子变了，连忙掏出洒过香水的手绢掩住鼻子。从那以后，她再也不理睬我。听别人说，她在背地里骂我是‘猴官’‘弼马温’！

“后来，我听说一位华侨用高价买走了凌素馨刺绣的群猴图。华侨腰缠万贯，使凌素馨产生了爱慕之情。我气坏了，就把我和凌素馨的合影，撕成了两半。

“凌素馨真是令人捉摸不透。3年前，她又突然拿着刺绣厂的介绍信来找我，说是要到养猴房来‘深入生活’。既然她有公家的介绍信，我们所的领导也同意，她就天天到养猴房里来。尽管她再没有用手绢捂鼻子，但是我心里讨厌她，实在不愿与这样的人打交道。

“不久，就发生了轰动全市的‘猴子事件’。

“发生‘猴子事件’那天，凌素馨来过养猴房。不过，她比我走得早。我清楚地记得，下班时，养猴房的铁门是我亲手锁上的。

“在‘猴子事件’之后，凌素馨再也没有来过养猴房。听说，她跟那位华侨出国旅行结婚，一去不复返了。

“尽管如此，凌素馨的父亲倒常来找我。他很喜欢我画的猴子，常拿去供刺绣女工临摹。他曾告诉我，他怀疑那位所谓的华侨，并不是华侨，而是骗子，骗走了他的女儿。他很后悔，没有教育好女儿。他说，凌素馨虽然出身于刺绣之家，却看不起刺绣工作，认为整天坐在那里刺绣太累，生活太刻板，很想找个好丈夫，当个阔夫人，离开那个刺绣架……

“我很尊敬这位老人。尽管凌素馨的离去，使我的心灵受到创伤，不过，我也暗自庆幸——因为和这样心灵丑恶的人结婚，是不会得到幸福的。也正因为这样，3年来，我对待爱情问题格外慎重起来。

“虽然我至今还没有找到合适的对象，但是我并不着急，不愿再爱上第二个像凌素馨这样的人……”

知人知面不知心

金明听了马斯叙述的往事，很喜欢面前这位朴实的青年人。他向马斯提出了新的问题：“凌素馨向你打听过所里的研究工作吗？”

马斯点了点头，习惯地用手把眼镜扶正，继续说道：

“那是在她第二次来到养猴房的时候，一边坐在猴笼前面素描，一边问我道，‘你养这么多猴子，干什么？’

“我回答说，‘供科学家们研究脑生理用。’

“她又问，‘什么脑生理研究？’

“我解释道：‘人们常说，知人知面不知心。有的人嘴里讲一套，脑子里想的又是另一套。这是因为人的脑子里在想什么，别人无从知道。如今，生理研究所的科学家们，正在揭开脑的思维秘密。他们用猴子做实验，因为猴子也有思维。揭开了这一秘密，那些口是心非的人就倒霉了，就会原形毕露了！’

“我说这些话本无意，谁知凌素馨听了却涨红了脸，好久好久没说一句话。

“后来，她还曾问过我，脑生理实验室在哪里？一共有多少人在研究？”

金明兴致勃勃地听着，追问道：“当时，你们的研究已经达到什么水平？”

马斯习惯地把眼镜架子扶了一下，答道：“虽然我只是个养猴员，由于我喜欢钻研科学，所以科学家们也很喜欢我，让我也参加一部分科研工作。据我了解，当时我国科学家在脑生理方面的研究工作，在国际上是领先的。

“人们早在100多年前，就已经发现，人的大脑的各个部位之间，电压并不相等。在1929年，人们发明了用仪器记录脑电图。不过，脑电图只能用来诊断神经科和精神科的某些疾病，并不能用来探知人们的思维。

“其实，人类在思索的时候，确实有脑电流产生，射出脑电磁波。但是，脑电的电压很小，只有万分之一微伏（一微伏为一百万分之一伏特）左右，产生的脑电磁波当然很弱。滨海分院生理研究所的科学家们找到了一种测量脑电磁波——也就是‘思维信息波’的方法，已经能够用它查清人们的脑子里在想什么！这种仪器，叫‘探思仪’。

“当时，科学家们研究这一课题，除了想揭开脑生理的秘密外，主要想把它与电子计算机配套。这样，一些老科学家、老作家上了年纪，笔写、口述都很困难时，就用脑子工作——只要把写作的内容用脑子思索，不断发出脑信息波，经探思仪接收后，用电脑整理，打印出文章。这样，他们就能用脑写作！同样，用它也可以探知哑巴、婴儿、昏迷的病人在思索什么，人们在睡觉时做什么梦。教师可以用它弄清楚学生听懂了多少，什么地方没弄懂。

“这一研究项目不涉及国防，在当时并不属于保密项目。不过，脑生理研究所在实验大楼4楼，而在其他一些实验室中，有不少研究项目属保密范围，所以在大楼底层设有门卫，没有通行证件不得入内。

“我所了解的，也就这些。”

金明听罢，心中已经明白了许多，又问道：“脑生理实验室的研究记录，保存在什么地方？”

马斯答道：“在实验室里。”

金明和戈亮告别了马斯，已是子夜了。天上挂着一弯银钩月，地上的景物显得朦朦胧胧，影影绰绰。

金明和戈高并没有回公安局，驱车直奔脑生理实验室管理员老彭家中，把他从梦乡里唤醒。然后，一起来到生理研究所的实验大楼，取到了3年前的实验记录和研究报告。

苍蝇不叮无缝的蛋

由于多年紧张的破案工作的锻炼，金明和戈亮都习惯于日夜兼程工作。此刻虽然已过午夜，他们俩却精神抖擞，毫无倦意。

在氩离子激光器的照射下，金明和戈亮逐页仔细寻找可疑的指纹。他们是那么细心，仿佛织布女工决不放过布上的一颗疵点一样。

非常令人失望，在一页页实验记录纸和研究报告上，都未能查到可疑指纹。显然，作案者是戴手套作案的，没有留下指纹。

金明敏锐地注意到，在其中几页纸上，有几滴发出微弱荧光的溅斑。金明改用紫外线照射，见溅斑发出淡青色荧光。他断定，这是汗液滴在纸上干后形成的汗斑。他估计作案者不是一个老练的家伙，所以在作案时情绪紧张，脸上沁出豆大的汗珠，滴在纸上。由于实验室内有冷气开放，实验者一般是不至于出现汗滴的。

汗液中一般含有血型物质，干的汗斑中的血型物质能够长久保存。金明和戈亮用精密的微量血型鉴定仪查出，几滴汗斑中只含有A型物质，也就是说，流下这几滴汗的人的血型是A型。

他们马上用电脑查出，凌素馨的血型，正是A型!

正在这时，公安部打来了专线电话："经查明，那位与凌素馨举行旅行结婚的钱蕴山，并不是什么'华侨'，而是一名间谍分子。他用金钱诱骗凌素馨上当。到了国外之后，他抛弃了凌素馨，使凌素馨也沦为间谍。"

至此，金明认为案情已经清楚。他把自己的推理，向戈亮讲述：

"凌素馨最初爱上马斯，当然纯属偶然。

"那个化名钱蕴山的间谍来到滨海市，他的任务是窃取生理研究所'探思仪'的秘密。不过，他知道如果亲自动手的话，由于人地生疏，容易暴露。

"俗话说，'苍蝇不叮无缝的蛋'。钱蕴山打听到凌素馨与马斯的关系，并且了解到凌素馨因看不起马斯的养猴工作与马斯'吹'了，当然看中了凌素馨，知道这样的人正是可以利用的对象。

"钱蕴山装成华侨富翁，很快就使利欲熏心的凌素馨踏上了贼船。

"钱蕴山要凌素馨重新接近马斯，偷偷配了一把猴房大门钥匙，制造了'猴子事件'。凌素馨趁大家忙于抓猴子，混入实验大楼，拍摄了脑生理实验室里的记录、报告以及'探思仪'图纸。

“钱蕴山借口出国旅行结婚，骗走了凌素馨。如今，凌素馨名为极乐宾馆的服务人员‘丁小姐’，实际上已成为间谍。钱蕴山用金钱诱骗她，到头来，她只不过充当间谍机关的走卒而已！

“黑鹰财团从钱蕴山那里弄到了‘探思仪’的秘密，把它加以改进，用作间谍工具——盗窃思维，制成了‘窃思器’。多年以来，由于窃听器盛行，人们外出时已养成不谈机密的习惯，所以窃听器渐渐地黯然失色。然而，窃思器是一种无形的窃贼，它能窃取人们的思维活动，防不胜防。

“黑鹰财团开设了那么多极乐宾馆，对于科学家如此优惠，是别有用心的。他们在宾馆里秘密地安装了窃思器，大量窃取科学情报。

“这一次，新卫星泄密，就是因为任总住在极乐宾馆，心里仍牵挂着新卫星发射工作，每到夜里，躺在床上，还在那里思索着。他压根儿没有想到，他的思维被窃取了！”

戈亮听后，很同意金明的科学分析。他们连夜起草了给公安部的案情汇报。

案情虽然清楚了，但是，金明和戈亮面临着一个颇为棘手的新问题：怎样使间谍分子钱蕴山和凌素馨受到应有的惩罚？怎样揭露黑鹰财团的阴谋?

一直到东方破晓，金明和戈亮才想出了一条妙计，在向公安部领导汇报案情时，他们还谈了下一步的行动计划。

生意亏本了

国际性的科学会议，就像连台大戏似的，总是一个接着一个，没完没了。极乐宾馆也总是忙碌的，迎来送往，这一批旅客刚走，另一批旅客又光临了。

不久，当国际电脑学术会议在如画山极乐宾馆召开时，中国代表团抵达那里，一位中等个子的中国代表被安排住在任总住过的房间，依旧由丁小姐负责招待。

这位中国代表能讲一口极为流利的英语，对电脑技术却也相当精通。

为期一星期的会议，顺利地结束了。就在中国代表团在如画山下的机场候机室里等待回国时，那位中等个子的中国代表被几个警察模样的人指责为“走私贩子”，“勒令”检查行李。中等个子的中国代表满不在乎。他的行李经过警察们仔细检查，没有找到半点“走私品”，只得放行。

就在这个中国人起飞之后，钱蕴山和凌素馨被黑鹰财团的间谍逮捕了，被加上“叛徒”的罪名处决了。

这是怎么回事呢？

原来，那位中等个子的中国代表，便是金明。他在出国前，经过刻苦的训练，学会了“控制”自己思维的方法，并且反复看了公安部提供的钱蕴山和凌素馨的近照，记熟了他们的形象。

金明在愉快的气氛中，度过了会议的头几天，不久，当金明躺在床上时，脑海中便浮现起凌素馨的形象。凌素馨悄然向金明哭诉，她说要有重要情报告诉金明，嘱咐金明要提高警惕。

金明的脑海中，还浮现出钱蕴山的形象，回想起钱蕴山跟他讨价还价，商议把重要情报卖给金明的价钱。

临走的那天早晨，金明办理了退房手续、离开极乐宾馆之后，丁小姐当即进入金明住过的客房，迅速地拆开床上的大枕头，从中掏出了窃思器。

丁小姐照例把像飞机黑匣子似的窃思器，送往黑鹰财团的中心试验室去，以便从中破解旅客被窃取的思维。

这时候，金明已经轻轻松松来到机场。在候机室，金明受到警察的严格的检查。金明只在极乐宾馆那窃思器里留下他经过“控制”的思维，并没有带走什么。正因为这样，警察们在行李中当然查不到“走私品”。

至于金明在极乐宾馆居住时，那脑海里浮现的形象，是他在出国前反复“练习”，并由滨海分院生理研究所的科学家们用探思仪探测，证实他的思维被清楚地记录了下来。

金明的这条妙计，唤作“以其人之道，还治其人之身”。他在极乐宾馆这么一思索，黑鹰间谍机关通过窃思器就“窃取”了他的思维，产生了对钱蕴山和凌素馨的极大怀疑。于是，虽然金明未向钱蕴山和凌素馨开过一枪，却使这两个背叛祖国的败类受到了应有的惩罚。然而，在处决了钱蕴山和凌素馨之后，黑鹰财团又从他们新近派往的中国的间谍那里得到新的重要情报，中国公安部门已经获知他们在极乐宾馆安装窃思器，并且已经成功仿制出窃思器。这么一来，黑鹰明白，他们的这一新“发明”，已经曝光，失效了！

此后不久，不知什么原因，极乐宾馆取消了对各种科学会议的优待。

当记者们问黑鹰先生，为什么取消这种优待？

黑鹰先生只好哭丧着脸，把双手一摊，叹了一口气：“我的生意亏本了，没有那么多的钱来优待科学家！”

长生梦

这是一个听来的故事。在听故事的时候，我用录音机录音，然后根据录音整理成文。虽然未经本人审阅，不过，在整理的时候，我完全忠实于原话，请你相信，不会有太大的出入……

侦查处处长讲的故事

那天，风闻海关抓住一艘奇特的走私船，我马上赶到滨海市公安局，向我的老朋友——侦查处长金明打听详情。

金明，四十来岁，中等个子，穿着短袖衬衫，那露出的手臂肌肉结实而发达。他静静地听我说明来意，然后浓眉一扬，鹰一样的眼睛射出明亮的光芒。他微微一笑，答复了我的问题。

以下，就是金明的谈话——

嗬，你的耳朵好尖啊！到底是新闻记者，消息灵通。

是的，我们是抓住了一艘奇特的走私船。这案件是我亲自侦查的，也许可以向你提供一点第一手的资料。

我们查获过许多走私船。从中国开出去的走私船，常常藏着人参、白药、杜仲、麝香、翡翠、玛瑙、黄金、白银之类走私物品。可是，在那艘船里，并没有装着这类东西。

你猜猜，船上装着什么？嗬，简直叫你莫名其妙：船上装的是成筐成筐的李子、桃子，还有成笼成笼的鸡、兔。最奇怪的是，底舱里还有一大堆活乌龟！

这真是一艘桃李芬芳、鸡兔同笼、乌龟满舱的怪船！我在公安局干过那么多年，还没见过这样的怪船。

怪船虽然怪，却没有什么触犯海关条例的地方。

我对那些乌龟产生了怀疑。我曾遇上这样一件事儿：一位旅客除了身上背着一个小包之外，手里拎着两只活乌龟。小包里只放着毛巾、牙刷之类生活用品，似乎没有什么可以怀疑的地方，我的年轻助手戈亮打算放他登上出国的轮船。这时候，我注意到旅客手中的乌龟，伸长了脖子。乌龟是胆小的家伙，拎在手里总是缩头缩脑，为什么那乌龟会大模大样伸长脖子呢？我把那乌龟拿去，用X线检查，乌龟壳很厚，查不出什么名堂。我增加了X线的强度，终于看出乌龟肚子里有文章！剖开以后，从乌龟肚子里找到许多珍珠、宝石。原来，那旅客是把珍宝、宝石硬塞进乌龟的嘴巴里，乌龟非常难受，这才伸长了脖子……

我从底舱挑了几只乌龟，用 X 线透视，虽然加强了 X 线强度，也没有查出什么东西。底舱里的乌龟那么多，如果逐一进行“体格检查”，那要花费很多时间。

就在我用手电筒照射底舱时，猛地发现：舱底的一块钢板四周，有着闪光的划痕。显然，这块钢板在不久前被撬开过，撬棒在钢板上留下了划痕。

我推开了乌龟，撬开那块钢板。在钢板下面，藏着一只扁平的木箱。我打开了木箱，里面是一面很大的铜锣。不，不是铜锣。铜锣是用黄铜做的，而它的表面却乌黑乌黑的，显然是用青铜做的。也就是说，它是一个青铜盘。从盘面上那许多绿色的锈斑可以推断，它的年代久远，是古代的青铜器。

海关规定，文物未经有关部门开具许可证，是不得运往国外的。那艘船的船主，当然拿不出任何许可证。于是，那艘船就被扣留了。

我们进一步进行检查，在船主的贴身衣袋里，查到一个笔记本。笔记本上写着：

李子花拾斤；桃毛拾斤；生鸡膜拾斤；龟毛拾斤；兔角拾斤。

说是账目，不像；说是采购单，不像；说是中药药方，也不像——我对中医算是略知一二，并未见过这般药方。

至于那个青铜盘，相当精致，圆形，浅腹，无耳，唇不宽，盘内光洁，盘外有凸起的花纹。

我对考古学也算是粗知一二。不过，我只能断定这是珍贵的古代青铜盘，至于它是什么朝代的青铜器，叫什么名字，那就不大清楚了。

为了查清案情，我请来了我的老师。你不必感到奇怪，考古研究所的童思教授，是我的老师。我能够对考古学粗知一二，那是跟童思教授学的。说起来，我的老师可多了，你也是我的老师。这是因为公安侦查工作包罗万象，不懂点考古学，不懂点文学，不懂点外文，不懂点现代科学，几乎寸步难行。

这样吧，你如果想详细了解那个青铜盘和“药方”的底细，你去童思教授那里采访……

考古学家讲的故事

在一间像旧货摊似的房间里，我找到了童思教授。不过，那里的“旧货”，不论是破陶罐，还是长满铜绿的青铜鼎，都是价值连城的珍贵文物。

童思教授是个中年人，戴着一副紫黑色镜框的眼镜，头发朝后梳，越发显得前额宽而凸出，一副学者的派头。他说话声音不大，但是很清楚，富有逻辑。他的话里绝无“嗯、啊”或者“这个、那个”之类废话，所以把他的谈话录音整理成文，是最省力的。以下，就是童思教授的谈话——

记者先生，我要告诉你，那个青铜盘，使我吃了一惊！

我是研究青铜器的。中国早在4000年前的夏代，就已经铸造青铜器。4000年来，中国的能工巧匠们留下了成千上万精美的青铜器。你看，这是战国时代的青铜犁，这是西周的青铜铲，这是商代后期的方鼎，这是东汉的青铜镜，这些也都是青铜器——镞〔zú〕、盂、鉴、瓿、軎〔wèi〕、胄〔zhòu〕、卣〔yǒu〕、觚〔gū〕……

这本《中国青铜器图谱》，是我主编的。图谱是分类编排的。这青铜盘，当然是属于盘类。

可是，我查遍盘类图谱，只有春秋战国的“龟鱼蟠螭〔pán chī〕纹方盘”、西周的“虢〔guó〕季子白盘”、西周的“矢人盘”以及西周恭王时代的“史墙盘”。像这么大、这种形状的青铜盘，是图谱上所没有的。正因为这样，我吃了一惊！

也许是外国的青铜盘吧？不，不会。青铜盘外的“蟠龙纹”和“饕餮〔tāo tiè〕纹”，说明这是地道的中国青铜盘。中国的青铜器是很注重装饰性花纹的，花纹繁缛〔rù〕细密，刻意求工。像“蟠龙纹”“饕餮纹”以及“蚕纹”“螭虺〔huǐ〕纹”“蟠螭纹”之类，是中国青铜器特有的花纹。

“饕餮纹”和“蟠龙纹”，早在西周时代的青铜上就出现了。因此，光是根据花纹，还很难断定是什么朝代的青铜器。

我仿佛遇上了一个十分复杂的方程式，一时无法解出其中的未知数。不过，金明给我的那“药方”，我倒仿佛在什么地方看见过。

我向“古籍电脑”请教。

“古籍电脑”是一台神通广大的电子计算机。人们事先把所有的中国古籍化为信息，输入“古籍电脑”，让它“记住”。这样，你只要把任何一本中国古籍中的任何一段文字输入“古籍电脑”，它就会迅速告诉你，这段话出于某某古籍第几页第几行。

当我把奇特的“药方”输入“古籍电脑”，不到一秒钟，荧光屏上就显示出这样一行字：“道士给唐武宗开列的长生不老金丹药方。”

我顿时明白了，那船上桃李芬芳、鸡兔同笼、乌龟满舱，莫非有哪位仁兄想步唐武宗的后尘，也打算炼制“长生不老金丹”，做长生不老的美梦？

这么一想，我记起来了：早在唐武宗之前700年，汉武帝就在做“长生不老”的美梦。汉武帝在长安建章宫前，竖立起高大的青铜人，青铜人高举双手，擎着青铜盘。据术士说，这青铜盘可以用来承接北斗星在半夜降下的“仙露”，叫作“承露盘”。喝这种“仙露”，可以使人长生不老。

到了三国的时候，魏明帝曹睿〔ruì〕也想长生不老。他派人到长安，把铜人、承露盘拆运到邺〔yè〕城，喝起“仙露”来了。

后来，在战争中，这承露盘不知去向。正因为这样，在我主编的《中国青铜器图谱》上，查不到承露盘。

那个青铜盘，难道会是失传已久的承露盘？

我特地坐飞机赶到北京。在北海公园，还有一个清朝的承露盘。

我对照了一下，断定那个青铜盘，确确实实就是承露盘！

我深深地为找到这个无价之宝而高兴。在欣喜之余，百思不解：汉武帝的承露盘，怎么会落到走私船的底舱里？如今，谁会对“长生不老丹”和“仙露”发生浓厚的兴趣？

我把对青铜盘的鉴定结果告诉了金明，他高兴地哈哈大笑起来，说这一线索非常重要，使他联想起在中国科学院长生研究所里发生的案件。

你想进一步了解案情？请你直接到长生研究所去采访，他们会向你提供第一手资料……

长生学家讲的故事

我来到了长生研究所，一位满脸红光、白胡子垂到胸前的老秘书问明了我的来意，让我到808房间，去采访一位名叫方萍的小姐。

我轻轻敲着808房间的门，门开了，站在我面前的是一位穿白大褂的青年妇女，看上去二十多岁。她身材不高，圆脸，眼皮有点浮肿，一望而知是个睡眠不足的人，但很有精神。她看了我的介绍信，沉默了半晌，似乎陷入了沉思。我耐心地在一旁等待着。她终于开口了，语调缓慢，神情严肃——

你要了解在我们研究所发生的案件？请让我从头说起。

我们长生研究所，是一个新建立的研究所。它本来是中国科学院长寿研究所的一个研究室，后来扩大了，单独成立研究所。我的爱人常辛，是长生研究所的第一任所长。

长生和长寿，是意思相近而不相同的两个概念。长寿，是使人延年益寿。人的寿命总是有限的，“长寿学”所研究的，是怎样使人尽其天年。长生，也就是长生不死的意思。“长生学”所研究的，是怎样使人青春永驻，寿命无限。

长生，自古以来，就是人们追索的幻想。特别是那些皇帝们，总是做着长生不老的美梦。

不过，在古代，“长生梦”常常成了“丧生梦”。许多期望长生不死的皇帝，上了巫师们的当，长生不成，反而丧命。就拿大名鼎鼎的唐太宗来说，就是因为误食所谓“长生秘方”而中毒，在五十二岁的时候就死去了。据说唐宪宗、唐穆宗、唐武宗、唐宣宗之死，也与吞服“长生药”有关！

从那以后，人们望长生而却步！

不过，长生不死的美梦，终究是诱人的。科学家们把创立长生术，作为自己的奋斗目标。

在十八世纪初，英国著名的外科专家约翰·亨特尔提出了“冰冻长生”的设想。他曾写道：

“我认为把人放在非常寒冷的气候中，当身体处于冰冻状态下，能量和物质没有任何消耗时，无限地延长其生命将是可以想象的。我甚至设想，如果一个人肯牺牲自己生命中的最后十年，让这十年轮流地停止自己的生命活动，而后重新使生命活动兴奋起来，那么，将会使他的生命延长到一千年。每隔一百年融化的时候，这个人将会知道他处于冰冻时所经历的一切。我也像所有的发明家那样，甚至准备让自己实际进入这种状态……"

亨特尔在当时打算用自己来作"试验品"。不过，在作试验前，他先拿了两条鲤鱼来试试看：把它们冷却、冰冻，结果这两条鲤鱼全都死了，不再复活了！

这个"试试看"使亨特尔大为失望，他不敢贸然拿自己来作"试验品"了。

现代科学技术的迅速发展，使长生不死这一美梦，有了新的希望。

科学家们探索着长生之路：

从1967年1月19日起，美国已把一具"尸体"放入"冰墓"，在-200℃的超低温下保存，以便有朝一日医术能够治好死者的绝症，再把他升温、复活，重新点燃生命之火；

有的科学家试验用"单性繁殖"使人长生——从一个即将死去的人身上取下细胞作为"种子"，进行"单性繁殖"，新人与那位即将死去的人一模一样，这叫"重新做人"；

有的科学家发现人的胸腺所分泌的胸腺激素，能够使人返老还童，永葆青春。这当然是一条令人鼓舞的途径。但是，提纯胸腺激素，人工合成胸腺激素，谈何容易！

意大利西西里岛卡塔尼亚城的一位叫作安特尼娜·达密珂的少女，曾引起许多科学家的注意。她本来一切正常，十五岁时身高150厘米，可是此后她却渐渐变矮、变小，以至变成婴儿一般。科学家们认为，在这个少女身上，产生了一种“还童素”，使她从少女变为婴儿。正当科学家们着手深入研究的时候，安特尼娜·达密珂不幸去世了，从此在世界上再也没有发现第二例“还童症”……

不管怎么样，对“冷冻法”“单性繁殖”“胸腺激素”“还童素”的研究，使长生术渐入科学的轨道，再也不是那种骗人、害人的巫术了。

为了深入研究长生问题——这是一个涉及全人类命运的重大课题，中国科学院批准成立了长生研究所。

很抱歉，我的谈话有点离题千里，扯得太远了。不过，为了讲清在我们研究所里发生的案件，不能不先讲讲有关的背景材料。

案件涉及我的爱人常辛。他是一个博览广闻、头脑灵活的科学家，独创了一条崭新的长生之路。

他，居然对昆虫学发生了兴趣。本来，人们以为小小昆虫是一种很简单的生物。1922年，人们第一次发现，昆虫体内也分泌各种激素，调节各种生理功能。1954年，人们从家蚕蛹中分离出一种结晶体，叫作“蜕皮素”。蜕皮素会促进家蚕蜕皮，使它走向衰老。1963年，人们又从天蚕雄蛾腹部提取出另一种激素——“保幼激素”。保幼激素的作用正好和蜕皮激素相反，把保幼激素注入蚕体内，可以使蚕不蜕皮。

常辛从不主张“隔行如隔山”，他喜欢涉猎其他学科的文献。当他读了关于昆虫保幼激素的论文，马上产生一种奇特而大胆的设想：人的身体中，有没有“保幼激素”？如果人体中没有“保幼激素”，那么，把昆虫的保幼激素加以改进，注射进人体内，会不会使人“保幼”？常辛开始了艰难的探索。

常辛，才三十多岁，看上去却像五十多岁。艰难的探索，使他过早地增添了许多白发，前额出现一道道铁轨般的皱纹，双颊的肉像被刀削去了似的。他已经过早地“老化”了。

老天不负有心人。常辛虽然在人体中没有找到保幼激素，可是，终于把一种昆虫保幼激素加以改进，制成了“保幼剂”。经过一系列动物试验，证明保幼剂能使兔子、猴子变得年轻起来。

不过，保幼剂能不能使人年轻化？这是一个必须通过实验才能得出结论的问题。也就是说，一定要用人做实验！

这是一种危险的实验。万一这种保幼剂对人体有不良的影响，将会损害被试验者的健康，甚至危及他的生命。

常辛没有声张，悄悄地对我说，要我给他注射保幼剂，他要作为第一个试验者！

我犹豫了，要向组织上请示。然而，却被常辛阻止了——因为他是所长，又是研究员，身负重任，组织上不会同意让他当第一个试验者。

我拗不过常辛，只好给他注射保幼剂。在注射的时候，我的双手不断颤抖！

不幸降临在常辛头上，保幼剂竟夺去了他年轻的生命！他在离开人世之前，亲笔写下了他注射了保幼剂后的种种症状，认为他的死去并不意味着保幼剂试验的失败。他指出，这可能是由于保幼剂分子中多了一个基因所引起的。如果除去这个基因，就会对人体安然无恙。最后，他写下这样的绝笔："我并不为我的死去而感到痛苦。恰恰相反，我为自己能献身于科学感到自豪。总要有人作为第一个试验者的。如果没有第一个敢吃螃蟹的人，也许至今人类还不知道螃蟹是可以吃的。如果我的死，能为别人长生不死提供有益的实验数据，我将含笑于九泉之下！"

常辛的死，使我们长生研究所全体工作人员深为感动。中国科学院举行了隆重的追悼仪式，记者发表了《以自己的死换取别人之生》为题的长篇报道。

报道发表之后，我们收到成千上万封来信，纷纷要求充当"志愿试验者"。特别是许多老人热情来信，说自己余年无多，要求优先作为"志愿试验者"。

我遵照常辛的遗言，除去了保幼剂分子中那个有害的基团。我没有在任何"志愿试验者"身上做试验，像常辛一样，悄悄地把自己的身体当作试验品。

果真不出常辛所料，在去掉那个有害的基因之后，保幼剂对人体无害。本来，由于常辛不幸死去，我增添了不少白发和皱纹。在注射保幼剂之后，白发和皱纹全消失了。我这个三十来岁的人，看上去年轻了十岁，成了二十来岁的人！

所里的同事们很快就发觉我变年轻了，一追问，知道了其中的秘密，热烈地向我表示祝贺。记者又发表了《打开了通向长生不老的大门》的报道。

就在报道发表后不久，发生了怪事：一天深夜，我的实验室被撬。经市公安局侦查处处长金明仔细侦查现场，断定我的实验记录本已被翻拍过。另外，我发觉保幼剂样品也被盗走！

研究长生学，是为了造福人类，使人们长生不老。这样的研究，不属保密范围。如果说，盗贼看了报纸上的报道，想偷盗保幼剂，使自己长生不老，那么，为什么要翻拍实验记录呢？

显然，这绝不是一般的盗贼。

不过，盗贼十分狡诈，在现场没有留下指纹，也没有留下其他线索，金明为了侦破这一案件煞费苦心，仍无头绪。

不久前，我突然接到金明先生的电话，说是已经抓住了作案者。我高兴极了。记者先生，你要详细了解案情的话，最好还是找金明了解……

罪犯讲的故事

我兜了一个圈子，又来到滨海市公安局。金明很忙，没空同我详谈。好在他跟我是老朋友，很能体谅新闻记者的苦衷。他约我在第二天上午八点再去。

第二天，我按时来到了公安局。真是好机会，金明要提审罪犯。经他同意，我可以用录音机录下罪犯的交代。

罪犯就是那艘奇特的走私船的船长。他是中国人，眼窝深凹，颧骨较高，一望而知是福建、广东一带的人。果真，他一开口，就带有深重的广东口音。他的话里，常常夹杂着“这个……这个……”之类口头语，在整理成文字时，我把这些口头语删掉了，偶尔残留几处，以便读者了解他讲话时的语调。另外，金明的问话删去了。以下是罪犯的交代——

我，姓宋，叫宋涛。这个……这个……我犯了罪，我交代。

是的，是的，那个青铜盘，是承露盘。不过，我偷运承露盘，不是走私，我是执行上峰的命令。

我的上峰的名字，你们一定是很熟悉的。他叫小莫克斯。

他本来并不出名。自从一个名叫罗维克的人，写了关于他的一本书之后，他就出名了。那本书的名字叫《酷肖其人——一个单性生殖的人》。这本书一出版，马上轰动了西方世界，成了畅销书。

罗维克在书中写了小莫克斯的身世：小莫克斯的父亲老莫克斯终身未婚，没有子女。他是一个百万富翁，眼看着家产无人继承，十分着急。他求助于科学家，用“单性生殖”的方法，培育了一个跟他一模一样的“复制品”——小莫克斯。小莫克斯继承了老莫克斯的家业，成了新的百万富翁。

如今，小莫克斯也年迈了。虽然他有好多子女，继承人是不成问题的。可是，他希望自己能够长生不死，永远做百万富翁。

小莫克斯出钱，雇了一批科学家，研究长生不老的灵丹妙药；雇了一批历史学家，查找世界各国在古代试用过的长生不老的方法；雇了一批间谍，专门刺探世界各国关于长生不老的研究情报；他还买了一批活人，作为“试验品”。每找到一种长生不老的药方，就在“试验品”身上做试验。他听说“冷冻法”能使人长生，就用十个“试验品”做试验，这十个人冷冻以后，没有一个能够活过来！接着，他又用十个“试验品”做另外一种试验……

我，就是他用钱买来的“试验品”。这个……这个……这是我自己不好。我生在中国，长在中国，可是总以为外国的月亮比中国的月亮好。我逃到外国去，这才知道外国的月亮并不比中国的月亮好。这时候，已经晚了。我在外国没办法生活下去，只好把自己卖给小莫克斯当“试验品”。

有一次，科学家们正准备在我身上做试验的时候，被小莫克斯看见了，他马上命令停止试验。为什么呢？他看到我是中国人，非常高兴，要我去当间谍。

原来，他手下的历史学家们，查出了许多中国古代的长生不老秘方。后来，他手下的情报人员又从中国报纸上知道中国科学院长生研究所正在研究长生学。于是，小莫克斯派我到中国来执行任务。

刚才我说，我不是走私，我来中国是执行上峰的命令。这是实话，没有掺半分假。

这个……这个……长生研究所里的研究资料，是我偷拍的，我承认。那瓶“保幼剂”，也是我偷的。我很佩服你们。我把偷拍的微型胶卷和那一小瓶“保幼剂”，塞在一只乌龟的肚子里，也被你们查出来了。我犯了罪，这个……这个……我应当受到中国法律的制裁。

采访终于结束了

采访终于结束了。

我在灯下整理好采访记录，关上录音机，已是子夜时分。

万籁俱寂，我斜倚在沙发上，望着天花板。忽然，天花板上仿佛闪过一个个形象：唐太宗、承露盘、唐武宗、李子、桃子、鸡、兔、乌龟、常辛、方萍；一双颤抖着的手在往常辛身上注射保幼剂；莫克斯、小莫克斯；成批成批死去的“试验品”；宋涛低下了头……

五花八门的形象，如同万花筒一般使人眩目。

我闭上了眼睛，万花筒渐渐消逝。我静静地思索着。

突然，我的耳际仿佛响起英国著名哲学家培根的声音：“人之怕死，犹如儿童怕在黑暗中行路。”

紧接着，我仿佛看到鲁迅先生迈着八字脚缓缓走来，用浓重的绍兴口音说道：“死者倘不埋在活人的心中，那就真正死掉了。”

其实只有一个

叶永烈说明：本文应美国科幻小说协会主席波尔之约写的。当时，波尔先生确定了一个思维传递的科幻构思，约请不同国家的作家以同一的科幻构思创作不同风格的科幻小说。我以上海为背景，写出了《其实只有一个》，英文稿收入波尔先生主编的科幻小说选，在美国出版。

下面就是《其实只有一个》中文稿：

有趣的事儿，就像中国算盘里的算盘珠似的，一串一串的。

这些有趣的事儿，发生在中国东部海边的大城市——上海……

弦上新曲惊四座

侬冷如春冰，

郎暖如春风；

冰入春风怀，

化作春水溶；

……

七月四日，在上海一个普通的剧场，一位女高音歌唱家正唱着这首《恋歌》。它是由中国著名诗人郭沫若作词、上海著名音乐家贺绿汀谱曲的。

女高音歌唱家唱罢《恋歌》，在掌声中步入后台。这时，扩音器里响起报幕员的声音："下一个节目，小提琴独奏。演奏者——高丽丽。"

上台的是一位蜂腰削肩的纤纤少女。她穿着雪白的连衣裙，白高跟鞋，一身素裹，只在胸口别着一枚醒目的红宝石别针。她的鼻尖上闪烁着汗珠，看得出，她的心情有点紧张。不，不，也许是十分激动的缘故。

她拿起了小提琴，全场顿时肃静下来。不过，这么一来，观众中的咳嗽声，反而显得格外突出。

弓，落在弦上。令人倾倒的乐曲声，从小提琴中泻出。听上去，时而像呼啸的狂风，时而像淙淙的流水，时而像万马奔腾，时而像喁喁私语。

是莫扎特的《G大调弦乐小夜曲》吗？不，不是。

是李斯特的《梅菲斯托圆舞曲》吗？不，不是。

是贺绿汀的《牧童短笛》吗？不，不是。

是取材于民间爱情故事的小提琴曲《梁山伯与祝英台》吗？不，也不是。

高丽丽的手指，在弦上飞舞。那乐曲，似乎是古今中外所有的小提琴曲中所没有过的。它时而炽烈如火，时而冷若冰霜，时而如疾风迅雨，时而又静穆寂然。它是崭新的乐曲，给人崭新的感受。它使人如入仙境，来到另一个世界。观众屏声敛息地恭听，连咳嗽声也没有了。

乐曲声戛然而止。雷鸣般的掌声从观众席中爆发出来。

“再来一个！”“再来一个！”掌声中夹杂着高声呼喊。

高丽丽慢吞吞地从后台走出来，徐徐地向观众深深一鞠躬。她没有“再来一个”，转身向后台走去。

掌声、“再来一个”的呼喊声又响起来了。

这时，扩音器里传出报幕员的声音：“各位观众，非常抱歉，高丽丽小姐因为在演奏之后感到极度疲劳，不能再继续演奏，请各位观众原谅。下一个节目，男中音演唱……”

当天傍晚出版的发行量达一百五十万份的上海《新民晚报》，以《弦上新曲惊四座》为题，报道了高丽丽在下午的精湛演出。

非常遗憾，那天下午是上海音乐学院学生们的实习演出。剧场经理对这种学生的实习演出不在意，并没有进行现场录音。在观众中，虽然有几位带了录音机，但是当时他们都被高丽丽的美妙琴声迷醉了，谁都忘了应该按下录音键。也就是说，高丽丽的琴声被上千名观众听到了，可是谁都无法回忆起奇特的旋律是什么样的——只觉得耳目一新，非同凡响！

《新民晚报》的报道，惊动了上海音乐界。

第二天，一辆银灰色的轿车，把高丽丽接到了上海电视台的录像棚。当棚门关上以后，棚里万籁俱寂，连绣花针落在地上都听得见。

棚里放着一排枣红色细绒沙发，坐着几位银发霜眉的音乐界权威人士。他们将在高丽丽演奏完毕之后，当场发表评论。

聚光灯唰地亮了。耀眼的光线，聚集在那位细巧的少女身上。她的面前，放着一排话筒。高丽丽竟然没有拿起手中的小提琴。她向沙发上的老人们深深一鞠躬，然后长长叹了一口气："老师们，我无法重复我昨天演奏的乐曲，非常抱歉！我忘了，全忘了，忘得一干二净！"

高丽丽的眼眶里，闪烁着晶亮的泪花。

沙发上的长者们拨弄着头发，皱起了眉头，感到茫然，这是怎么回事呀？

他成了世界跳高冠军？

当天——七月五日下午，在上海第九中学的运动会上，又爆出一条令人目瞪口呆的新闻。

第九中学是上海几百所中学中普通的一所，运动会正在这个中学的操场上举行。充当裁判员的，是学校的体育教师。跳高、跳远、百米短跑、拔河……在操场的各个角落举行。

观众们集中在拔河比赛那边。拔河比赛是中国民间喜欢的力的角逐：一根粗绳两边，分别站着人数相同的两队运动员，粗绳中间悬挂着一条红布条。拔河开始之后，双方都把绳子朝后拉。哪边力气大，就把对方拉过来。红布条越过界限，力气大的一队就算胜利了。

拔河富有戏剧性，参加比赛的人又多，啦啦队不住地高喊：“一！二！三！加油！”、“一！二！三！加油！”，吸引了大批观众。

跳高比赛是最乏味的了，在操场的一角悄悄地进行，除了八个跳高运动员之外，没有一个观众，连裁判员都没有——那位担任裁判的体育教师，正拿着哨儿，充任拔河比赛的裁判。

开始试跳了。起跳时的横杆，高度只有一米二十。八个运动员之中，前面七个都顺利地一跃而过。最后一名是微微胖的男孩子，胸前挂着的白布条上，写着红色号码“93”。这位“93”号运动员，论身材，甩铁饼、掷标枪还可以，跳高怎么行呢？所以，当他起跳的时候，那七个孩子都担心：“93”号恐怖连一米二十都跳不过去！

“93”号迈动着胖嘟嘟的双腿，朝横竿奔去了。他猛然一跃，奇迹出现了：他高高地跃起，足足有四五米那么高，然后重重地摔下来，摔得哇哇直叫！

这下子，全校惊动了。那位负责裁判拔河比赛的体育老师，飞快地朝跳高场地跑来。那些看拔河比赛的观众们，跟在他后边跑过来。就连那些拔河运动员，也把粗绳放在地上，到跳高场地看热闹。

那七位跳高运动员，纷纷向观众们诉说刚才“93”号的奇迹。可惜，除了那七位跳高运动员之外，谁都没有看到。

“别胡说，跳四五米那么米，超过了世界跳高冠军啦。小胖子会成为世界跳高冠军？”体育老师连连摇头，说什么也不相信。

不过，“93”号看来伤势颇重，趴在地上，无法站起来。如果他只跳一米二十那么高，会摔成这个样子？何况，看到他跳四五米那么高，不是一个孩子，而是七个孩子。七双眼睛，难道都会看错了？

谁都希望“93”号重新跳一次，当着几百名观众、当着体育老师的面，重新跳一次。

非常遗憾，“93”号痛得哇哇直叫，在地上打滚，怎么还能重新跳一次？

漆着红十字的救护车来了，把“93”号送进了上海第一医院。经X光透视，王大夫说，“93”号的右脚掌骨骨折，起码要休息三四个月。

听到这消息，那位体育老师直跺脚，自言自语道：“当时，我为什么不去当跳高裁判，却去当拔河裁判？”

同学们好奇地问“93”号，当时为什么会有那么大的劲儿，跳那么高？

“93”号连连摇头说：“我也不知道！”

当天傍晚，上海的《新民晚报》刊载了这条新闻，标题是：《令人遗憾的“世界纪录”》。

报道中提到，那位“93”号运动员，名叫高佳佳。

“烟囱”不冒烟了

紧接着，又有一连串有趣的事儿，像成串的算盘珠似的，在上海市发生。

七月六日，上海第一医院的“烟囱”，突然不冒烟了！

亲爱的读者，请不要误会，这“烟囱”不是医院锅炉房那高高的烟囱，而是骨科王大夫的雅号。

王大夫怎么会成为“烟囱”的呢？原来，中国人常常把那些嗜烟如命的人，称为“烟囱”。

王大夫今年五十三岁，已经抽了四十年烟——他是东北人，那儿农村的孩子，很早就开始学抽烟。王大夫这“烟囱”，除了睡觉之外，总在不断冒烟。他是医生，深知吸烟有害于身体，可是怎么也舍不得戒掉烟瘾。就连给病人看病的时候，按照医院规定，不允许抽烟的，可是，这位“王烟囱”的嘴里，总是叼着香烟嘴。他的桌子上的烟灰缸，每天满满一缸烟灰。他的手指，被香烟薰得像搽了碘酒似的。

简直是太阳从西边出来，七月六日那天，王大夫居然把口袋里成包的香烟，扔进了废物桶。

“烟囱”不冒烟了！

那天，病人们笑了。王大夫手下的护士们，都说那天的天气格外晴朗，空气格外新鲜。

最有趣的是，当王大夫给一位新来的右臂骨折病人看完病，那病人也是“烟囱”，从衣袋里掏出香烟，敬王大夫一支。王大夫居然连忙伸出那双像搽了碘酒似的黄蜡蜡的手，说道：“我不抽烟，谢谢！”

“你不抽烟？”病人看着王大夫的黄色的手，感到疑惑。

“我不抽烟，我——我从今天起不抽烟！”王大夫的话，惹得护士们咯咯笑了。“王大夫，你今天怎么不‘冒烟’？”一位护士打趣地问他。

“这个嘛，连我自己都说不清楚。”王大夫说道，“我只觉得，我忽然对香烟有一种厌恶的感觉。我这‘烟囱’，不愿‘冒烟’了！”

咯咯咯，咯咯咯，护士们前俯后仰，笑出了眼泪！

护士们多么高兴呀。她们说，王大夫这个人，待病人和气，医术高明，工作认真，而且很热心把自己的技术教给护士们，唯一的缺点爱抽烟；如今，他戒烟了，能不让人高兴吗？

可惜，护士们高兴得太早了。第二天——七月七日，王大夫的脚跨进诊室的时候，就带进来一股浓烈的烟味。哦，他的嘴里正叼着烟，“烟囱”又冒烟了呢？他，只戒了一天烟！

当“杰作”落进湖里……

不过，有趣的是，在七月七日，那位右臂骨折的病人，却不“冒烟”了。不仅不抽烟，连他最喜欢的中国黄酒也不爱喝了——戒酒啦。

这位骨折病人，在上海鼎鼎大名。他叫徐丹青，著名的国画家。

徐丹青是个手不离笔的人，非常勤奋，每日作画不已。他手执毛笔，在中国宣纸上作画。他擅长于画风景，他所画的中国长城、庐山雾景、长江大桥、东海波涛，美极了！人们赞誉说，他把中国壮丽山河画活了！

即使在右臂骨折的时候，徐丹青居然仍坚持画画。他的胸前悬着用绷带、石膏绑起来的右手，左手握着毛笔。

画家画着画着，宣纸上出现神奇的景色：黑丝绒般的天空上，闪耀着银色的大阳。橘红色的山，紫色的田野，黄白色的河流……

“呀，这是什么地方的风景呀？这么美。”他的妻子看见丈夫的新作，着迷了。

“我也说不出是什么地方。不过，这不是想象画，这是写生画。我好像在什么地方见过。”画家回答说。

“这是一幅杰作，它足以跟达·芬奇和毕加索的作品媲美。我马上把它送去裱起来，以便永久保存。”妻子兴奋地说。

画有虽然并不觉得自己的作品能够与达·芬奇、毕加索相提并论，不过，他确实觉得，今天画的作品，有一种特殊的意境，特殊的风格。他点了点头，同意让妻子拿去请人裱糊。

妻子把画卷好，坐上公共汽车。这画，实在太美了。妻子坐在车上，还想再多看一眼。妻子打开了画，立即引起好几位乘客的注意。他们过来看画，齐声赞绝。

妻子得意起来，放松了手中的画。一阵疾风，竟把画吹出汽车，落入公路旁边的小湖中。

“我的画！我的画！这是一幅杰作！”画家的妻子惊叫起来。

司机急刹车，把公共汽车停在路边。

几个年轻的乘客，纷纷脱掉外衣，扑通扑通跳入小湖中。动作最敏捷的，要算是一位中等个子、四十来岁的男人。他的水性很好，一个猛子扎过去，又一个猛子扎过去。没一会儿，他从湖中捞起水淋淋的那幅杰作。

他上岸了。下湖的人们，也纷纷上岸了。

“谢谢，谢谢。”画家的妻子感激地握着那人的手，拿过水湿的画。

可是，经水一泡，那画又破又烂，颜色褪了，相互混在一起。唉，杰作完了！

“太可惜了！太可惜了！”那人一边穿上黄绿色的衣裤，一边说道。从着装上看得出，他是一位警察。

“不要紧的。这画，是我丈夫画的。我马上回家去，请他重新画两幅——其中一幅送给你！

”画家的妻子对警察说。“不敢当，不敢当。为人民服务，是我们警察应该做的事情。”警察谦逊地说道。

公共汽车开走了，唯有画家的妻子没有上车。她坐上方向相反的另一辆公共汽车回家去了。

很遗憾，不用说两幅，就连一幅那样的奇特的画，画家也画不出来。他绞尽脑汁，也画不出来——他对妻子说，刚才也许“灵感”来了，才画出风景绮丽的画。现在，“灵感”不知到哪儿去了！

黄浦江里的怪物

那位警察，叫金明，他是上海市公安局的侦查处处长。

下了公共汽车，回到家里，他觉得自己特别兴奋，精神有点异样。这种异样的感觉是从他与画家妻子握手那一刹那开始的。

他从来都睡得很香。可是，那天夜里，他却难以入眠。后来，终于睡着了，却做起梦来——他平常是不做梦的。

金明梦见自己来到一个奇怪的地方，那儿的天空像黑丝绒一般，挂着一轮银色的太阳。山是橘红色的，田野是紫色的，河流却是黄白色的……虽说他是第一次来到这样的地方，却仿佛如回故乡一样亲切、熟悉。

他终于醒来，金色的阳光已经照进他的卧室。妻子早已起床，在院子里打太极拳呢。

金明翻身下床，吃过早饭以后，他没有到公安局上班。他骑上摩托车，却直奔画家徐丹青家里。徐丹青是名人，金明是精明的警察，所以很快就找到画家的家。

金明向画家诉说自己的梦境，画家听了，说自己作画时，脑海中也有跟金明类似的感觉。经金明再三追问，画家记起，是第一医院的王大夫给他看病时，用双手按摩他的右臂，突然产生一种奇特的感觉。这种感觉是在画家的妻子取走那幅画时，却又突然消失。

金明赶紧来到第一医院，王大夫正在那里一边"冒烟"，一边看病。经金明盘问，王大夫才回忆起，在他给那位因跳高而骨折的中学生高佳佳看病时，忽然产生厌恶抽烟的感觉。后来给画家看病，异样的感觉却消失了。

跟踪追索。金明来到高佳佳家，正巧，高丽丽也在那儿。高佳佳说，他的异样感觉，是从姐姐——高丽丽那儿来的。高丽丽则说，自从七月三日她在黄浦江里游泳之后，就产生一种兴奋的感觉。

接着，高丽丽说出一个重要的细节：她在游泳的时候，被一个冰冷的东西碰了一下。她吃了一惊，一把抓住那冰冷的东西。那东西不像鱼，不像青蛙，倒有点像……对了，有点像我们中国的熊猫，身上一块黑，一块白的，如乌云盖雪。它只有洋娃娃那么大小。我不知道这是什么生物，就把它送给了上海自然博物馆。

金明火速赶到上海自然博物馆。那黑白相间的怪物，被养在一个铁笼里。它浑身长着细毛，两只手，三只脚，脑袋很小，一双黑白分明的眼睛，几乎占了脸的四分之一。不过，此刻它的眼睛是呆滞的，身体一动不动，躺在那里。

好几位中国科学家在研究笼子里的怪物。据一位中国天文学家告诉金明："七月三日那天，突然从天降下两块巨冰。一块巨冰落在上海外滩，另一块落入黄浦江。那块落在外滩的巨冰，立即被装入冷藏车，送到上海天文台。经过分析，已经断定那是一块冰陨石——也就是说，它不是普通的冰雹，是从太空掉下来的！"

一位中国生物学家告诉金明："笼中的怪物是从未见过的。它很可能不是地球上的生物……"

外星人

金明回到家中，从灶间传出动听的歌声。听那声音，像妻子在唱。可是，妻子从来没唱得这么好听，这曲子，也是从未听见过的。妻子神态有点异样！

从窗口看过去，果真，是妻子在唱！

“阿洁！”金明喊妻子道，“你在唱什么歌？”

妻子看见金明回来了，显得很高兴，紧握着丈夫的手。就在握手的一刹那，金明产生了一种异样的感觉。金明没有跟妻子温存，却翻身跳上摩托车，直奔上海自然博物馆。金明明白，那异样的感觉是他传给了妻子，如今又在跟妻子握手时，传回他自己身上。

科学家们看见金明来了，纷纷伸出手来，要与他握手。金明却大声喝道：“让开！让开！”

金明奔到笼子前，把手伸进栏栅。当他的手一碰到那奇怪的生物，它立刻坐了起来，眨了眨明亮的眼睛，叽咕叽咕地说话了。

“外星人！”这时，那位生物学家以斩钉截铁般的语气，下了这样的结论。

然而，叽里咕噜的外星语，谁也听不懂。金明不得不从上海电子计算机研究所，调来了“万能电脑翻译机”，这才解决了翻译问题。

“地球人先生们，你们好！”“万能电脑翻译机”译出了外星人的话。

“您好，外星人先生！”金明和中国科学家们很友好地跟外星人打招呼。

“这儿是地球上的什么地方？”

“这儿是中华人民共和国的人口最多的大城市——上海市！”

“那天，我落进上海市的一条江里，那叫什么江——我只记得，江水是黄色的。”

“那条江叫黄浦江。”

“哦，黄浦江。在黄浦江里，一位正在游泳的姑娘，抓住了我。那姑娘，是我遇见的第一个地球人。我不知道地球人对我会不会友善？我怕她会害我，我发射了我的大脑信息，附在她的身体里，后来，我才知道，这姑娘是小提琴手。我用她的小提琴，奏出了《外星人奏鸣曲》。

“我趁她跟弟弟握手的时候，把大脑信息转移到她弟弟身上。我们外星人善于跳高，所以我使她的弟弟跳得很高。以后，我又转移到许多地球人身上，其中包括站在我跟前的这位警察先生……”

“太有意思了，外星人先生。您的降临，给我们带来了外星球信息，我们非常欢迎。请问，还有哪几位外星人先生或者太太，跟您一起光临地球？”

“只有我一个！”

“只有你一个？”

“是的。我是在我的星球的河里游泳时，被一阵狂风卷到太空中。太空非常冷，周围的水马上结冰了，我被紧紧地包裹在冰里，落到地球上！”

“您是我们尊贵的客人。我们愿意把上海新建的最华丽的宾馆——龙柏饭店，供你居住。”

“不，不，我想回去，回我的故乡。我爱上海，我爱中华人民共和国，我爱地球，我更爱我的故乡——我的‘祖球’。我请求你们放我回去！”

“我们上海人，我们中国人，我们地球人，一向尊重外星人的意愿。我们可以用宇宙火箭把您送回老家。不过，请您务必答应我们一个要求？”

“要求？”

“是的，一个小小的要求！”

“什么要求？”

“在您离开地球之前，请您接受我们授予您一个光荣称号——因为您是第一个光临我们上海的外星人？”

“什么光荣称号？”

“上海市荣誉市民的光荣称号！”

叽里咕噜，叽里咕噜，外星人发出愉快的笑声。

X-3案件

“死人”活着回来

冬天的黄昏来得特别早。到了下午五点钟，天已经黑下来了，一切景物都变得朦朦胧胧、模模糊糊。

一列电气列车驶进新阳市车站。从车上下来一个瘦长的旅客，两条长腿迅速地朝出口处走去。这个旅客大约四十多岁，脸也显得瘦长，两道浓眉紧皱着，闷头走路。他胡子满腮，大约已经好多天没刮了；手里拿着一个空瘪的旅行袋，袋上印着一只可爱的活泼的熊猫。

这个人就是熊猫研究所的研究员林平，他刚从四川省平武县的王朗自然保护区出差归来。由于发生了意外的情况，他提前返回。事先他没告诉家里，也没有通知熊猫研究所，所以他知道不会有人到车站迎接，下车后只管走，没有留意周围来回的人。

林平的家离车站不远，没几分钟，他就看到家里的窗口亮着灯光。这时，他那紧皱的眉头舒展开来了，心里想：我回来，妻子淑芳不知道，儿子小宝也不知道，见了我一定会高兴得跳起来。

正因为这样，当林平走到家门口时，决定不敲门。他用钥匙轻轻把房门打开，不声不响地进去，想看看妻子和儿子“高兴得跳起来”的那种有趣的神态。

果真，林平进屋，谁都没发觉。家里静悄悄的。当林平经过灶间，走到卧室里时，一推门，儿子小宝抬头看见了他。

出乎意料，小宝不仅没有“高兴得跳起来”，反而大声惊叫：“有鬼！有鬼！妈妈，有鬼！”

这时，妻子淑芳也抬起头来，一看见林平，吓得赶紧闭上眼睛，把小宝紧紧抱在怀里。这时，林平大吃一惊，家里出了什么事？妻子和儿子怎么会把他当“鬼”？

林平抬头一看，这才发觉，墙壁正中央挂着他的一张放大照片，照片四周披着黑纱，下方放着一只小巧的塑料花圈。

林平再看看妻子和儿子，见他们的臂上都戴着黑纱。妻子在抽泣，儿子在惊哭。

林平像丈二的和尚——摸不着头脑。他呆若木鸡，痴痴地站在那里，一动不动。过了好一会儿，见淑芳又抬起头来，林平这才轻声问道：“淑芳，这是怎么回事？”

淑芳一听这熟悉的声音，用手绢擦去了盈眶的泪水，小宝也中止了哭声。房子里变得一片寂静。

过了半晌，林平又追问了一句：“淑芳，这究竟是怎么回事？”

淑芳哆哆嗦嗦地从林平手中拿去那只空瘪的旅行袋，疑惑地看着。这时，她才开口说道：“不是说你死了吗？”

“我死了？”林平吃惊地重复了这句话。

“是说你死了呀！”淑芳说道，“前几天，陈所长和金书记来我们家，找我谈话，谈了半天，最后才露出你死去的消息，叫我不要悲痛，组织上会关心你的，会照顾你的。我一听，当场就昏倒了！”

“领导怎么会说我死了？”林平越听越感到离奇。

“他们说，你是从火车上摔下来死掉的。”淑芳一边说着，一边打开大衣柜，从里面拿出一个鼓囊囊的旅行袋，上面也印着一只可爱活泼的小熊猫，样子跟林平手里的那只一模一样。淑芳接着说道：“陈所长和金书记还送来了这只旅行袋。他们说你从车上摔下来。头先落地，脸都摔坏了，无法辨认，但是手里拎着这只旅行袋，袋里全是你的东西。我一看，也相信了。不过，你怎么手里也有一只这样的旅行袋？”

“原来是这么回事！”林平的脸上浮现出了笑容，这沉闷的房间里第一次发出笑声，“哎哟，他们弄错了，张冠李戴，以为我死了，害得你和小宝虚惊一场！”

林平怎么会从活人变成“死人”的呢？

奇怪的跳车者

那是将近一个星期以前的事情了。

那天，林平离开新阳市，到四川平武县去作学术报告。林平是国内知名的熊猫专家，而四川平武县的王朗自然保护区则是熊猫老家之一，所以林平常到那里去。

林平一走进软席卧铺的小房间，见里面已经坐着一个二十来岁的人。很巧，这人也像林平一样瘦长，只是脸并不瘦长，四方脸，两道剑眉，一双小眼睛。他见了林平进来，很热情，帮林平放好了旅行袋。

林平见对方那样年轻，却坐软席卧铺，有点奇怪。对方似乎也察觉了这一点，马上自我介绍道："鄙姓张，弓长张的张，零一工程的机要员。"对方很强调"机要员"三字，一方面想表白自己政治上绝对可靠，一方面说明带有绝密文件之类，所以坐软席卧铺。

林平是个胸无城府的人，为人热情、爽快，居然一听就相信了这位年轻人。软席车厢很空，他们这一间只林平和小张两人。没多久，他们就很熟悉了，仿佛像老朋友似的。

在吃中饭的时候，林平招呼小张一起到餐车去吃，小张却说自己带着干粮，不去吃了。当林平在餐车吃完中饭回到软席卧铺车厢时，突然有人猛地从背后擦肩而过，紧跟着后面响起了叫喊声："抓住他！抓住他！"

紧接着，林平听见了旅客们的叫喊声："有人跳车！有人跳车！"

车长和乘警立即赶来，发现跳车者是从软卧车厢的厕所里跳出去的。厕所的门紧闭着。车长用钥匙打开了厕所的门，见窗敞开着，寒风呼呼窜进来。很显然，跳车者是从这里跳下去的。

车长把这一紧急情况通过无线电话，向铁路局作了汇报。铁路局领导决定，列车仍按规定时刻表继续前进，这一案件交当地公安局处理。

旅客们议论纷纷，猜测着跳车者为什么会跳车。这事倒确实有点蹊跷：当时，乘警在餐厅里发现有一个小偷在作案，正要去抓住他，小偷发觉了，沿着狭小的过道逃跑，从林平身边擦肩而过。乘警一边追，一边高喊："抓住他！抓住他！"正在这时，却有人从厕所里跳窗逃跑，很显然，那跳车的人，并不是小偷。后来，乘警在车上抓住了那个小偷。

为什么在抓小偷的时候，会有人跳车？要知道，那时列车正飞快地前进着，跳车是有生命危险的！

林平弄不清楚这是怎么回事，当他回到自己的铺位上时，发觉那位自称小张的青年不在房间里。林平心想，大约小张看热闹去了。可是，过了很久，仍不见小张回来。

林平仔细看看小张床下，行李已经不在。林平心里想，大约是在什么时候下车了。

林平不由得查看了一下自己的行李，见那只印着熊猫的手提包安然无恙地放在原处，也就躺在床上看起书来了。

火车经过一天一夜的运行，到达了四川平武县。林平拎着自己的旅行袋，在平武站下车。直到那天晚上，林平在招待所里想打开旅行袋，结果发现旅行袋上怎么换了一把锁？他用老虎钳钳开了锁，打开旅行袋，才大吃一惊：他的旅行袋里，本来放着许多研究资料和笔记本，是带来作学术报告用的。可是，如今在旅行袋里，却是许多废报纸、旧书！

好在林平的记忆力很好，即使失去了那许多资料，他的学术报告由于没有讲稿，反而更加口语化，讲得更精彩，受到听众的热烈欢迎。他讲完时，会场上响起了长时间的掌声。

本来，林平还想在那里跟同行们切磋一些学术问题，并到王朗自然保护区里查看一下熊猫的生长情况。可是，由于发生那意外的事件，林平决定立即回到新阳市，把有关情况向领导汇报。

是自杀还是他杀?

当林平向妻子讲完了那段奇异的经历之后，感到很奇怪：这个丢失的旅行袋，怎么原封不动地又回到了自己家中?

林平从裤袋里掏出钥匙，顺利地打开了锁。他拉开拉链，发现旅行袋里的资料和笔记本一本都不缺!

这又是怎么回事呢?

林平立即在家里打电话给所长陈丽。陈丽从耳机里听出是林平的声音，几乎不相信自己的耳朵。当她知道林平并没有死去的时候，喜出望外。她马上打电话给党委书记金勇，一起坐车赶到林平家里。

陈丽和金勇听了林平讲述了事情的经过之后，便讲述了他们怎么会知道林平“死去”的消息。

原来，在几天前，陈丽接到一个来自永东县的长途电话，询问熊猫研究所里有没有一个叫林平的，是不是最近坐上从新阳市到四川的火车。陈丽一问，才知道是永东县公安局一位名叫刘耀的打来的，告诉她发生了意外事件：

永东县公安局接到铁路局的报告，在离永东站大约五十七公里的地方，有人跳车。

刘耀立即坐摩托车赶到了现场，果然，在那里有一个人，倒在血泊里，面朝地，背朝天。当刘耀翻开那人的身体时，见整个脸血肉模糊，已无法辨认了。刘耀估计，这个人跳窗时很急促，身体还未离开火车时就往外跳，结果头先着地，当场死去。

在尸体旁边，扔着一只旅行袋，袋上印着一只可爱活泼的熊猫。刘耀把尸体和旅行袋都运回到永东县公安局，用万能钥匙打开了旅行袋，见里面是许多研究熊猫的资料和笔记本。每本簿子的封面上，都写着“中国熊猫研究所林平”。袋里还有一双精巧的厚毛线袜子。

刘耀估计死者可能就是林平，便打长途电话给新阳市的中国熊猫研究所。当刘耀从陈丽那里获知果真有一个名叫林平的人最近出差，坐上新阳到四川的火车，而且身材衣着都相似，于是断定死者是林平。

刘耀派人把那只旅行袋送到了陈丽那里。陈丽一看，那些资料都是林平的手迹，也信以为真。于是，便和党委书记金勇商量，应当把情况如实告知林平的家属赵淑芳，并做好家属的思想工作。

不过，陈丽和金勇感到奇怪：林平为什么要跳车？要自杀还是他杀？

如果说是自杀吧，林平是一个整天埋头在熊猫研究工作中的人，为人开朗乐观，家庭又很和睦，妻子赵淑芳是个善良贤惠的女性。在林平临走的前夜，赵淑芳通宵未合眼，为林平织了一双厚厚的毛线袜，怕林平上山时不能穿棉鞋，脚会受冻。因为赵淑芳听说过平武县王朗自然保护区是青藏高原东缘的岷山山系南段，山高路陡，平均海拔二千六百米到三千五百米，山顶上常年积雪，寒气袭人。林平前几次到了那里之后，脚上长了冻疮。那天，陈丽和金勇把旅行袋送到赵淑芳手中时，赵淑芳从怀里掏出钥匙，打开旅行袋，一见到那双毛线袜子，便呜呜地哭了。林平和赵淑芳的感情是这样好，他怎么会自杀呢？

如果说是他杀吧，似乎也很难说得通。林平是研究熊猫的专家，他的研究工作属生物学范畴，与国防无关，不涉及军事机密，似乎在他身上不可能发生政治性谋杀。如果说要抢劫钱财吧，林平出差时只带了一个旅行袋，别无其他行李，何况他跳车时，身边带着这只旅行袋。

陈丽和金勇觉得林平死得蹊跷，便把这一情况向新阳市公安局作了汇报。

如今，林平并没有死，活生生地回来了。陈丽和金勇为林平夫妇重新团聚而深表欣喜，立即又向新阳市公安局作了新的汇报，“死人”活着回来了！

事出有因

新阳市公安局侦查处的处长，就是金明。他是根据上级党委的决定刚从另外一个城市——滨海市，调到这儿工作的。

金明从东海之滨的大城市滨海市调到这个山沟里的小城市工作的时候，有人就猜想：大约在新阳市潜伏着重要的敌特，不然的话，怎么会把这位号称“诸葛警察”的破案能手，调到这儿来呢？

这种猜想，似乎有点道理。金明刚一走马上任，在短短的几天之内，便收到三份敌情汇报。

第一份敌情汇报是永东县公安局刘耀通过传真电报机发来的：在离永东站大约五十七公里的铁道旁，发现一具无名尸。死者系跳车致死，头先着地，面部模糊。从尸旁所遗旅行袋中的笔记本上获知，死者可能是新阳市中国熊猫研究所的林平。尸体已进行了超低温冷冻处理。

不久，来了第二份敌情汇报，是中国熊猫研究所所长陈丽通过电话报告的：据永东县公安局刘耀告知，在永东县附近发现有人跳车丧命，死者可能是我所林平。但是林平在我所工作多年，一直勤勤恳恳，卓有成就，不可能自杀。倘证实死者确实为林平的话，务必追查致死原因——是自杀还是他杀？

紧接着，又来了第三份敌情汇报，又是中国熊猫研究所所长陈丽通过电话报告的：林平平安归来。跳车死者不是林平。

金明在接到第一份敌情汇报时，对刘耀作了答复：要求再仔细搜索一下现场，有无其他遗物，如照相机之类的东西。

由于第二份敌情汇报的内容大致与第一份差不多，金明只是简单地答复陈丽：知道了，有新情况随时联系。

在接到第三份敌情汇报时，金明的脸上露出了平常不易看到的笑容。因为他早就预料那具无名尸不是林平，而林平平安归来使他放心了。金明从滨海市调往新阳市，确实是事出有因。当时，我公安部门获得情报，某国间谍机关对新阳市产生了“兴趣”。至于他们为什么对新阳市产生“兴趣”，他们“打猎”的目标是什么，他们行动的计划是什么，都不知道。

正因为某国间谍机关的这次行动非常机密，而且又是一次重大行动，于是我公安部门委派了一向以精明强干著称的金明来到新阳市工作。

新阳市地处山区，一无军工厂，二无国防系统研究所，只有几个野生动物研究所、林业研究所、山区气候研究所、毛竹研究所以及熊猫研究所，还有酿酒厂、制药厂、纺织厂、竹器厂、木材加工厂、制革厂、农药厂之类的工厂。敌人为什么对这座很普通的城市产生浓厚的“兴趣”呢？金明刚到新阳市，便带着助手戈亮，驾驶着汽车跑遍整个新阳市，一时也揭不开谜底。

自从收到第一份敌情汇报的时候，金明的心情不由地振奋起来。他认为，这是一个重要的讯号，表明我公安部门获得的情报是可靠的——敌间谍机关果然在向新阳市行动了。于是，金明便习惯地把自己处于敌方，思考着如果我是敌方，为什么要对新阳市采取行动，怎样行动。

当金明收到第三份敌情汇报之后，便决定带着年轻的助手戈亮，访问那位活着回来的“死人”——林平。

深夜里来的不速之客

尽管新阳市公安局有好多辆轿车、越野车、摩托车，可是金明却要熊猫研究所派出陈丽坐的那辆轿车给他使用。金明和戈亮坐着陈丽的轿车，在林平回到新阳后的当天深夜，来到了林平家中。他们下车后，轿车立即驶走了。金明和司机约好，当他打无线电话给司机时，再来林平家接他们回去。

林平住在新阳新村的公寓区里。这儿的住房都是两层一幢，每幢只住两家。林平家住在楼下。

当金明按了门铃之后，出乎意料，在这深夜十二点钟的时候，出来开门的竟是林平的十岁的儿子小宝。呵，这么晚了，小家伙还没睡呢。小宝跳跳蹦蹦为客人们引路，浑身充满着一股高兴劲儿。

金明和戈亮走过灶间，便听见从里面的房间里传出一男一女谈笑声。

“淑芳，把这黑纱扔到垃圾堆里去。嘿，给活人挂黑纱活见鬼！”这是一个男人的声音。

“我买黑纱的时候，还流了不少眼泪呢？”这是一个女人的声音。

接着，爆发出哈哈大笑声。

金明和戈亮在笑声中走了进去，见一个瘦长的男人站在凳子上，正在取下墙壁上披着黑纱的“遗照”，一个女人正站在旁边帮忙。

“爸爸，妈妈，来客人啦！”大约他们俩沉醉于重聚的欢乐之中，连刚才的门铃声都没听见，所以小宝大声地对他们说道。

直到这时，林平和淑芳才发现来了客人。他们一边对这两位深夜到来的不速之客感到惊讶，一边热情地请他们坐下。

林平在问明了金明和戈亮的来意之后，又恢复了刚才谈笑风生的神态。

林平把两道浓眉一扬，笑道：“我一走进家里，就像迎面泼了一盆冷水——妻子在哭，儿子在惊叫，墙上挂着我的遗像，我的心冷了半截！”

金明也笑了，但笑意很快就从他的脸上消失了。他单刀直入，只问了一句：“老林，我主要想了解一下，你在研究什么东西，为什么会引起敌人的注意？”

林平一听，扬起来的浓眉收了下来，沉思了一会儿，答道：“金明先生，我只能答复你的问题的前半部——我在研究什么东西，却无法回答你的问题的后半部——我为什么会引起敌人的注意。”

金明听了，点了点头，说道：“那你就谈问题的前半部，我们共同从中寻找线索，究竟是什么原因引起了敌间谍机关的‘兴趣’。”

“我在研究什么东西？你看看我这房间，你就明白了。”林平一边说着，一边指着各种东西请客人们看。

呵，这真是一个熊猫世界：墙上，挂着一幅当年著名画家吴作人画的水墨国画熊猫，毛巾、手绢、床单、枕巾上印着熊猫，茶杯、热水瓶、文具盒、手提包、旅行袋上印着熊猫，收音机、电视机、录音机是熊猫牌的，就连小宝上衣的前襟上，也绣着大熊猫。甚至连小宝衣袋里别着的圆珠笔，那笔套上竟长着一个塑料的熊猫脑袋！更有趣的是，赵淑芳的对襟毛线衣的每一颗纽扣，都做成熊猫脑袋的形状。

金明一看窗帘，窗帘布上印着一只只黑白相间的熊猫。低头一看，他坐着的沙发布上印着熊猫。抬头一看，天花板上的吊灯也做成熊猫形状，成了一只“熊猫灯”！

接着，林平滔滔不绝地谈起了熊猫，谈起了自己的研究工作——

熊猫是我们的国宝哪！在世界上，只有中国有熊猫。

在我们中国，适合熊猫生长的天然环境也不多，只有四川的王朗、卧龙、唐家河，陕西的佛坪，甘肃的白水江等地区。这些地方，大都属于亚热带和暖温带交界处，境内有山谷、平原、水域，常常既有草地、森林，又有白雪皑皑的高山和湍急的溪流。那里的海拔高度一般在二千六百米到三千五百米之间，正因为适合熊猫生长的地方不多，加上熊猫的繁殖能力比较差，每次只能生一两只小熊猫，而小熊猫生活能力又差，发育慢，成活率低，所以熊猫就很稀少。在国外，只有熊猫的化石，没有活熊猫，当外宾看到中国的熊猫时，高兴地称它为“活的化石”。

林平从小就喜欢熊猫，他的种种用品上，总是喜欢印着熊猫或者做成熊猫形状，大家都喊他“熊猫迷”。当他从大学生物系毕业之后，就专门从事研究熊猫，人称“熊猫专家”。大自然中的熊猫越来越少。为了保护这些珍贵的动物，中国科学院在新阳市专门成立了熊猫研究所。很自然的，林平这位“熊猫专家”，就调到了熊猫研究所工作。林平深入到熊猫的家乡去进行调查研究，奔走在沟谷纵横的山区。在那里，长满挺拔的云杉、冷杉、红桦、白桦，长满鲜嫩翠绿的箭竹。林平仔细研究着熊猫的生活和习性。有几次，林平在深夜里坐着飞机，在熊猫家乡的上空进行航空摄影。深夜，伸手不见五指，怎么能拍照呢？原来，林平是用红外摄影机拍摄。红外摄影机是根据红外线强弱曝光的。红外线是一种看不见的光线，温度越高的物体，射出的红外线越强，在红外线的照片上就出现一团白色的影子。林平用红外摄影机对着山区拍照，由于熊猫的体温比周围环境的温度高，于是，在红外线照片上便形成了一团团白点。林平用这个办法，调查在熊猫的故乡究竟还有多少熊猫。调查的结果使人十分吃惊：全国只有两千多只熊猫！当林平关于熊猫的调查的报告在报上发表之后，引起全国人民的关注。很多报纸都发表文章，要求采取有力措施，保护熊猫，保护国宝！还有一件事使林平的感触很深：中国送给日本的一只雌熊猫“兰兰”，因尿中毒在日本病死了。

据日本报道，大约三千万日本人为“兰兰”的死去表示了哀悼！后来，中国又送了一只雌熊猫“欢欢”给日本，日本举国欢庆。当时中日友协副会长赵朴初为日本首相大平正芳题赠了一首词《相见欢》——

深情曾注兰兰，
掌珠般。
永结良缘更为遣欢欢。
人地好，
蓬壶岛。
祝平安，
遥指青云修竹万千竿。

听林平讲到这里，赵淑芳站起身来把那只挂林平“遗照”的镜框拆开，取下林平的那张放大照片，金明一眼看见底下有一张发黄的照片：拍摄着熊猫“兰兰”死去时候，日本许多少年儿童臂戴黑纱，抬着花圈，到东京上野动物园吊唁“兰兰”的情景。

原来，林平家的墙壁上，一直挂着这张好多年前日本朋友送给他的照片。赵淑芳总是不喜欢这张照片，说家里挂着一张戴黑纱、送花圈的照片，多晦气！林平却很喜欢这张照片，坚持要挂，说：“我是研究熊猫的，这张照片使我懂得了熊猫的价值！”那天，赵淑芳听说林平不幸遇难，便用这只镜框装“遗照”。刚才在金明和戈亮进来之前，赵淑芳还在埋怨丈夫，说家里不该挂这张照片，你那一场虚惊，全是这张晦气的照片招来的！

林平却很不以为然，等客人们看完照片，竟然照旧把它挂在墙壁上。

这时，墙上的电子钟出现这样的数字：“03：00：00”。

金明一看，说道：“已经三点了。不多打扰了，你们先休息吧。”

林平拉着金明说道：“没关系，没关系，我这个人一向是‘夜游神’，喜欢在深夜工作。关于熊猫，我还只讲了一点点，还没讲完呢！”

金明拍了拍小宝的脑袋说：“老林，你是‘夜游神’，你儿子是‘夜游神’哪，他的两只眼睛快眯成一条线啦。这样吧，你把你的研究论文和著作，先借我看一下，我明天就还给你。”林平一边找书，一边笑道：“这么说，你也是个‘夜游神’——回去还要看我的论文？”“不错，在这一点上，我们有共同的语言。”金明笑着向林平一家告别。

临走，金明叮嘱林平道：“从明天起，你不要坐你自己的轿车，请你改坐陈丽的轿车。我们另外调车给陈丽。”

“为什么？”林平一听，又有点紧张起来，脸上的笑容顿时消失了。

“你时刻不要忘记，现在你是敌人注意的目标！”金明用缓慢的声调，严肃地讲了这句话。

陈丽的轿车司机接到金明的无线电话之后，准时来到了林平家门口。这辆轿车连灯都不开，迅速消失在茫茫的夜色之中。

两个“夜游神”

金明的确是个“夜游神”。由于工作的关系，他经常夜以继日，通宵达旦。他觉得作为一个侦查处处长，一定要善于思索。案情常常是错综复杂的，只有善于思索，才能从乱麻之中找出头绪。夜间万籁俱寂，金明认为那是思考问题最好的时刻。

从林平那里回来，金明一看手腕上的电子表，见已经是“03：30：00”了。

在那只小台灯的照耀下，金明开始仔细翻阅着林平的论文。

林平的这些论文，都是在学术杂志上公开发表的，有的论文除用中文发表外，还全文译成英文发表。

林平可算得上是一个多产的科学家，发表了许许多多关于熊猫的论文：《论中国熊猫的分布》《论熊猫的生活特性》《人工饲养熊猫之研究》《熊猫解剖生理学》《熊猫的视觉》《熊猫的食物》《熊猫化石之研究》《熊猫的分类》《论熊猫的主要食物——箭竹》……

金明一篇接一篇地细细研读。金明的英文很好，有的论文虽用英文发表的，他也能看懂。金明看着看着，眉宇间的“川”字纹越皱越紧，因为从这些论文中很难看出有什么使敌间谍机关感“兴趣”的地方。

金明苦苦地思索着刚才问过林平的问题：一个研究熊猫的专家，为什么会引起敌人的注意。

如果说，敌间谍机关想从林平这里偷盗熊猫的话，可能性不大。因为熊猫只有中国才有，外国动物园中的那几只熊猫，都是中国把它们作为“友谊使者”赠送的，每次赠送熊猫都成为当时的新闻焦点，各国的报纸、电台、电视台纷纷报道。谁如果从中国偷去一只熊猫，这样“来历不明”的东西在国外是无法高价出售的，因为卖者无法答复这只熊猫是从哪里来的，弄得不好还会受到法律的制裁。

如果说，敌间谍机关想从林平这里盗取人工饲养熊猫的资料，可能性也不大。因为这是一项公开技术。中国凡是要向某一个国家赠送熊猫，总是事先培训这个国家的饲养人员，在技术上毫无保留，用不着派间谍来偷窃情报。

黎明时分，金明在灯下读了林平的一篇论文《对天然熊猫的监视技术》。

这是一篇饶有趣味的论文。它的大意是这样的：大自然中的熊猫越来越少，我们应当对熊猫采取有效的保护措施。现在，我们在每一只熊猫身上都安装了无线电波发射器和电视摄像机。这样，我们坐在熊猫研究所里，可以知道现在熊猫正在什么地方活动，情况怎样。一旦从荧光屏上看到熊猫发生意外，可以立即起飞直升机，赶往现场抢救。我们已在每一个有熊猫的自然保护区，都设立了熊猫监视站和直升机机场，可以在三分钟之内抵达现场，并把所有生活在大自然中的熊猫编号，很容易就找到发生意外的熊猫。自从采取这一保护措施之后，熊猫的死亡率大大降低。例如，有一次一只公羚羊袭击89号熊猫，监视站立即派出直升机，在不到两分钟的时间内抵达现场。公羚羊一听见飞机轰鸣声便立即逃跑了，我们下了飞机，见89号熊猫安然无恙，才放心归去……

读了这篇论文，金明心里想：这些监视技术，敌间谍机关早在使用了。对他们来说，已没有多大参考价值。

金明是按照论文的发表时间顺序逐篇阅读的，直到他读到林平最近——上个月发表的一篇短文，才略有所悟。

认真地讲，这篇还不能算是论文，只能算是研究动态的简要报道，总共才60多个字。这篇短文全文如下：

为了使珍贵动物——大熊猫家族兴旺，中国熊猫研究所已初步试验成功用单性繁殖方法繁殖熊猫。这将是现代生物学上的重大突破。（林平）

金明把这60多个字反复读了好几遍，眉头舒展了，脸上浮现了笑意。他伸了个懒腰。

这时，金色的朝阳已经透过窗户，射到金明的办公桌上。金明熄灭了台灯。尽管他通宵未合眼，此时心情却很舒畅。他胸有成竹，仿佛从那60多个字中找到了破案的钥匙。

金明立即给林平打电话。金明刚拨好号码，耳机里便响起了林平的声音。很显然，林平正坐在电话机旁。

“你大概通宵没睡吧？”金明问道。

“你大概也通宵没睡吧？”林平反问道。

“夜游神！”

“夜游神！”

林平真的也未曾合过一眼。从金明走后，他让妻子和儿子去睡，自己却到书房里用英文打字机打印他的一篇论文，沉醉在科学王国的迷梦之中。直到电话铃声响了，他才意识到清晨已经来临。

金明约林平在上午八点到熊猫研究所见面，打算请他详细谈谈熊猫的单性繁殖问题。林平刚要放下耳机，金明提醒了他一句：“别坐你自己的轿车！等一会儿，陈丽的轿车会来接你。”幸亏金明提醒了他一句。不然的话，林平早把这件事忘了。林平确实是一个十分有趣的人，既富有记性又十分健忘：对科学上的数据、资料，他记得清清楚楚；但是，对于科学之外的事情常常丢三忘四。他可以一口气背出化学元素周期表，一百多个元素背得一字不差，可是他有一次在一个旅馆里住了半个月，竟没有记住自己住在几号房间！

“无心插柳柳成荫”

上午七点五十五分，当金明的轿车刚驶进熊猫研究所的大门，后面便响起喇叭声。金明从汽车的反光镜里一看，见后面轿车的车号是“61-

8646798”，便知道是陈丽的汽车。金明由于职业的关系，像这样复杂的数字，他过目不忘。正因为这样，他在林平家只朝电话上看了一眼，便记住了林平的电话号码。早上，他顺手一拨，便打通了林平的电话。

林平把金明请进熊猫研究所的会客室，金明却摇摇头，请林平带他到实验室里去。

金明的问话既明白又简短：“请你谈一下熊猫的单性繁殖问题。”

虽然金明的问话单刀直入，而林平的答复却“城头上跑马——远兜”。

林平从一句与熊猫简直风马牛不相及的谚语说起——“无心插柳柳成荫”。

为什么会“无心插柳柳成荫”呢？这就叫“单性繁殖”。一根柳枝插下去，不要经过授精，就可以长成一棵新的柳树。

许多植物都具有“单性繁殖”的本领：甘蔗是这样，马铃薯是这样，山芋是这样，苹果树也是这样……

原则上讲，植物体中的每一个体细胞，都可以发育成为一棵完整的原来的植物体。

“无心插柳柳成荫”这件事，给了林平很大的启发：熊猫能不能像插杨柳一样，从熊猫身上取下一个体细胞，繁殖成为一个熊猫呢？

在《西游记》里，有过这样的故事：孙悟空从身上拔下一撮毛，吹口气，变成了千千万万个孙悟空。如今，却要变神话为现实！

通常，动物都是依靠卵子和精子的结合进行繁殖的，这叫“两性繁殖”。林平反其道而行之，进行动物的“单性繁殖”试验：他从一只老鼠的卵巢里，取出一个没有受精的卵细胞，再往卵细胞里加入一种“细胞松弛素B”。这种物质的特点，是能够加速细胞的分裂。那个没有受精的卵细胞经过用“细胞松弛素B”处理之后，移到另一只老鼠的子宫里，“借腹怀胎”，结果竟然生下了一只老鼠。这是一只“没有父亲”的老鼠！

这个实验说明，动物也能进行单性繁殖。

于是，林平整天钻在实验室里，像着了迷似的进行熊猫的单性繁殖试验：

最初，他从因病死去的熊猫身上，取出卵细胞，用类似的白老鼠的“借腹怀胎”法，生下了一只活泼可爱的小熊猫——没有父亲的熊猫！

后来，他不用“借腹怀胎”的方法，设计了一种奇特的“人工胎盘”，把从病死的雌熊猫身体里得到了十几个卵细胞，都放进去培养，结果得到了十几只活泼可爱的小熊猫。有趣的是，这十几只没有父亲的熊猫全是雌的，而且长得与病死的雌熊猫一模一样！

最后，林平又进了一步：不用卵细胞，用熊猫身上普通的体细胞来繁殖。经过一系列复杂的处理之后，竟然也在“人工胎盘”中诞生了小熊猫！

林平发现，从雄熊猫身上取下的体细胞，经过繁殖以后，得到的全是雄熊猫；从雌熊猫身上取下的体细胞，经过繁殖以后，得到的全是雌熊猫。另外，这样得到的小熊猫，几乎跟它的“父亲”或者“母亲”极为酷似。

自从试验得到成功之后，林平回到家里，看到那张日本儿童悼念熊猫“兰兰”的照片，就笑了：从今以后，熊猫可以用它身体中的细胞大量繁殖，熊猫的家族将空前兴旺，再也用不着担心熊猫会从地球上灭绝了。

林平带领着金明和戈亮参观了实验室。金明看到了那些用玻璃做成的“人工胎盘”里，还孕育着小熊猫；看到了一大群用“单性繁殖”方法培养出来的小熊猫。在那里津津有味地用前脚捧着奶瓶喝牛奶……

林平哈哈笑着告诉金明：将来，熊猫越来越多，熊猫像牛、羊、猪一样普遍，成为普通的家畜……

正当林平沉醉在他的科学畅想曲之中的时候，金明给他敲响了警钟：“老林，据我估计，你之所以引起了敌间谍机关的注意，就是因为你发表了那60多个字的简短报道，就是因为你进行了熊猫的单性繁殖。”

“唔？”林平早已把敌间谍机关的事儿忘在九霄云外去了，这时经金明的提醒，又记起来了。他有点不相信：“熊猫又不是导弹、原子弹、氢弹，敌间谍机关注意我干什么？我的研究工作不属于国家机密。”

“不，上级党委决定，从现在起，这项重要的研究工作，应当列为绝密级！”金明用严肃而冷静的语气说道。

林平一下子呆住了。

金明接着说道：“林平先生，希望你不要忘记，你现在是敌人注意的目标，你应当注意自己的安全。另外，我也将采取措施，保护你的安全。”

当林平送别金明和戈亮时，金明再次提醒林平：“请你切记，上下班坐陈丽的车，车号是61-8646798”。

直到这时，林平才注意到金明和戈亮坐的车很眼熟。仔细一看，呵，那不是自己的车吗？真有趣，他们公安局有那么多车不坐，偏偏要坐林平的轿车！

在厕所里作案

金明刚回到公安局，便看到一个人穿着公安民警制服，坐在办公室门口的长椅上等他。

这个人个子高大，方脸，行动举止有点迟缓。他一见金明走来，立即站了起来，自我介绍道："我是永东县公安局的刘耀。"

原来，刘耀专程赶到新阳市，有三个原因：一是向金明表示歉意，因为刘耀工作不细致，这一次如果没有金明的帮助，险些出了大差错；二是把照相机送交金明。这是刘耀在接到金明的电话之后，重赴现场细细检查，在离那具无名尸一千多米的铁道旁的草丛里，找到了一只打火机。有经验的公安人员一看便明白，这是一只伪装成打火机的微型照相机；三是把那具无名尸运来了。不过，不是把无名尸放在棺材里运来，而是把尸体放在一辆新的轿车里，作为"货物"托运到新阳市。尸体放在轿车后面的载物箱内。轿车里开放冷气，防止尸体腐烂。这样，看上去仿佛是从永东县调运一辆新轿车到新阳市，不会招惹麻烦。

金明本来对刘耀的粗心大意很不满，因为他认为一个公安人员最不能饶恕的过错就是粗心大意，这样会把敌人从鼻子尖底下轻轻放过的。听了刘耀关于找到照相机和运来无名尸的汇报，金明板滞的脸上浮现了淡淡的笑意。

金明把那只打火机式的微型照相机交给戈亮，叫他马上冲洗里面的胶卷，并印出放大照片。

刘耀对金明能够未卜先知、料事如神非常佩服，金明虽然没有到过现场，却能在千里之外预料到可能会有照相机之类的遗物。

金明笑着说，他不是小说中的诸葛亮，谈不上是“未卜先知”“料事如神”。他是根据案情深入进行分析，然后进行合理的推理：

那个自称是“零一工程的机要员”的“小张”，既然事先就在那间软度卧铺里等待林平，出事后又不见踪影，因此跳车者很可能就是那位“小张”。根据林平对“小张”形象的描写，并与无名尸的尸检报告相对照，也可以断定死者即“小张”。

林平在下车的时候，提着一个印着熊猫的旅行袋走了。一直到在招待所打开这只旅行袋，才发觉不是自己那只旅行袋。可见那位“小张”早就蓄谋要盗窃林平的旅行袋，事先知道林平旅行袋的样子，并准备好一只一模一样的旅行袋，以便“调包”。

案件是在林平到餐车吃饭的时候发生的，而作案的地点是在软卧车厢的厕所里。我想，那位“小张”趁林平暂时离开，赶紧把林平的旅行袋悄悄地拎到厕所里。

正在这时，警察在餐厅里发现有一个小偷作案，追捕小偷，叫喊“抓住他！抓住他！”，“小张”以为是要抓他。于是，他迅速拉开厕所的窗，想跳车逃跑。在跳车时，由于太匆忙了，头伸出车厢时，身体还在车内，所以他用脚使劲一蹬，虽然跳出了火车，但是头先着地，死了。

“你为什么会知道罪犯有照相机呢？”刘耀问道。

金明作了这样的答复：罪犯把旅行袋偷到厕所里，就说明他准备用照相机把袋里的资料拍下来。不然的话，他早可以把旅行袋藏到什么地方或者扔到窗外一个预定的地点，派帮手去取或自己下车后去取。这个罪犯之所以想用照相机拍照，为的是在拍好之后，仍可把原物还给林平，这样神不知、鬼不晓，比别的任何方法都好。这个罪犯显然有万能钥匙，他打开了旅行袋，拍了一部分资料。正在这时，传来了“抓住他”的叫喊声。罪犯迅速地锁好旅行袋，把照相机丢出窗外，便准备跳车。

“罪犯为什么先把照相机扔掉，不把它放入衣袋呢？”刘耀又问道。

金明又进行了分析：这是因为罪犯一听“抓住他”的喊声，就知道自己已经暴露。但是，他以为，他身边只有这架微型照相机是间谍的罪证。如果没有照相机，即使他被捕，他顶多只承认自己是小偷，偷林平的旅行袋——袋里鼓鼓囊囊的，作为一个小偷并不知道里头是资料，而以为是钱财，正因为这样，他在跳车之前，先把照相机扔在铁道旁的草丛里。如果他跳车成功，而又没有被逮捕，他只消沿着铁路寻找，是不难找回他的微型照相机。

刘耀听了，兴奋地站了起来，说道：“金明先生，对你那精辟的分析、推理，我深表感佩！人们称你为‘智多星’，真是名不虚传。”

“不，不。”金明连连摇头，请刘耀坐下，说道，“现在我需要的不是恭维，而是共同协力破疑案。因为那位‘小张’既然那么准确地知道林平何时出差，坐哪一次车，卧铺的铺号，以至连林平携带研究资料都知道。他们早就注意到林平，事先做了周密的部署。‘小张’跳车，只是敌间谍阴谋的一次小小的暴露。目前，我们还只侦破了敌间谍计划的一小部分。我已派人专门负责熊猫研究所的保卫工作，并确保林平的人身安全”。

正说着，戈亮进来了，送给金明一大沓放大的照片和一卷微型底片。这微型底片的每个画面比半粒芝麻还小，用放大镜观察也很难看清画面的内容。那一大沓放大照片是用特种放大机放大微型底片，才印出来的。

看了那些放大照片，真使人震惊：有熊猫研究所大门口的照片，有林平家门口的照片，有林平的轿车照片、车牌的照片——“61-8646795”……还有一张是林平手拎着一只印着熊猫的旅行袋，正在火车站月台上走着的照片，一张印着熊猫的旅行袋的特写照片。

金明指着那车牌号码“61-8646795”说，这是林平轿车的牌号，与陈丽的车号“61-8646798”只相差“3”，因为他们在一个单位工作，车号紧挨着。可见敌人已经注意到林平的轿车。

接着，金明指着那张林平拎着旅行袋在火车站月台上走着的照片说，林平旁边还站着赵淑芳和小宝。赵淑芳和小宝的脸上满是笑容，可见是来车站迎接林平出差归来，而不是送别林平。另外，小宝身上穿着这件崭新的大衣，而这件大衣是赵淑芳在两个星期前刚买的。可见这张照片是在林平两个星期前出差归来时拍摄的。林平的那篇60多个字的短文，是在上个月发表的，而敌间谍机关在两个星期前便开始行动，足见他们对林平的研究工作是何等关注。

这时，戈亮说道，刚才这些照片，是从微型照相机内一个绿色小片盒内取出的。它已经经过冲洗。在微型照相机内还有一个红色的小片盒，盒内装着的未冲洗过的胶片。另一大沓照片，是用这红色小片盒内的底片印的。

这一大沓的照片很单调，全是林平的手稿——关于熊猫单性繁殖的工作记录和论文草稿。

金明指着一张照片说，你瞧，这个白色的水槽，不正是火车厕所里的水槽吗？可见那位“小张”是把旅行袋放在水槽中，翻开袋里一页页资料，进行偷拍，罪犯用的是感光度很高的胶卷，能在光线不强的地方拍出非常清晰的照片。

在金明分析了这些照片之后，对刘耀说道：“我们一起去看看那具无名尸。”

手掌上的透明薄膜

一辆崭新的黑色轿车，停在新阳市公安局的院子里。

金明悄声地对刘耀说道：“我刚才一回来，就知道你来了。因为这辆新轿车的车号是‘84-9766537’，一看便知道是永东县的车号，这样容易暴露目标。我在下车的时候，已经嘱咐助手把车牌换成新阳市的号码了。做刑侦工作的人，一定要记住这句格言——‘谨慎不是多余的’。我们是根据蛛丝马迹侦破疑案，敌人也是根据我们的种种细微的变化来判断我们的行动。”

刘耀没想到在跟金明谈话的时候，车牌已被换过了，心里非常佩服金明的细心、利索。这辆新轿车被悄悄开到后院，从车后载物箱内抬出了那具无名尸。由于使用的是超低温冷冻技术，那具尸体保存得非常好。

无名尸被放在验尸室的白瓷砖砌成的工作台上，金明的助手戈亮开始进行常规验尸，不断报告结果：

“身高，179厘米。体重，55公斤。性别，男。年龄，约24岁。血型，A型……”对戈亮报告的这一大串验尸结果，金明一一细心听着。他的眉头，在听到“身高，179厘米”时，深深地皱了一下。

接着，戈亮动手搜查死者的衣裤，在裤袋里找到一串万能钥匙。死者的外衣，是中国常见的灰色的卡中山装，可是内衣却是一件花衬衫，衬衫领子上有一块长方形的外国商标。死者穿的毛线衣的羊毛，经鉴定是一种外国羊毛，而中国几乎没有进口过这种外国羊毛。

金明亲自动手查看无名尸，看到死者右手食指和中指蜡黄蜡黄的，断定死者是一个烟瘾很重的人。

金明突然弯下腰来，用力把死者的手掌扭平，对着亮光观察。他掏了一下衣袋，摸出了那个只有橄榄那么小的微型手电筒，揿了一下，手电筒立即射出白炽的光芒。

金明说了声“给我镊子”，戈亮马上递给他一把尖嘴镊子。金明用镊子夹着死者手掌上的皮，用力一拉，出现了奇迹：竟然从死者的手上，揭下一层透明的薄膜！

更为奇特的是，这薄膜上也印有指纹！

金明告诉大家，这是外国间谍机关玩弄的新花样：由于每一个人的指纹都是不同的，在破案时，常用指纹作为判断的依据之一。如今，外国间谍机关制造了这种薄膜，紧贴在手上，作案时可制造假指纹。作案后，撕下这层薄膜。即使间谍被抓住，由于他真正的指纹与作案时留下的指纹不同，制造混乱，混淆真假，使人很难定罪，这个间谍正在作案时，突然发生意外，来不及撕下手上的薄膜，便摔死了。

金明还取下一小块薄膜，放在水中。没一会儿，薄膜便不见了——溶解了。原来，这是一种能够溶解于水的薄膜。间谍即使在作案时被捕，他可以悄悄地往手掌上吐口水，甚至在小便时故意往手上撒点小便，很快就可以销毁薄膜。

金明笑着说，如今是现代化的世界，间谍是现代化的间谍，采用各种现代化的技术进行间谍活动，所以我们必须用现代化的科学为依据，才能辨迷雾、破悬案。

经过金明的检验和分析，大家都一致认为，这具无名尸确实无疑是一个间谍的尸体。然而，大家也都感到惋惜，间谍已经死去，破案的线索断了。

如果说，敌人只派一个间谍来，那么，如今这个间谍已经死去，案情似乎只好到此为止。下一步的工作是提高警惕，严阵以待，消灭敌人再次派遣的间谍。

另外，也可能是这样：敌人不只派一个间谍来。如今，这个间谍虽已死去，但是其他的间谍正在加紧行动之中。

戈亮和刘耀认为，从目前的种种迹象看来，这个死去的间谍是一个独来独往的人物，没有与别的间谍发生联系。特别是目前国外间谍机关都极力主张派遣间谍要“少而精”，最好是单枪匹马，因为人多手杂，容易走漏风声。

然而，金明却在一旁一声不响，眉间又出现深深的皱纹。过了半晌，金明出乎意料地说出了与戈亮、刘耀完全相反的看法：这次进行间谍活动，最起码是两个间谍！另一个间谍，身高156厘米左右，可能是女性。目前，这个女间谍很可能正在新阳市，正在进行着阴谋活动。从种种迹象看来，这个女间谍老奸巨猾，是一个有多年间谍工作经验的家伙，务必提高警惕。

金明的看法，使戈亮和刘耀感到震惊。但是，他们知道金明总是在深思熟虑之后才发表意见的。这位“智多星”是名不虚传的。正因为这样，刘耀也决定留了下来，协助金明共同捉拿那个狡诈的女间谍。

不见动静

金明是一个精明的人，他屡破疑案，屡建奇勋。他综合种种迹象进行推理，所作出的预言相当准确，真有点“未卜先知”的味道。

然而，俗话说：“智者千虑，必有一失。”这一次，似乎没有被金明所料中。

一个星期过去了，不见动静。

半个月过去了，没有发现新的敌情。

一个月过去了，平安无事。

两个月过去了，安然无恙。

半年过去了，一切如旧。

刘耀等不住了，在一个多月之后，便辞别了金明，回永东县去了。他带来的那辆新轿车，也运回去了。

半年之后，连戈亮也发生怀疑了。他一再向金明说：看来，这次确实只来了一个间谍，他死了，事情也就结束了。

可是，金明毫不动摇，每天枕戈待旦，时刻注视着敌情。

金明平素一点也不固执，而且为人谦逊。在办案时，一旦发现自己的估计错了，总是马上纠正，很善于听取别人的意见。比如说，有一次金明用指南针判断敌特的方向是在西面，后来戈亮听别人说，那里附近有磁铁矿，会使指南针指示的方向发生偏差。金明听了，马上就加以改正。

这一次，金明却毫不怀疑自己的判断，认为那个身高156厘米左右的女间谍，正在等待时机，伺机而动。

金明是从戈亮放大了的那些照片作出判断的：

那几张拍摄林平的照片，上方与下方都有一根根黑色的虚影。金明经过精细观察，断定那是眼睫毛。可见间谍所用的微型摄影机，是安装在眼睛里。金明知道林平的身高是181厘米，从几张照片的拍摄角度、距离，金明用电子计算机推算出这个间谍的身高是156厘米左右。

另外，在照片中常有垂直方向的很长的黑色虚影，金明估计这是女人额前垂下的头发。那眼睫毛很长，像女人的眼睫毛。再说那照片右侧总有一个黑色三角形虚影，估计那是鼻子，形状像女人的鼻子。由此推定间谍是女性，而且微型照相机是装在左眼。那个男间谍身高179厘米，不可能是装在他的眼睛里拍的。

装在眼睛里的微型照相机，比装在打火机里的微型照相机更小。正因为这样，那绿色微型片盒中的底片比红色微型片盒中的底片小巧。另外，那些用打火机中微型照相机拍摄的熊猫论文资料照片，全都没有黑色的条状虚影，右侧也没有三角形黑色虚影，这也从另一方面说明是用两台不同的微型照相机拍摄的。

那个跳车而亡的间谍，看来是没有多少间谍工作经验的——他一听“抓住他”就惊慌失措。

金明判定这个死去的间谍，只不过是一个副手。那个真正的主角，是女间谍——她暗地察看了熊猫研究所的地形，察看了林平的住所、家庭、轿车以至轿车的号码。根据鉴定科对那只用来“调包”的印着熊猫的旅行袋上指纹进行鉴定，查出有女人的指纹！这指纹即便可能是伪造的，但它是女人的指纹这一点却是肯定的。

金明估计，那个狡诈的女间谍就潜伏在新阳市。当她知道那个男间谍死去了，加上看到林平家人出人进，看到那辆挂着永东县汽车号码的轿车从街上驶过……她知道这件事已经引起了公安局的注意，赶紧决定停止活动，放长线，钓大鱼。

就在这半年之中，金明和林平成了老朋友。金明似乎成了半个“熊猫专家”了。他常在林平的实验室里，甚至还帮林平出主意。金明受林平“传染”，也爱起熊猫来，成了熊猫迷——玻璃板下压着熊猫照片，办公桌上放了一只无锡“泥人张”的泥塑熊猫，给女儿买了件印着熊猫的花裙子，给爱人买了一只印着熊猫的人造革手提包……

林平呢，他也非常喜欢金明。林平常常忘了金明那侦查处处长的身份，而是把他也当成科学家，跟他探讨熊猫研究工作。林平名副其实是个专家，有点太“专”了点，除了熊猫还是熊猫，而金明却是一个“杂家”，一个“博家”。金明的兴趣非常广泛，知识非常渊博。林平觉得跟金明讨论学术问题时，金明常可以给他出了许多好主意。

就这样，在半年多的时间里，林平在金明的帮助下，研究了许多新的项目，取得了重大进展。要不是金明把林平的研究列为绝密项目的话，林平肯定又要发表“研究动态”，甚至接二连三发表论文了。林平不止一次地对金明说：“如果要把这些新成果写成论文的话，作者应当是两个——林平、金明”。

时光飞快地流逝，冬去春来，春往夏至。正当戈亮对那个假设中的“女间谍”越来越失去信心的时候，金明却越来越注意那个女间谍的一切动向。他认为，在大战之前必有一段时间的沉默，这是打仗的规律，也是间谍活动的规律。

在刘耀向金明告别时，金明托他回去办一件事：到火车终点站平武县去一次，设法找到那位“小张”的卧铺票。

火车上都有这样的规定，凡是卧铺车厢的旅客，上车后必须把卧铺票交给列车员，而列车员交给旅客一个塑料牌子。直到快下车时，列车员才把塑料牌子取回，而把卧铺车票还给旅客。进行这样的“换票”，主要是为了使列车员可以了解哪些铺位已有客人，哪些铺位还空着，可以安排别的旅客乘坐。

在验尸的时候，金明从那具男尸的口袋里找到一块塑料牌子，上写“软席卧铺，2号车厢，6号下铺”。很显然，这个男间谍的车票，还在列车员手中。

金明告诉刘耀，当时男间谍坐的是12月8日179次车，当时2号车厢的列车员叫卢静，家住平武县中心街1867号二楼203室。

刘耀对金明如此精细，佩服之极。回去后不久，刘耀找到了卢静，卢静又陪他到车站办公室，那张票子至今还存放在办公室里。刘耀遵照金明的嘱咐，立即用牛皮信封套好，派专人送到新阳。

那张车票经过检验，查出了女人的指纹。这指纹经查核，竟与那只“调包”用的旅行袋的指纹一样！虽然这指纹比较粗，比较模糊，可看出可能是手上那薄膜留下的指纹，但这两件物证上留下同样的指纹，说明车票是女间谍给男间谍的，旅行袋也是她事先准备好交给男间谍的。这样一来，那个女间谍的幕后指挥者的面目更加清楚了，而男间谍只不过给人当枪使罢了。

毒蛇终于出洞

半年后的一天深夜，下过一阵雷阵雨，新阳市显得十分凉爽。

这时，林平家响起了门铃声。林平亲自去开门，因为妻子和孩子早就睡着了，只有他这个“夜游神”还没睡觉。

门开了，门外站着一个妖艳的女人，两道柳眉，白净的脸，两颊上两个笑窝。顿时一股香味冲进林平的鼻子。这女人穿着紧身的短袖衬衫。胸前绣着花，脚穿高跟鞋，包腿裤。

“林平家在这儿住吗？你就是林平？太好了，我该叫你什么？叫表哥吧！”这位女人十分亲热、健谈，她随手把门“吧嗒”一关，一边随林平走进会客室，一边自我介绍：“你大概不认识我吧？我是你舅妈的女儿的同学。你舅妈在国外，一直很惦记你。这次，我回国探亲，她和她女儿就托我带东西给你。火车刚到，对不起，深夜里打搅你……”

林平做了一个手势，请客人在一张沙发上坐下。虽然会客室里有四张单人沙发，林平却拿走一件放在沙发上的大衣，在那张单人沙发上坐了下来。

女人一边滔滔不绝地说着，一边掏出一个精致的金属烟盒，只见烟盒上有一只闪射着荧光的熊猫，非常逗人喜爱。那女人说：“听说你是研究熊猫的专家，你瞧，我也喜欢熊猫，我们有共同的语言。来，敬你一支烟。”

林平摇了摇手，表示不会抽烟。

那女人笑着说：“唔，我听说你不抽烟，怕烟味儿会吓跑熊猫，是不是？”

那女人竟只管自己抽起烟来。这时，她的话却少了，一边抽烟，一边老是打量着林平。没一会儿，林平竟朝后一仰，倒在沙发上了。这时，女人狠狠地抽了一口烟，站了起来，把烟朝着林平的鼻孔吹去。林平吸进这口烟之后，头就低垂下去了。

那女人侧耳听了一下，除了偶然传来几声电气列车的鸣叫声之外，万籁俱寂。女人随手拉上会客室的窗帘，把门锁好，手脚利索地打开手提包，从中迅速地取出一把很尖很薄的银闪闪的刀。只见她用刀熟练地割下林平的脑袋，只花了一两分钟，便把取下的脑袋，装进一个做成脑袋形状的塑料盒，迅速地放进手提包。

奇怪的是，虽然这女人取下了林平的脑袋，但她那把锋利的小刀所到之处，没有流半滴血！

这个女人拿起手提包，并不开门，却从窗口跳出去。没想到刚一落地，一道刺目的白光照在她的脸上——金明站在她面前！

尼娜的来历

在审讯室里，金明对那女间谍讲的第一句话，便是："足足恭候了半年啦！"

谁知，那女间谍反唇相讥道："尽管今天我成了阶下囚，可是，你那位熊猫专家的脑袋也掉了！"

"不，我劝你话别说得那么早，说得那么绝。"金明笑着说，"你瞧瞧，这是谁来了？"这时，门开了，一个瘦长个子的人走了进来。女间谍定睛一看，惊叫了起来："林平？"

她简直有点怀疑自己的眼睛，她用手揉了揉右眼（金明敏锐地注意到她没有揉左眼），细细端详面前的这个人，果真是林平！

金明预料到她是会不大相信的，特地打开了她的手提包，取出塑料盒，掀起盒子，见里面的脑袋原封不动。

"这是怎么回事？"女间谍如坠雾里云里，弄不明白。

金明用简短的几个字，答复了她："你弄错了人，取错了脑袋！"

这时，金明叫戈亮抬出一具尸体，掀开上面的白布，见那人与林平一模一样。

女间谍这才发觉是个高级机器人，方知自己行动匆忙未辨真假，上了圈套。

金明知道女间谍已经黔驴技穷，此时用不着多加开导，她就会愿意自白的——因为她已经知道自己确实陷入了绝境，再挣扎、狡辩，也只是"瞎子点灯——白费蜡"而已了。

女间谍在金明、林平面前，诉说了自己的往事：

她叫尼娜，一个被黑鹰财团的间谍机关雇用的中国人，今年二十九岁，有十年的间谍工作经验。

那个死去的男间谍也是中国人，名叫钱广达，二十四岁。尼娜在国外受过长期间谍训练，而钱广达只是她在新阳市用金钱收买下来的，经她训练过几天而已。钱广达本来就是一个吊儿郎当的青年，爱打赌，常输钱，所以很容易被尼娜用金钱诱入陷阱。

尼娜从小喜欢交际、打扮、跳舞，十九岁时被黑鹰团的间谍机关看中，雇用为间谍。这个间谍机关的头子外号“大胖子”。“大胖子”声称他手下的间谍机关，与军事无关，是一个“促进世界技术交流与发展的协会”——实际上是一个刺探科学情报的间谍机关。

“大胖子”常爱说“‘养兵千日，用在一时’”，他雇用、培训了许多间谍，可是，不到关键时刻，不会轻易派遣这些间谍。

“大胖子”手下的间谍，外文都很好，通常能懂四五国外文，而且大都是大学理科毕业生，懂得数理化。“大胖子”订了大量外国的科技杂志。间谍们的日常工作是阅读这些杂志，把论文加以整理、分类，特别是非常注意各国科学技术的新动态。当他们发现重要的新动向、新技术，只要对垄断集有用（不限于军事技术），便派遣间谍去偷盗情报。正因为这个间谍机关很注意研究现代科学技术，所以它也用现代科学技术来武装自己，采用一系列现代化的间谍技术。“大胖子”常爱说：“不用现代化的间谍技术，是刺探不到现代化的科学技术情报的。”

不久前，当林平那只有60多个字的研究动态简短报道发表之后，被一个间谍看到了，立即用复印机印了好多份，分送各间谍研究，并呈送到“大胖子”那里。

尽管林平谈的是熊猫，“大胖子”想的却是人，却是赚钱：既然熊猫可以用单性繁殖的方法大量繁殖，那么人当然也可以用单性繁殖的方法大量繁殖。“大胖子”想：如果用单性繁殖的方法繁殖大量的人作为工人，用这些“工人”进行生产，那太好了，用不着付工资，只消给他们吃饭就行了。这么一来，可以获得了大批廉价劳动力，可以赚很多很多钱。

“大胖子”用双手托着胖墩墩的下巴，想得更远：用这些人工繁殖的人作为士兵，那也太好了。他可以一下子繁殖出成千上万的士兵，组成一支庞大的军队，用来征服全世界。这些士兵在作战时阵亡，既不用付抚恤费，也不会引起人民的抗议。“大胖子”越想越美，召集了手下的间谍们，立即制订了一个间谍计划，命名为“X-3行动计划”。

根据“X-3行动计划”，要马上组织间谍去选定一个无人的荒岛，并对荒岛实行严格的警戒，不许任何船舶与人在这里登陆。“大胖子”把这个将要选定的荒岛命名为“X-3基地”。在这个基地里，将要建造大批新的实验室和宿舍。实验室用单性繁殖的方法，大量繁殖用来充当“工人”的人。那些宿舍给这些“工人”居住。另外，在荒岛上开办大批工厂，用这些“工人”进行生产。

根据“X-3行动计划”，“大胖子”委派了几名间谍去筹办一支庞大的秘密船队。这支船队负责往“X-3基地”运输原料，并把“X-3基地”生产的产品运回来。

根据“X-3行动计划”，“大胖子”委派几名间谍组成“X-3贸易公司”，负责与各国签订合同，推荐“X-3基地”生产的产品。

然而，“X-3行动计划”中最关键的一步，是派出最得力的间谍前往中国新阳市，获取关于熊猫单性繁殖的资料。

派谁去最好呢？

“大胖子”派出了尼娜。因为尼娜是中国人，而且能力超群，非常忠诚。有一件事，曾给“大胖子”极深的印象：为了间谍工作的需要，间谍机关设计了一种能够放在眼睛里的微型照相机。这种照相机伪装成眼睛的形状。在安装时，外科医生把间谍的眼睛取下来，换上假眼。尽管外科医生们声称在完成间谍任务之后，可以取下假眼，重新换上真眼，视力可以恢复正常，然而间谍们面面相觑，谁都不愿意干。只有尼娜自动报名，给她的左眼换上了假眼。

由于这种微型照相机是装在眼睛之中，不易被人察觉。拍照时，只消把睛眯一下，微型照相机一受力，就拍下一张照片。

间谍机关为尼娜制作了假护照，让她打扮成归国观光的华侨，轻而易举地进入了中国境内。尼娜用金钱收买了钱广达，让他去打头阵。自从钱广达丧命之后，尼娜知道事情败露，不可轻举妄动，便回到了国外。然而，当尼娜见到了“大胖子”，日子很不好过。“大胖子”正在起劲地进行“X–3行动计划”，而作为整个行动计划的“先行官”的尼娜却败北而归，这怎么行呢？“大胖子”用枪威逼尼娜。尼娜没办法，只好硬着头皮，重去新阳市。不过，这一次她采用了新的间谍工具：她携带了“毒气香烟”。尼娜已经事先知道林平是不抽烟的。

于是，她事先服用了解毒药，在抽烟时使毒气扩散，谁吸进去，谁就会中毒。

另外，“大胖子”还指示尼娜，改变了猎取的目标：本来是想偷窃林平的熊猫单性繁殖的研究资料。这次，“大胖子”要求尼娜完整地取下林平的脑袋！因为间谍机关已经发明了一种“记忆再现机”，只要把死人新鲜的、没有腐烂的脑袋放在“记忆再现机”上，它便会把死人脑袋的记忆重现出来，展示在荧光屏上。也就是说，一旦取得了林平的脑袋，便可获取中国研究熊猫单性繁殖的一切秘密！

为了便于完整地取得林平的脑袋，尼娜带了锋利的新式解剖刀。这种刀上涂有快速止血剂。

这样，在用刀割下头颅的时候，不会鲜血四溅，不会弄脏间谍的衣服和手，便于作案后潜逃。尼娜还带了特制的脑袋形状的塑料盒，便于放置脑袋，不致损坏。盒里装有杀菌剂，防止脑袋在半路上腐败。

尼娜知道自己落入法网，无法逃脱。再说，“大胖子”每天逼她，使她十分反感。

于是，尼娜坦白了自己的罪行，并请求人民法庭给予宽恕。

这次“X-3行动计划”的破产，使“大胖子”沮丧万分，他再三关照手下的喽啰们：中国有个“智多星”警察金明，你们在遇见他的时候，可得千万千万小心哪！

（连载于1980年2月19日至3月14日《羊城晚报》）

神秘衣

金卡罗教授被刺

这几天，杨林生教授像断了发条的钟似的，停止了工作。

这几天，杨林生教授的实验室，像断了弦的琴一样，静悄悄的，再也没有发出什么声音。

这几天杨林生教授的心像断了线的风筝一般，东游西荡，飘忽不定。

杨林生此刻正斜躺在皮沙发上，眼睛呆呆地直视着天花板。他中等个子，皮肤黝黑，眉发全白，稍凹的眼窝里嵌着一对精明的眼睛，双颧稍高，上唇微翘，一望而知是广东一带的人。

他虽从小跟随父母背井离乡，来到这热带岛国安家落户，可是他平常仍穿着中山装或者对襟衣服，过着中国式的生活。

“杨夫人，晚安！”这尖声的话语，使杨林生吓了一跳，连忙从沙发上坐了起来。这时，杨林生才明白，原来是他的老伴——郑洁走了进来，挂在门口的鸟笼里的鹦鹉照例说了那么一句话。

“林生，吃点东西吧。”郑洁把一个塑料盘子放在杨林生面前，轻声地劝告说，“你已经两三天没吃东西了，身体要紧。先吃完这盘冰激凌，再吃几块蛋糕。”

“洁，我不想吃东西，我吃不下！”杨林生无力地摇了摇头。

“那就看看电视吧，放松放松，别老想那件事儿！”郑洁一边说着，一边扭动开关，电视荧光屏“唰”地亮了。

平常，杨林生忙于做实验，几乎很少看电视。他对那些无聊的节目毫无兴趣。

此时，荧光屏上出现一个搽着胭脂、涂着口红的女人，尖声尖气地唱着情歌。

郑洁深知杨林生最讨厌这些节目，连忙换了一个频道，荧光屏上出现了播音员的身影：“本市奇闻，本市奇闻，著名华侨动物学家金卡罗教授今天凌晨三点被刺……”

杨林生霍地把身子往前一倾，双眼直盯着荧光屏。

紧接着，荧光屏上出现了金卡罗教授躺在血泊里的照片。播音员的旁白说道：“金卡罗教授是被激光手枪杀死的。金卡罗教授的助手刘敏也被用同样方法杀死……”

“这是刘敏？！”郑洁看到荧光屏上刘敏满脸是血的照片，惊呆了。

这时，播音员旁白说道：“据本台获悉，金教授及其助手被杀，是因为他们在不久前弄到了两件来历不明的……”

正当杨林生和郑洁聚精会神地看着电视时，突然节目中断了——荧光屏上的影像突然消失，代之以乱抖乱跳的波纹；播音员的旁白也突然听不清了，代之以沙沙的响声。

郑洁以为是电视机出了毛病，伸手去扭旋钮，可是无论怎样调节都毫无效果。

约莫过了一分多钟，电视居然自动恢复正常，播送的却是另一个节目：“请用‘夜来香’香水”。

“奇怪！这个电视节目到了节骨眼上，会突然中断？奇怪！金卡罗教授会突然被杀？奇怪！金卡罗的助手刘敏怎么跟徐明长得一模一样？”杨林生面对着荧光屏，百思不解。

杨林生双手托着下巴，陷入了沉思……

热带森林之子

那个自称徐明的年轻人出现在杨林生家里，是三个月以前的事儿了。

那时候，联合国野生动物考察委员会在热带岛国首都蕉市，召开了世界第三十二届野生动物考察报告会。

有趣的是热带岛国竟有三个代表团参加了这个报告会。一是以金卡罗为首的热带岛国动物学家代表团；一是以杨林生为首的华侨动物学家代表团；一是以金卡罗为首的华侨动物学家代表团。

为什么会有两个华侨代表团呢？原来，在热带岛国的华侨甚多，绝大部分华侨是中华人民共和国公民。以杨林生为首的华侨动物学家代表团，这“华”是中华人民共和国的“华”；然而，也有极少数华侨跟着国民党跑。以金卡罗为首的华侨动物学家代表团，这“华”是那所谓的“中华民国”的“华”。

热带岛国的华侨，原籍大都是广东、福建、台湾。杨林生原籍广东汕头。在新中国成立前夕，杨林生的父母在汕头乡下务农，颗粒无收，无法度日，听别人说热带岛国遍地是香蕉，光是吃香蕉就可以活命，于是告别故里，搭上便船，来到这异乡。这里一片热带风光，虽说并非遍地是香蕉，吃香蕉也并非就可活命，但他们在热带森林中狩猎，喝椰汁、吃菠萝，总算活了下来。在那浓密的椰林中，他们生了个儿子，取名“林生”。

杨林生不愧为“热带森林之子”，他在热带森林中生，在热带森林中长大。他酷爱大自然，爱那刚直不阿的橡胶树，爱那亭亭玉立的椰树，爱那随风婆娑起舞的芭蕉，也爱那不择风土、四海为家的野藤；他更酷爱那热带森林中的猴、象、蛇、鼠，酷爱那空中的鹰、燕、雁、莺，酷爱那海中的龟、鱼、鲸、鲨。

杨林生没有念小学，更没念中学、大学，他靠自己的刻苦钻研，终于成为著名的生物学家，成为教授。

杨林生日夜思念着祖国，但又留恋着那热带岛国热带森林中的种种生物。他总是想在研究工作告一段落之后，在有生之年回到祖国，在祖国那富饶的大地上纵横驰骋，进行更广泛的考察。

尽管杨林生在生物学上屡建奇勋，可是，作为热带岛国生物学界权威的金卡罗，却并不把杨林生放在眼里。

金卡罗出身富豪，毕业于热带岛国的最高学府——蕉市大学生物系。他西装革履，头上油光可鉴，没有一根乱丝，白皙的面孔上戴着一副金丝边眼镜，胖乎乎的下巴起码垂着3斤肉，圆圆的鼻尖上总是冒着几颗晶莹的汗珠。他与杨林生是同行，然而却如仇敌，虽然经常相见于各种学术会议上，但从未握过一次手——他生怕与这热带森林里长大的野孩子握手，弄脏了自己白净的皮肤！而杨林生呢？他一见到金卡罗那傲慢的目光，那不可一世的神态，也觉得仿佛是两个窝里的鸟，飞不到一块儿去。

然而，杨林生在世界第三十二届野生动物报告会上宣读的论文，震惊了各国科学家，也迫使趾高气扬的金卡罗对杨林生不得不刮目相看！

笑而不答的秘密

杨林生的科学报告，确实别开生面，充满新意。

就说熊吧，杨林生极为细致地描述了热带森林中棕熊的生活：棕熊怎样用牙齿咬开树皮，怎样用前爪挖树洞。棕熊之间怎样打架，以至把耳朵撕裂，身上的毛都成片抓下来。棕熊饿了的时候，找不到野兽，就吃青草，吃蚂蚁，吃浆果，抓松鼠。

杨林生讲着，讲着，放下了论文稿子，随口讲了起来。他非常生动地描述了两条毒蛇——眼镜蛇遇在一起，如何凶恶地厮杀，其中的一条被打败了，逃到树上，还是被另一条缠住，一口咬死，然后，被整条地吞进肚子。可是，由于被吞掉的那条眼镜蛇比胜利者更大，它的尾巴留在胜利者的嘴巴外面，过了一天才被全部吞进去！杨林生讲述了金钱豹怎样在深夜爬上树去抓猴子，鳄鱼怎样在河边的沙滩上产卵，鱼鹰怎样从半空中猛冲下来一把抓起湖里的鱼，大猩猩怎样用石头与大象搏斗，梅花鹿在老虎到来的时候怎样奔逃，老虎怎样把背一弓猛地向猎物扑过去……

杨林生简直不是在做学术报告，而是在讲述热带森林历险记！讲述热带森林漫游记！更有趣的是，杨林生还放映了他拍摄的彩色影片《热带森林考察记》，精彩地记录了各种动物的神态及其生活。

有些镜头是那么贴近，那么逼真，许多代表还是第一次看到如此丰富多彩、真实动人的影片。

影片还配有虎啸、马嘶、狼嗥、狗吠、牛哞、羊咩、狮吼、豹嗷、猫咪、猿啼等种种野兽的声音，给人以身临其境的感觉。

当银幕上出现各种鸟儿时，顿时响起各种悦耳的鸟鸣声：啯啯，啾啾，嘎嘎，咯咯，啸啸，呜呜，喔喔，阁阁，唧唧，啡啡，咕咕，喳喳，哇哇，啦啦，咿咿，哩哩，嘎嘎，呀呀，啊啊，咕昂，布谷，笃笃……

杨林生的报告结束后，大厅里响起了一片掌声、赞扬声、惊叹声。代表们议论纷纷：这位中国人是用什么办法去接近动物的？用什么办法拍下如此真切的电影和录下如此真实的动物的鸣叫声？

从杨林生的报告以及电影可以看出，杨林生曾经长期生活在野兽当中，经常近在咫尺。然而，猛兽见了人就会扑过来；胆怯的野兽见了人也会立即逃之夭夭。杨林生用什么办法接近它们呢？

许多代表问杨林生，杨林生笑而不答。

散会以后，当代表们步出报告大厅时，一向目中无人的金卡罗却三步并成两步走到杨林生身边，笑容可掬地说道：“密斯脱杨，请稍留片刻，小弟有事请教。”

杨林生回头一看，见金卡罗那双贼眼在滴溜溜地打转转，就知道来者不善。便问道：“有话请说，不必城头上跑马——远兜。”

“对，对，应该言归正传。”金卡罗说着，压低了声音，“密斯脱杨，我想打听一下，您用什么办法观察热带森林中的野兽？”

“无可奉告！”杨林生早就料到金卡罗要说什么，他顿时像闪电般转过身就走。

“等一下，等一下！”金卡罗一把拉住杨林生，低声地说：“我愿出高价！高价！”

“有钱可使鬼推磨，但是，你收买不了我的心！”杨林生的眼睛里闪射出愤怒的火光，把头一扬，飞快地走去。

不速之客

第二天清晨，杨林生正在院子里打太极拳，响起了一阵门铃声。

郑洁打开大门上的小窗，见门口站着一个衣衫整洁、相貌斯文的中国青年。一见小窗开了，他立即鞠了一躬，然后问道：“这儿是杨林生教授府上吗？”

“什么事？”郑洁问道。

“送上我的笔记本，请杨教授指正！”那青年双手毕恭毕敬地捧着一个笔记本，从小窗里递了进来。

“你等一下。”郑洁说着，拿过笔记本，走进院子，交给了杨林生。

杨林生坐在葡萄藤下的尼龙躺椅上，细细翻阅那笔记本，不由得吃了一惊：上面端端正正的汉字，极为详细地记录了他的学术报告，就连他喜欢用的语气词——嘛，也都写上去了。扉页上写着这样两行字：

杨林生教授在世界第三十二届野生动物报告会上的报告记录

学生徐明敬录

“请这位年轻人进来吧！”杨林生一向重“才”，翻阅了笔记本之后便对年轻人产生了好感。

没一会儿，郑洁领着徐明进来了。

“请坐，年轻人。”杨林生指着一张藤椅，对徐明说道。

“谢谢杨教授。”年轻人恭敬地鞠了一个躬，端端正正坐在藤椅上，双手放在膝盖上，两眼注视着杨林生。

杨林生仔细地打量着这位不速之客：一张清秀的脸，头发油光光的，眼里布满血丝（也许是很用功，常开夜车的缘故——杨林生自忖着）。衣着倒很朴素，衣领、袖口都打着补丁，但补得很工整。右手指和中指像涂了黄酒似的发黄（也许是熬夜时常常抽烟的缘故——杨林生这么估计着）。

“你很用功！很用功！”杨林生开口说起来，“这笔记是你当场记的吗？”

“不，不是当场记的。”年轻人用标准的普通话，慢条斯理地说道，“您讲演的时候，我带了录音机去。回家以后，根据录音整理出草稿，再抄在笔记本上。我怕抄错了，所以送来请杨教授在百忙之中，拨冗为学生批改一下。”

“你有录音机？”杨林生问道。

“没有，没有。”年轻人的语调一下子急促起来，连连解释道，“为了听您的报告，我向别人借来了录音机。我家境贫困，父母早亡。靠给别人抄写文件度日，至今未有正式工作。”

“怪不得你的字倒写得很秀丽！”杨林生赞赏道：“你在一夜之间，就整理好了？”

“是的。”徐明说道，语调又慢了起来，“昨夜我通宵未眠。因为杨教授的报告实在太精彩，学生爱不释手，一口气把它抄好了。”

“你喜欢我所研究的这门科学吗？”杨林生试探道。

“喜欢，喜欢，这笔记就是证明。”年轻人眉飞色舞地说道。

“你愿意在我这儿工作吗？”杨林生问道。

“什么？在您的身边工作？那太幸福了，太幸福了。杨教授，请受学生三拜！”年轻人起身就拜。尽管杨林生拉住了他，他还是拜了三下。

“我正缺一个助手。”杨林生说道，“你很用功，我很喜欢。在科学上，只有勤奋才能出成就。”

“杨教授的话，是至理名言！”徐明赶紧说道。他们就这样谈定了。当那位年轻人回去拿行李时，郑洁却觉得杨林生的决定太轻率了，因为对这位突然来临的年轻人毫不了解，马上就收他为助手，并不合适。郑洁深知杨林生的为人：他在科学研究方面造诣很深，但在社会生活方面缺乏经验。

杨林生不以为然，他认为只要热爱科学，一定是好青年。

当天下午，徐明就挟着行李卷，搬进杨林生的公寓中住下了。

杨林生的眼力似乎不错，这位年轻人又勤快又肯干，还擅长写作，很快主成了杨林生的得力助手。这位年轻人的烟瘾很重，但是他一看到杨林生不抽烟，并且知道抽烟对研究野生动物很不利——动物闻见烟味会逃跑，就下了决心戒烟。

这下子，杨林生对徐明更加信任、喜欢了。他悉心地帮助、教育徐明。只是郑洁一再提醒他，不要轻信一个来历不明的人。

一个月后，不顾郑洁的反对，把自己的“绝招”告诉了徐明。

翌日，杨林生带着徐明，到热带森林中考察。他和徐明用这“绝招”，悄悄地逼近各种野生动物，又获得许多新的成果。

他们花了将近两个月的工夫进行考察。回来之后，没几天，徐明突然失踪了。

好一个奇怪的年轻人：贸然而来，不辞而别！

徐明在离开的时候，不仅带走了杨林生的许多论文、记录、资料，更重要的是，把杨林生的“绝招”也带走了！

于是，杨林生像断了发条的钟，停止了工作；他的实验室，像断了弦的琴，静悄悄的，再也没发出什么声音；他的心，像断了线的风筝，东游西晃，飘忽不定……

自投罗网

杨林生从电视节目中得知，那自称徐明的年轻人——原来就是金卡罗的助手刘敏。

杨林生怔住了。他一向以为青年人像结晶体一样纯洁，哪知这个改名换姓的青年人竟是恶棍、流氓！然而，当杨林生听到播音员那句没有说完的话“金教授及其助手被杀，是因为他们在不久前弄来了两件来历不明的……”他决定亲自到金卡罗家里去一下，索回那两件被盗去的“宝贝”。

郑洁伸开双手，拦住了杨林生的去路。她劝告丈夫：既然金卡罗和刘敏都因两件“宝贝”而丧命，你去了，怕也凶多吉少。

“不，我一定要去！”杨林生执拗地说道，“这两件‘宝贝’，决不能落到别人手里。这是我呕心沥血、煞费苦心研究出来的，我要把它献给祖国。”

郑洁深知，杨林生一旦决定了的事，用十条老牛拉他也不会回头。他常常把科学研究上的经验，用到社会生活中去——他一旦决定要做什么试验，总是坚持到底，不达目的誓不罢休。

郑洁只好把手放下来，但劝他明天早上再去。杨林生同意了，第二天清晨，杨林生匆匆吃了早点，郑洁帮助丈夫打开车库的门，看着杨林生驾驶着乌亮的星月牌小轿车离开了家。

小轿车也仿佛跟杨林生一样，憋着一口气，风驰电掣般地在高速公路上飞驶。

杨林生从来没去过金卡罗的家。他只是在临走前查阅了世界第三十二届野生动物考察报告会的代表通信录，才知道金卡罗住在海滨别墅。

海滨别墅的大门紧闭着。杨林生揿了揿喇叭，大门马上自动开了。

杨林生的轿车刚刚进门，大门就自动闭上了。

“啊哈，杨教授驾到，稀客，稀客。

欢迎，欢迎。”顿时，从门后面走出几个穿着警察制服的彪形大汉。其中一个胖警察一眼就认出杨林生。

杨林生正想走下轿车，那胖警察却先用手打开车门，叫杨林生朝旁边坐坐。

胖警察上了车，夺过驾驶盘，把小轿车调了个头。

“你要干什么？”杨林生问道。

“我们正想找你，你却自投罗网，主动送货上门，这太好了。有话等一会儿说。在车上，你得放老实点。”胖警察一边说着，一边用手指了指腰间的激光手枪。

小轿车离开海滨别墅，又在高速公路上飞奔起来。这时，起风了，不断传来海浪拍岸的“哗哗”声。

杨林生身陷囹圄，后悔莫及。然而，世界上什么药都有，唯独没有后悔药！

妻子也被捕了

胖警察驾驶着星月牌轿车，驶入市区。他对道路极为熟悉，七拐八弯，时左时右，最后驶进一座白色的大厦。

“啊，到这里去！”杨林生一看，就知道这是一个大国的大使馆。他有一次参加示威游行，曾到这里递交过对这个大国的抗议书。

轿车刚刚停稳，一个文质彬彬、衣着整洁的白种人上前打开车门，很有礼貌地对杨林生说：“杨教授，久仰，久仰。”

杨林生下车之后，那个人哈哈大笑，拍着胖警察的肩膀说道：“艾斯蒂，你办事真是干脆利落啊，这一次立了一大功！”

“谢谢，吉姆斯武官。”胖警察立正，敬了个礼，说道，“您的预见非常正确——我们真的没有白等，杨林生果然自己送上门来了！”

“哈哈，哈哈，中国人常常说诸葛亮料事如神，现在，我比诸葛亮还要略高一筹了吧！”

那个叫吉姆斯的白人，得意忘形地笑了起来。

这时，杨林生站在一旁，才细细地看清了吉姆斯：高个子，已经50开外，但很会保养，脸色白里透红，两颊带点铁青色——他长着络腮胡子，但刮得干干净净。脸上除眼角、嘴角有点皱纹外，一点也不显得老。他举止温文尔雅，以致使得他身上穿的那套军装显得很刺眼——他是个书生，不是个军人！

吉姆斯与胖警察艾斯蒂说了几句之后，赶紧请杨林生坐电梯，一直到顶层——21层。杨林生一直走进21层的房间，仿佛回到中国：墙上，挂着王羲之、颜真卿的手迹和齐白石、徐悲鸿、八大山人的国画。案头放着盆景，全套红木家具。

“杨教授，这是您的卧室”。吉姆斯说道，“我们想请您在这里长住。”

“住在这里？干什么？”杨林生愤愤地说。

“我们特地请您来研究这个东西。”吉姆斯说着，从口袋里掏出钥匙，打开一间内屋。杨林生一进门，愣住了：

桌子上，放着两套样子有点像宇航服的衣服。这两套衣服的上衣、裤子以至手套、鞋子、头套全部连在一起，当中一条拉链。这套衣服的颜色与桌子的颜色一模一样，也是棕色的。

“你的夫人也在这里呢！”吉姆斯一边说着，一边用钥匙打开另一间内屋，从里面竟然走出郑洁。

“您怎么会在这里？”杨林生一见妻子，又吃了一惊。

“杨教授，请您先休息一下。”吉姆斯一边很有礼貌地退出去，一边说道，“来日方长，愿我们长期合作！”

吉姆斯走后，郑洁告诉杨林生，早上，当杨林生的轿车开出以后十来分钟，就驶来一辆警察局的汽车。一位警察急匆匆地告诉郑洁，杨教授的轿车开得太快，翻到沟里去了，已经送医院急救。

郑洁未来得及细想，就跳上警察局的汽车，谁知竟被送到这儿来。

杨林生和郑洁开始细细打量这房间。他们走近窗口，发现所有的窗都关死的，无法打开。由于室内装着空气调节机，倒并不觉得热。

郑洁对桌子上摆设的一瓶塑料花发生了兴趣。她在想："这里四季都有鲜花，为什么要摆上一束假花呢？"

这束花做得倒很考究，色泽鲜艳，芳香馥郁。郑洁仔细端详着花，忽然发现花的一根根花蕊，银光闪闪，似乎是用金属做的。她再细细一看，发现花蕊插在一个只有纽扣那么大的金属网上。

郑洁把这花拿给杨林生看。杨林生脸色陡变，大吃一惊：杨林生常给动物录音，所以对录音器材颇为熟悉。他一眼就看出来，这花里藏着微型半导体窃听器！

好一束芳香的花，居然干着不可告人的勾当！

杨林生和郑洁不由得更加警惕起来。

奇妙的变色龙

第二天吉姆斯穿着一身浅灰色的西装来了。这样看去，他越发显得文质彬彬了。

吉姆斯很有礼貌地向杨教授夫妇问过早安之后，就在红木椅子上坐了下来。他像闲得没事来聊天似的，跟杨教授谈论起动物学来。

吉姆斯说自己跟杨教授是同行，也是生物学家。那天，他也去听了杨教授的精彩报告，深为敬佩。

吉姆斯抽着烟，海阔天空地谈起热带森林中的种种生物，从燕子、大雁、极乐鸟，谈到樟子、獾、鼬，甚至还谈到太阳鸟、孔雀和犀鸟。他搜索枯肠，尽可能把自己昨天刚从杨林生著的一本《热带动物学》上学到的一点东西，搬出来卖弄。

杨林生在一旁静静地听着。他发觉，这位“生物学家”居然把蜘蛛说成是昆虫，把霉菌说成是细菌。他心中暗暗发笑，知道这位假充斯文的吉姆斯不过是个十足的草包。吉姆斯说着，说着，话题一转，指着桌上那套奇怪的衣服说道：“杨教授，我很想知道您是怎样发明这套奇妙的衣服的，怎样穿着这套衣服去接近野生动物的？”直到这时杨林生才反问道：“你怎么知道这套衣服是我发明的？你怎么知道我是穿了这套衣服去考察野生动物的？”

“哈哈，哈哈。”吉姆斯大笑起来，说道，“这得感谢你的两位同胞——金卡罗教授和他的助手刘敏了……”

吉姆斯得意扬扬地向杨林生讲述起他是怎样发现杨教授的秘密的。

原来，第一个知道这个秘密的，并不是吉姆斯，而是那个化名为徐明的刘敏。刘敏是金卡罗派去的。

原来，金卡罗虽是教授，实际上是教授中的败类。那天他无法用金钱来收买杨林生，便派去刘敏想了解杨林生的秘密。当时，他压根儿也没想到杨林生有那么神奇的“宝贝”。

刘敏在骗得杨林生的信任之后，杨林生让他进入内院。

使刘敏感到非常惊讶的是，杨林生的内院并没有别的奥秘，只有一间动物饲养房，刘敏从装有塑料纱窗的小窗里看进去，里头竟然养着许多四只脚、长尾巴、三角脑袋、能在墙壁上爬来爬去的小动物！

“壁虎？”刘敏问道。

“嗯，它是壁虎的亲戚，学名叫作‘变色树蜥’属鬣蜥科。”杨林生说道，“这种小动物的别名很多。由于它善于变色，有的叫它‘变色龙’；由于它的颈背特别长，像马鬃似的，

有人叫它‘马鬃蛇’；还有的叫它‘雷公蛇’‘鸡冠蛇’。”

“‘马鬃蛇’？这个名字倒听说过。我喜欢喝酒，喝过‘马鬃蛇酒’，就是在酒里泡了马鬃蛇，味道可真不错。”刘敏顺口讲完这段话之后，又深深地后悔自己失言了，因为他从来未在杨林生面前说过自己喜欢喝酒。

“不错，它就是泡在马鬃蛇酒里的马鬃蛇。这是一种很名贵的小动物，它在大自然中不多，又很灵活，不容易抓住。‘物以稀为贵’嘛，它们身份也就高贵起来。”想不到，杨林生并没有注意刘敏的失言，仍津津有味地谈论着马鬃蛇。

刘敏细细一看，说道；“杨教授，你这饲养房里，有上万只马鬃蛇，真是要发大财哪！”“发大财？我连想都没想过！”杨林生很不高兴地说道。他一向只是“重才轻财”哪！

“那你养这么多马鬃蛇干什么呢？”刘敏感到很奇怪。

杨林生很耐心地告诉他：马鬃蛇是一种很值得研究的爬行动物。它有两个很大的特点，一是会变色，使自己的身体的颜色总是保持与周围的环境一样；二是会附在墙壁上爬行，甚至可以在天花板上爬来爬去。

刘敏听了，依旧不得要领。他不明白，杨林生讲的这两个特点，与热带森林中的考察工作有什么关系。

杨林生以为刘敏没听懂，特地抓了一条马鬃蛇。它在饲养房里，本是灰白色——与水泥地一样的颜色，可是一放到草地上，马上浑身就变成草绿色。接着，它爬到土堆上，一下子又变成灰褐色。

“真有趣，真有趣。它能随时变色，不容易叫人看出来。”刘敏赞赏地说道。

“嗯，是嘛！”杨林生又“嘛”起来了。

“它在饲养房里，吃什么呢？”刘敏问道。

杨林生指着饲养房顶上的几根日光灯似的东西说道，那是黑光灯。晚上，黑光灯一点亮，周围的飞虫就不断涌来。黑光灯下面有个漏斗，飞虫不断地跌进漏斗，落到饲养房里，便成了马鬃蛇的“美餐”。

“这倒不错，一点也用不着你操心。”刘敏说道。

“哈哈哈哈！这里已经实现了‘自动化’。”杨林生大笑。

保证“严守秘密”

直到刘敏要跟随杨林生到热带森林去考察的前一天，刘敏才终于知道了杨林生为什么要养那么多马鬃蛇，他是用什么办法获得那些宝贵的考察资料的。

那天，杨林生把刘敏叫到自己的卧室里，郑重其事地对他说；“徐明（杨林生只知道他叫徐明），明天就要出发了，在出发之前我还要讲好一个条件。”

“什么条件？”刘敏意识到重要的时刻终于来临，急切地问道。

“严守秘密！”杨林生非常严肃地讲出了这四个字。

“我保证严守秘密！我敢对老天起誓，我愿定下保证书！”刘敏的心怦怦地跳着，太阳穴上的青筋也鼓暴了起来，他简直想把自己的心掏出来给杨林生看看。

“不，用不着对老天起誓——我们搞科学的人不相信什么老天不老天的。也用不着写下保证书——我信任你。只要你有一颗忠于科学、忠于祖国的良心，就行了。”杨林生一字一眼地说道。

“我保证忠于科学，忠于祖国！”刘敏几乎要举起右手起誓。

“为什么一定要严守秘密呢？”杨林生解释道，“这是因为我花费了30年工夫制成的考察工具，是目前世界上最先进的考察野生动物的工具。许多国家都想知道其中的奥秘。一位资本家风闻此事，曾愿以高价买下这项专利。我没有答应，我要把它献给祖国。再说，这项发明在军事上也有着极为重要的用途，绝对不能落到坏人手里。正因为这样，一定要严守秘密！”

刘敏不住地点着头。他听得那么用心，差点把耳朵都竖起来了。

杨林生说完，请夫人郑洁打开保险柜，从里面取出两套奇怪的衣服。这衣服在柜里时是黑绿色的，刚一拿出来放在桌上，马上变成米黄色，与桌面的颜色一模一样。

“变色衣！”刘敏惊讶地叫了起来。

“是呀，是变色衣。”杨林生笑着说道。

刘敏仔细看着这奇妙的变色衣，发现衣服表面是一层极细的鳞片，像屋上的瓦片似的紧紧叠在一起。

杨林生接着把变色衣的奥秘告诉了刘敏：原来，有一次杨林生在热带森林中走累了，往一个树墩上坐下来，忽然觉得屁股下有什么东西在动，顺手一抓，抓住了一只小东西。一看，原来是马鬃蛇！由于马鬃蛇善于变色，它趴在树墩上，杨林生居然看不出来。这件偶然发生的小事，给了杨林生很大的启发——能不能做一套像马鬃蛇那样会变色的衣服，便于伪装，穿上以后能够接近野生动物，仔细进行考察呢？

回来以后，杨林生就养起马鬃蛇来了。他发现，马鬃蛇之所以能够迅速变色，是因为在它那极细的鳞片下面的真皮中，有红、黄、蓝三种色素细胞。红、黄、蓝本是三原色，这三种颜色按不同的比例调配，可以得到任何颜色。马鬃蛇中的这三种色素细胞，能够时而伸张，时而缩小。比如，它来到草地上，黄色、蓝色细胞马上张大，而红色细胞立即缩小。黄与蓝相间变成绿色，于是马鬃蛇浑身绿色；它来到米黄色的桌子上，蓝色细胞缩小，黄色细胞迅速扩大，红色细胞不大不小，于是马鬃蛇变成了米黄色。

杨林生养了许许多多马鬃蛇，从中提取了红、黄、蓝三种变色素，制成了变色衣。变色衣上有许许多多用透明合成橡胶制成的小球，分别装着红、绿、蓝变色素。随着这些小球的膨胀或缩小，变色衣就能变出各种颜色来了。

刘敏几乎听得入神了。这些天来，他天天起早摸黑，非常“勤奋”地工作，终于博得了杨林生的信任。杨林生所讲的这些，正是他梦寐以求的东西。

杨林生让刘敏试穿一下变色衣。刘敏觉得这衣服十分有趣。鞋子与裤腿在一起，手套与衣袖连在一起，上衣与裤子连在一起，头套与衣领连在一起。穿进去以后，把胸前的一根拉链自下向上一拉，就穿好了。这时，因站在红色的地板上，刘敏的鞋成一片血红，而身上因靠近墙壁而变成雪白。当他走过来，坐在湖绿色的沙发上，衣服顿时又变成湖绿色的了。

暂勿动手

本来，当天晚上，刘敏就想把那套变色衣偷走，溜回金卡罗那里去。然而，当他把情况用无线电话向金卡罗报告之后，金卡罗要他沉住气，暂勿动手。第二天，杨林生和刘敏就告别了郑洁，出发到那浓密的热带森林里去了。

到处是齐膝的野草，纠缠不清的野藤，泥泞的沼泽，成群的蚊子。森林深处，常常散发着浓烈的霉味儿、臭气。刘敏紧皱着眉头，跟着杨林生往前走着，走着，他心里很后悔，如果昨天晚上偷了衣服溜走，就不会再受这份罪了。他暗暗地埋怨金卡罗，甚至咒骂起金卡罗来。

然而，到了第三天，刘敏的心情完全变了，他庆幸自己没有早走，称赞起金卡罗的老奸巨猾了。

原来，这一天杨林生和刘敏遇上成群的猴子，他们决定深入到猴子中间去考察。

猴子非常机灵，眼睛又尖，喜欢在树梢上活动，照理是很难深入到它们中间去的。然而，杨林生帮刘敏穿好奇妙的变色衣之后，按动衣服上的电钮，那鞋子、手套忽然变大了，鞋子和手套上都伸出五个爪，爪与爪之间有着皮膜。

杨林生表演给刘敏看：他来到一棵老榕树前，竟轻而易举地爬上了树。一转眼，他就爬到了树梢，消失在浓密的树叶丛中。

刘敏仰着头，东张西望，竭力想找到杨林生在什么地方。然而，除了那从树叶间漏下来的一缕缕金色的阳光之外，什么都看不到。

刘敏十分焦急，生怕杨林生玩弄什么诡计，把他一个人扔在这里。正在这时，刘敏忽然觉得有人在拍他的肩膀，回头一看，只见那人亲切地叫了声："徐明！"

啊，是杨林生！他不知从哪儿爬下来！悄然来到了刘敏身边。

直到这时，刘敏才明白：这套奇妙的衣服，不仅会变色，而且可以用它爬树。

刘敏央求杨林生，说明了其中的秘密：杨林生深刻地研究了马鬃蛇，发现它之所以能在墙壁上、天花板上行走如飞，是因为脚上有锋利的弯月形的钩爪，爪间有皮膜，皮膜是一瓣一瓣的。把皮膜用力往墙上一按，瓣间的空气就挤跑了，变成真空，使皮膜紧紧吸附在墙上。杨林生从马鬃蛇那里得到启示，制成了奇妙的“攀行手套”和“攀行鞋”。这样一来，人可以像马鬃蛇一样，如履平地似的在陡峭的墙壁上行走，甚至可以在天花板上行走。

刘敏在杨林生的指点下，也开始试着爬树。他战战兢兢地爬着，慢慢地迈出一步再迈一步。这攀行手套和攀行鞋果然非常有趣，牢牢地吸在树上。只有当他用手指按了一下装在手套里的电钮、手套或鞋子才会脱开，使他向前迈去。

就这样，刘敏和杨林生一起来到了高高的树梢。那些猴子居然一点也没发觉他们，依旧天真烂漫地嬉戏着，有时甚至从他们的身上踩过去！杨林生用电影摄影机拍下许多精彩镜头，又用录音机录下猴子的各种尖厉的叫声。从这以后，刘敏紧紧跟随着杨林生，在热带森林中进行考察。刘敏自忖道：杨林生对他是又信任又不完全信任。正因为这样，所以杨林生像挤牙膏似的，今天告诉他一点秘密，明天又告诉他一点秘密。如果那天在出发前偷了变色衣，即使偷回去，也根本不知道用它可以爬树哩。

刘敏为了讨好杨林生，越发“勤奋”，详细地作了许多考察记录，使杨林生感到十分满意。然而，对于那套奇妙的衣服的了解，似乎再也没有什么新的进展。刘敏天天跟着杨林生爬树，下树，再爬树，再下树。

就这样，刘敏以极大的耐心，跟随杨林生在热带森林里考察了两个月。后来，刘敏假装得了疟疾，才总算使杨林生结束了这次考察，提前返回蕉市。

教授当小偷

在返回以后的几天，就发生了那件突然事变：刘敏偷了那两件奇特的衣服，回到金卡罗那里。

金卡罗把大门关紧，屏退左右，在一间密室里，让刘敏打开箱子，拿出那奇特的衣服。

那衣服在箱子里时是红色的，一放到地板上就变成黄褐色，一下子就使金卡罗惊呆了。

接着，刘敏仿佛进行杂技表演似的，在室内的墙壁上散步，甚至在天花板上踱起方步来。

金卡罗不愧为老奸巨猾，他看着、看着，计上心来。

金卡罗除了大大奖赏了刘敏之外，与他密商了一个新的阴谋：金卡罗觉得，费了九牛二虎之力，弄到了这两套奇特的衣服，如果用来考察野生动物，那未免大材小用！穿着这么辛苦。再说，即使写出了新的论文，马上就会引起杨林生的怀疑，反而使杨林生知道是金卡罗偷了奇特的衣服——因为谁都知道，没有类似的科学装备，是很难写出的那种真切、动人的科学考察报告来的。金卡罗决计用这两套奇特的衣服去赚钱。不，严格地讲，应该说是去偷大钱！

这是因为金卡罗看到刘敏在天花板上自由自在走来走去时，便想起倘若穿上这套衣服飞檐走壁，去进行偷窃，真是太妙了！金卡罗经常出入于豪门富户，知道这些高楼大厦只是在底层把守很严，而高层却常常敞开窗户——因为如果不是坐电梯上去，谁也不可能从那敞开的窗户爬进去呀！

金卡罗把自己的新主意告诉了刘敏，刘敏马上举双手赞成。因为刘敏在热带森林里已经吃够了苦头，发誓说即使割了他的头他也不愿再去了。如今，金卡罗想出这么好的主意，万金唾手可得，何乐而不为呢。于是，堂堂的生物学教授，改行当起小偷来了。在金卡罗看来，教授与小偷之间并没有不可逾越的鸿沟。他当教授是为了钱，当小偷也是为了钱！

金卡罗与刘敏狼狈为奸，密商了行动计划。他们开着轿车出去，细细察看了钱庄、银行、首饰店、金店的地形。果真不错，这些大厦的上层窗户，几乎都敞开着！

于是，在几天之内，蕉市的报纸、电台、电视台接连报道高楼失窃案：

“极乐银行18楼深夜失窃，损失逾亿！”

“环球首饰店21楼子夜发生窃案，整箱金器不翼而飞！”

“凤凰钱庄37楼失窃，损失惨重！”

金卡罗与刘敏见钱眼开，越偷越起劲。他们昼伏夜出，每次金卡罗只是坐在轿车里望风，让刘敏飞檐走壁，越窗入室。蕉市的警察局束手无策，无法解释为什么总是在高层建筑上发生窃案。

杀人灭口

金卡罗和刘敏胆子越来越大，竟然偷到一个大使馆里去！

这是一个戒备森严的大使馆，刘敏刚刚从窗口爬进去，立即被一个值夜班的机器人击昏在地。

机器人发出紧急讯号，20秒钟之后，吉姆斯就出现在刘敏身边。

吉姆斯给刘敏铐上手拷。

刘敏脸色煞白，跪了下来，头像捣蒜似的，嘴里不停地喊饶命。

吉姆斯只问了几句，刘敏马上供出了下面有一辆号码为“97638”的野象牌蓝色轿车，车上坐着主犯金卡罗。

3分钟之后，金卡罗也被吉姆斯抓进来。

吉姆斯一看到这两件奇怪的衣服，如获至宝。他立即在密室里审讯金卡罗和刘敏。

吉姆斯简直不费吹灰之力，就使金卡罗和刘敏供出了全部情况。这是因为在金卡罗和刘敏看来，金钱固然可贵，生命比金钱更要紧。吉姆斯保证说，只要他们如实讲出全部情况，讲出奇特的衣服的使用方法，就可保住他们的性命，保住他们的名望和地位。

吉姆斯刚刚把金卡罗和刘敏的供词用录音机录好，就从口袋里拿出

“自来水笔”，朝他们指了两下，顿时金卡罗和刘敏就倒在地上。

原来，那不是自来水笔，而是一支麻醉手枪。它能迅速使人麻醉，失去知觉。

吉姆斯一按电钮，来了七八个蕉市警察，为首的就是胖警察艾斯蒂。这些警察虽是当地人，但是每月从吉姆斯那里领取高额补贴，专为吉姆斯办事。因为在蕉市，有些事由吉姆斯出面干是不大方便的，用这些穿着警察制服的蕉市人去办，那就堂而皇之。

吉姆斯在艾斯蒂耳边低低嘱咐道：“把这两个蠢猪送回海滨别墅去，在那里把他们干掉！”

没多久，金卡罗和刘敏就躺到海滨别墅里自己的床上，鲜血染红了被单。

吉姆斯之所以要处死金卡罗和刘敏，是他们在供出有关情况以后，已经毫无用处。因那两件奇特的衣服，并不是他们发明的。再说，这两个软骨头在威逼之下，是会把什么都讲出去的，不如杀人灭口，处死他们。

艾斯蒂亲手用激光枪杀死金卡罗和刘敏之后，马上打电话向蕉市警察局报告：在海滨别墅发生杀人案，金卡罗教授及其助手刘敏被刺。他估计，这杀人犯就是这几天到处偷窃的人。这窃贼潜入海滨别墅后，被主人发觉，于是杀死主人，偷走钱财。

没多久，记者们蜂拥到海滨别墅——这几天，记者们一直在奔东跑西，报道那接二连三发生的惊人案件。艾斯蒂接见了记者们，叙述了窃贼怎样潜入别墅并杀死主人。

出人意料的是，金卡罗的夫人在记者们问她金卡罗为什么会被杀时，却谈及了那两件奇特的衣服！

这件事使吉姆斯大为恼怒，立即命令秘密杀死金卡罗夫人及所有的记者。

金卡罗的夫人和记者虽然都死于激光手枪之下，但是，其中有一个电视台记者在几分钟之前先走了，于是电视台播出了那条新闻。

吉姆斯立即下令干扰电视台播送的这个节目，使所有的电视观众无法知道事情的真相。几分钟之后，那位电视台的记者也突然死于非命。

就这样，吉姆斯用杀死十几条人命的代价，保住了有关那两件奇特衣服的秘密。

吉姆斯预料到杨林生在得悉有关消息后，会直奔海滨别墅的。果然不出所料，艾斯蒂在别墅抓住了杨林生。

一言为定

……

吉姆斯跷着二郎腿，抽着香烟，得意扬扬地向杨林生向郑洁叙述了事情的前前后后。

吉姆斯深知，这些情况对杨林生夫妇已没什么可保密的。他以为原原本本地讲了这些，可以使执拗的杨林生清醒过来，知道吉姆斯的厉害。因为在讲述了十几条人命是怎样丧在吉姆斯手中之后，用不着再加任何威吓的话，就可以使杨林生吓得魂不附体。

“哈哈，杨教授，您太忠厚。”吉姆斯笑着说道，“您只知道大自然中的变色龙会变色，不知道人类社会中也有许许多多变色龙。刘敏，就是一条变色龙。您上了这条变色龙的当！可是，他又逃不出我的手心！”

正在吉姆斯得意地大笑时，机器人进来递给吉姆斯一张当天的报纸。

吉姆斯看了一眼，连声说“好消息”，立即递给了杨林生。杨林生一看，上面登载着又一条惊人新闻：

“本市警察局侦查科长艾斯蒂及其手下士兵八名，在执行任务途中不幸全部殉职。据了解，可能是车内一枚定时炸弹爆炸所致。”

“怎么样？”吉姆斯斜着眼看杨林生，说道：“如今，世界上知道这奇特的衣服的，只有你们夫妇和我三个人了！”

“吉姆斯先生，我不明白，您对我的发明为什么这样感兴趣？为了怕我的发明泄露出去，甚至不惜杀死那么多人？”一直沉默着的杨林生，十分平静地问道。

“这个嘛，原因是很清楚的。”吉姆斯说道，“我已经跟您讲过，我是您的同行——生物学家。我本人很希望能穿上您那神秘的衣服，到森林中去进行科学考察。我们的国家幅员辽阔，有着许许多多动物值得研究，我国的生物学家们也很希望得到您的援助。所以，我很想把您的发明，作为我国的专利品。”

“您要我干些什么呢？”杨林生明知故问道。

“杨教授，我很欣赏您的才华，您的创造。”吉姆斯用最甜美的语调说道，“我对您的要求不多，只是希望能把制造那神奇衣服的秘密告诉我们，帮助我们制造一大批这样的衣服——因为我国的生物学家为数众多，他们都很希望得到这样的衣服。”

“要做多少件？”

“第一批先做20件。”

“做这么多衣服，除了我的夫人外，我还需要助手。”

“为了保密起见，我只能派机器人给您做助手。”

“什么时候完成？”

“一个月。”

“完成之后，我就可以获得自由了吗？”

“您在完成之后，教会我们如何使用以及如何大批制造，您就可以获得自由，像鹰一样自由自在地重新在热带森林上空飞翔。”

“好，我们一言为定！”

“一言为定！”

吉姆斯伸出了手，紧紧握住杨林生的手。吉姆斯非常兴奋，他终于征服了这位中国人——这位比金卡罗之类更难对付的中国人。

将计就计

郑洁气坏了。她真不明白，杨林生怎么会这样痛快地答应下来？

然而，郑洁看着桌上那束“友谊之花”，不敢讲话。杨林生一看就明白妻子的意思，但又不好张嘴回答。

在那束隐藏着窃听器的鲜花前面，杨林生夫妇俩都成了哑巴！这不由得使人想起唐朝诗人朱庆余《宫词》一诗中的名句：

含情欲说宫中事，

鹦鹉前头不敢言。

杨林生把郑洁的手拉过来，默默地在她的手掌上用手指画了四个字：将计就计。郑洁顿时“心有灵犀一点通”，破涕为笑了。

从此，杨林生和郑洁开始做新的神秘的衣服，吉姆斯派来了十来个机器人帮助他们俩一起做。

吉姆斯三天两头来看看，说是来关心关心，其实是监督。

经过1个月，杨林生果真按期做好了20件神秘衣，加上原先的两件，总共22件。

做好以后，吉姆斯高兴极了，叫来了他的别动队的19名队员。

吉姆斯虽然名为驻热带岛国的武官，他实际上是某国特务机关的头目。他手下的19名队员，都是特务，专门在国外收集军事情报。吉姆斯非常欣赏杨林生发明的奇特的衣服，认为这是重要的间谍工具。穿上它，可以飞檐走壁，把窃听器悄悄地安装在需要窃听的窗口；穿上它，可以爬窗入室，偷盗各种机密图纸和军事情报；穿上它，可以悄然登楼，把无声手枪对准那些正在酣睡中的需要立即干掉的人。

吉姆斯自鸣得意，觉得同样是一套衣服，在他手里最能发挥作用：杨林生用它考察野生动物，金卡罗用它偷窃金钱，而他用它来进行间谍活动。

别动队员们到齐之后，全部穿上那奇特的衣服。吉姆斯、杨林生、郑洁也穿上了。只不过杨林生和郑洁事先已经商量好，他们穿的是原先的那两件衣服。

于是，杨林生和郑洁变成了教练，每个人四周围着10个人，教他们怎样使用。

很有趣，那本来寂静无声的房间里，顿时活跃起来，墙上、窗上、天花板上，尽是来回走动着的人！

最高兴的要算是吉姆斯了。他已经把这一绝密情报，报告给国内特务机关，受到了上级的奖赏。上级决定，过几天，将秘密召回吉姆斯，并请他把杨林生夫妇以及那神秘衣服的样品带回本国，以便大批生产。

吉姆斯认为在室内训练得差不多了，就带着大家走出第21层，来到屋顶。

这座21层大使馆的设计十分奇特，呈“回”字形，当中是一个四方形的院子。吉姆斯要大家在朝里的那边墙壁上练习飞檐走壁，因为在朝里的墙上练习，街道上的行人是看不见的。

那些别动队员都很有兴趣，在高高的墙壁上来回走动着。杨林生和郑洁也在墙上走来走去，像教练一样教着他们。

当杨林生看到19名别动队员和吉姆斯全都来到那笔直的墙上时，知道时机已到。他跟郑洁交换了一个眼色，突然之间，那19名别动队员和吉姆斯离开了墙壁，从100来米的高空摔了下来。只听得四方的院子里发出一阵震耳的噼噼啪啪响声，院子里出现20摊殷红的鲜血——吉姆斯和19名别动队员全摔成了肉酱!

原来，杨林生将计就计，在新做的衣服中装上了特殊的电子线路。当杨林生手中的操纵器发出特殊讯号时，就使那些新做的衣服受到干扰，失去吸附力，顿时便从高楼上摔了下去。

海外归来

院子里那噼噼啪啪的响声，震惊了整座大使馆。大使沙里克夫吓得全身出冷汗，命令手下的特务上楼逮捕杨林生夫妇。

正当特务冲上楼顶时，奇迹出现了：杨林生和郑洁的衣服上，不知什么时候竟长出了一对很大的翅膀。他们离开了屋顶，像巨鸟一样在空中扑翼飞翔，朝着东北方向飞去！

这是怎么回事吗？原来，杨林生设计的这套衣服，除了会变色、攀附之外，还会飞翔。杨林生仔细研究了鸟类的飞行特点，在衣服上装了一对能伸能缩的翅膀。另外，在背上还装了一个小型的螺旋桨。这样，他就能深入到鸟群之中，与鸟儿一起在空中飞翔。想不到此时此刻，这翅膀却帮助他们脱离了险境。

沙里克夫气急败坏，想下令用激光炮射击，把杨林生夫妇从空中击落。可是，一想到这儿并不是他们本国，而是另外一个国家，怎能在这儿开起炮来呢？

沙里克夫密令在公海上游弋的他们国家的大型巡洋舰，马上开过来。密令附近航空母舰上他们国家歼击机，马上飞过来。

杨林生夫妇在半空中看到巡洋舰上的大炮正向他们瞄准；看到歼击机在他们周围盘旋，知道情况危急。

顿时，空中电光闪闪，巡洋舰向他们发射激光炮，歼击机用激光机枪扫射他们。奇怪的是，这些枪炮本来都是瞄得很准确的，但是此时此刻，却始终没有击中目标。

这是为什么呢？原来沙里克夫下了命令，射击只是为了吓唬他们，要抓活的！他希望把杨林生夫妇活捉回去，仍旧为他们制造那奇特的衣服。

突然，杨林生夫妇从半空中摔了下来，落进了大海。湛蓝湛蓝的海面上出现两朵白色的浪花，之后就什么也没有了！

“唉，笨蛋，叫你们抓活的，怎么把他们打死了呢？”沙里克夫肺都气炸了，可是，这又有什么用呢？

沙里克夫只好用密电向本国汇报：

“因我方炮火过于准确，将杨林生夫妇击毙。”

然而，出人意料的是，没过几天，中国报纸报道了杨林生夫妇海外归来，受到祖国人民热烈欢迎的消息。报上还刊登了杨林生夫妇满面春风、手持鲜花的照片！

杨林生和郑洁是怎样回到祖国的呢？

原来，杨林生发明的那套衣服，正式的名字叫“四用衣”，它具有变色、攀附、飞翔、潜水四大作用。杨林生深入研究了鱼类。鱼儿能在水下生活，是因为它有鳃，鳃能吸收溶解在水中的氧。杨林生制了人造鳃，装在四用衣上。这样，他穿了四用衣，可以潜入水中，与鱼儿为伍，深入研究水族的生活。那天他们处于敌人炮火之中，急中生智，落进海中，在深水中潜水，游回了祖国。

正因为杨林生在研究生物学方面做出了巨大贡献，又在一门崭新的科学——仿生学方面获得了卓越成就，所以，祖国报刊在报道他光荣归国时，给他加了两个非常恰当的头衔——“我国著名的生物学教授、仿生学专家杨林生”。